ハヤカワ文庫NV
〈NV1383〉

深夜プラス1
〔新訳版〕

ギャビン・ライアル
鈴木　恵訳

早川書房
7762

MIDNIGHT PLUS ONE

by

Gavin Lyall

Translated by
Megumi Suzuki

Published 2016 in Japan by
HAYAKAWA PUBLISHING, INC.
This book is published in Japan by
arrangement with
THE TRUSTEE OF THE ESTATE OF GAVIN LYALL
c/o PETER, FRASER AND DUNLOP LTD.
through JAPAN UNI AGENCY, INC., TOKYO.

深夜プラス1
〔新訳版〕

登場人物

ルイス・ケイン（キャントン）…………元特殊作戦執行部員
ハーヴィー・ラヴェル…………………ガンマン。ケインの相棒
アンリ・メルラン………………………弁護士
マガンハルト……………………………実業家
ヘレン・ジャーマン……………………マガンハルトの秘書
フレッツ…………………………………マガンハルトの共同株主。
　　　　　　　　　　　　　　　　　リヒテンシュタイン人
マックス・ハイリガー…………………マガンハルトの共同株主。
　　　　　　　　　　　　　　　　　死亡
ベルナール………………………………ガンマン
アラン……………………………………ガンマン
ジネット・ド・マリス…………………伯爵夫人。ケインの元恋人
モーリス…………………………………ジネットの使用人
フェイ将軍………………………………情報屋
モーガン軍曹……………………………フェイ将軍の運転手
ギャレロン………………………………謎の男

1

パリは四月である。雨はひと月前ほど冷たくはないが、ファッションショーを見にいくだけのためにその中を歩くには、やはり冷たすぎる。タクシーは雨がやむまでつかまらないだろうし、やんだら乗る必要はない。せいぜい数百メートルの距離なのだ。どうしたものか。

しかたなくそのまま〈ドゥマゴ〉に腰を据え、体の内側だけを濡らしながら、表のサンジェルマン大通りの信号からいっせいに猛スタートする夕方の車の音を聞いていた。

このカフェは〝知的エリートのたまり場《ランデヴー・ド・レリート・アンテレクチュエル》〟を標榜しているが、この時間はすいていた。エリートのみなさんはあらかたもう、腕とエゴを振りまわしに夕食へ行ってしまっている。首を動かさずに見えるところにいる客といえば、緑のコーデュロイのスーツに藤色のデニムのシャツを着た若い男だけだが、《デイリーメイル》の大陸版などを読んでいるところを見ると、これはどう考えてもあまり知的ではない。新聞の見出しは、イギリスでまたも機密漏洩事件の調査が行なわれると騒ぎたてている。わたしはなんとも思わなかった。要するにまた、退職した役人と判事が六人ばかり、本来なら知らずにすんだ機密を知らされるだけのことだ。

壁のラウドスピーカーから放送が流れた。「キャントン様《ムシュー・キャントン》、キャントン様《ムシュー・キャントン》、お電話で《テレフォン・シル・ヴ》す《・プレ》」

戦時中の暗号名を尋ねられても、すぐには思い出せない。だが、パリのカフェでラウドスピーカーから放送されたら、即座にわかる。銃口でも押しつけられたように首筋がぞくりとした。

飲みかけで止まっていたパスティスをぐびりと飲み、どうすべきか思案した。だが、結局、できることはひとつしかなかった。電話に出るのだ。相手はわたしがここにいることをもう知っているはずだ。まさか一九四四年から毎日二度ずつ、だめもとで〈ドゥマゴ〉に電話をかけつづけていたわけでもあるまい。

電話は地下の化粧室のそばにあった。小さな丸窓のついた木製のボックスがふたつ。片方には誰かの後ろ姿が見えたので、もう片方の受話器を取った。「もしもし《アロー》?」

「キャントンさん《セ・ムシュー・キャントン》ですか?」相手が言った。

「いいえ《ノン》。そんな人は知りません《ジュ・ヌ・コネ・パ・ムシュー・キャントン》。そちらはどなたです？《キ・エ・ラ》」昔のルールでやりたいのなら、そうしてやるまでだ。誰かを知っているなどとは絶対に認めない。ましてそれが自分だとは。

相手は含み笑いをしただけだった。それから英語で言った。「ムシュー・キャントンの昔の友人です。彼に会ったら、弁護士のアンリ《アンリ・ラヴォカ》が話したがっていると伝えてください」

「で、その弁護士のアンリさんというのはどこにいるんです？」

「隣の電話ボックスです」

わたしは受話器をたたきつけると、外に出て隣のドアを引きあけた。すると当人はそこでにやにやと、ボックスの端から端まで広がるような意地の悪い笑みを浮かべていた。

「この野郎。おどかしやがって」わたしはうなじの冷や汗をぬぐった。

にやにや笑いがボックスから出てきた。ぱりっとした白いレインコートを着た小柄で小太りの男だった。白髪まじりの巻き毛に、まるまるとした顔、縁なし眼鏡の奥で灰色の眼を輝かせ、剃るのをちょっと忘れただけのような口髭をたくわえている。

アンリ・メルラン。パリの弁護士であり、かつてはレジスタンスの元締めだった男。

わたしたちは四本の手すべてで握手をした。顔を合わせるのは十年ぶりで、戦後はあまり会っていない。メルランはとうに五十を過ぎているので老けてはいたが、いかにも裕福そうな、上品な老け方をしていた。

「では、何もかも忘れたわけではないんだな」とメルランはにっこりした。「訛りもそれほどひどくなってはいない」

「訛りなんかほとんどないさ」戦争中に三年間フランスで生き延びられたほど、フランス語はうまい――メルランの英語などよりはるかに。わたしはそこでふと、メルランの英語はわざとおおげさに訛ってみせているのかもしれないと思いなおした。アメリカやイギリスの企業家や弁護士は、メルランをミュージカル・コメディで見るような軽薄でお気楽な遊び人《ブルヴァルディエ》タイプだと思いこむと、肩の力を少しばかり抜くのではあるまいか。だが、仕事中のパリの一流弁護士は、食うためにダイヤモンドを研磨する男たちと同じくらい、軽薄さともお気楽さとも無縁だ。

　そこでわたしは、自分こそ食わなければならないのを思い出した。「いまは話していられないんだ、アンリ。あとで会えないか？」

　メルランはぽっちゃりとした手で階段のほうを示した。「一緒に行こう。きみとは敵同士なんだ」と、またしてもにやりとした。

「あんたが担当してるのか？」

「当然《ナチュレルマン》だよ。今回は巨匠も本気だからね――パリでいちばんの弁護士を雇ったのさ。こんどこそきみのメルセデス・メローニがうちの巨匠のドレスの――」とレインコートをスカートのように広げて言葉を探した。「――ドレスの〝デザイン〟か――それを盗用していることを証明してみせるぞ。な？　英語にはフランス語の〝型《モデル》〟に相当する単語さえない。デザインの盗用。それを証明して、そちらに百万フラン支払ってもらうからな。そうしたらふたりで夕食を食べながら話をしよう。きみに頼みたい仕事があるんだ」

「こちらは法廷で争うぞ」とわたしは言った。だが、メルランはもう階段を駆けあがっていた。

途中で足を止めてわたしを見おろした。「もしかして、きみはもうキャントンじゃないのか？　もう情報部にはいないのか？」

「キャントンじゃない。ただのルイス・ケインだ」

「ルイか」とわたしの名をフランス式に発音した。「長いつきあいだというのに、本名を知らなかったな。さあ、メルセデスのお粗末なドレスを見にいこうじゃないか」メルランは足を速めて階段をのぼっていった。

2

わたしの知るかぎり、メルセデス・メローニなどという人物は存在しない。だが、そんなことでわたしは驚いたり悲しんだりしない。それはロン・ホプキンズが、自分の作るようなドレスを売るにはこんな名前がよかろうと考え出したものにすぎない。もちろんドレスの売り方についてもロンは名案を考え出していた。だからこそわたしが専門にしているような助言が必要なのだ。

イギリスの大量生産ドレスメーカーがパリでファッションショーを開催するなど、狂気の沙汰に思えるだろうが、ロンが布地とモデルを飛行機いっぱいフランスまではるばる運んできたのは、利益をあげるためにほかならない。ロンによれば、フランスにはこれまで大手ファッションハウスのオートクチュールか、街角の小さな店の仕立て服か、どちらかしかなかった。だから、安価で現代的な大量生産品を売りこむ余地は充分にあるのだという。ロンはもう三年もそれをやっているのだから、事実そのとおりだったのだろう。もちろん、彼のちょっとした手管を計算に入れての話だが。

ショーがひらかれるのは、セーヌ川左岸のほうがいっそうパリらしいと考えてのことだろう、モンパルナスの大きなホテルのダイニングルームだった。部屋は細長く、白と金と長い緋色の布で飾りつけられ、ホテルがまだ存在もしなかった第一次大戦前の時代をたくみに想起させるようになっている。それはまた、座り心地の悪い小さな金塗りの椅子に客を座らせる恰好の言い訳にもなっていた。

メルランとわたしがはいっていくと、ロンがわたしたちをフランスの閣僚かファッション業界の大物だと勘ちがいしてすっ飛んできた。だが、わたしだとわかると、「遅いぞ」とつっけんどんに言った。

「相手方もですよ」わたしはふたりを引き合わせた。「こちらアンリ・メルラン、こちらムシュー・ロン・ホプキンズ。実を言うと《ア・ヴレ・ディール》、これがメルセデス・メローニ《セ・メルセデス・メローニ》なんだ」

メルランは儀礼的に微笑んだ。「はじめまして《アンシャンテ》」

ロンは薄緑色のシルクの襟のついた濃緑色のディナージャケットを着こみ、ピンクの蘭を一輪つけていた。そうすれば自分の考えるパリのドレス業界にふさわしく、ゲイっぽく見えると思っているのだ。が、そんなものをつけても、ローストビーフと同じくらいイギリス的で、山猫と同じくらい女好きに見えた。

ロンはメルランを上から下まですばやく見てから、部屋の中央の細長い舞台のほうへ顎をしゃくってみせた。「最前列に席が用意してある。お仲間はその隣だ。おれを売るようなまねはするなよ、いいか」

わたしはロンを横眼でにらむと、ならんだ脚を蹴ちらして自分たちの席へ行った。見たところ客は大半が女で、そのまた大半が太らないうちに歳を取った女と、歳を取らないうちに太った女だった。羽根つきの真鍮のヘルメットをかぶった喇叭手《らっぱ》がふたり、トランペットを吹き鳴らして新作ドレスの登場を告げると、薔薇のアーチからモデルが五、六人、すいすいと現われた。メルランは途中でプログラムを手に入れてきていた。「三十七番《ニュメロ・トラント・セット》。作品名は〝プランタン・ド・ラ・ヴィ〟」と読みあげた。「人生の春ねえ——なんともそそられる名前だな。もともと巨匠がデザインしたときには、ただの〝オ・プランタン〟という名前だったんだが。おたくのホプキンズはこれを売りつける相手を実によく理解している。いささか衰えの見られる女たちをな。これもまったく同じドレスだということになれば、百万フラン支払ってもらうぞ」

「まったく同じじゃないさ」わたしは言った。

メルランはまたプログラムを見た。「しかもこのお粗末なドレスは全部、カクテルパーティ用ということになっている」

黒のシースドレスを着たモデルが、つかつかと舞台を歩いてきて立ちどまり、わたしたちの頭上にさげすみの眼を向けた。

メルランが顔をあげて、「これは男なのか女なのかどっちなんだ？」と露骨に言った。

モデルのおざなりな笑みが凍りついた。

わたしは顔を引きつらせた。たしかに痩せっぽちではあるが、そこまで痩せっぽちではない。「実にセクシーだね」と声を大にして言った。「いますぐむしゃぶりつきたいくらいだ」モデルは自信を取りもどしたようには見えなかった。

メルランはまるまるとした肩をすくめた。「イギリス人てのは、なんでもセックスだ。セックスとファッションは関係さえないのに。フランスじゃ、女がレイプされたらドレスが素晴らしかったんだろうと考える。フランスがどういうところかもうすっかり忘れてしまったんだな、キャントン」と横眼でこちらを見た。

その眼つきは見なくてもわかった。「この件が終わるまで待てよ。おれにやらせたい仕事ってのは何なんだ？」

メルランはすかさず小声で言った。「顧客がブルターニュからリヒテンシュタインへ行きたがっているんだが。それを望まない連中がいる。ドンパチもありうる。連れていってやってくれないか？」

わたしは煙草を一本抜いて火をつけ、モデルの足元に煙を吐き出した。「そいつはどうやってそこまで行くつもりなんだ？　飛行機か？　列車か？　いくら払ってくれるんだ？」

「まあ、一万二千フランかな――ほぼ一千ポンドだ。わたしは車を勧める。そのほうが簡単だし、もっと――臨機応変にいける。あいだには国境もあるしな。それともリヒテンシュタインがどこにあるかも忘れたか？」

「スイスのむこう側で、オーストリアとのあいだにはさまれてる。で、そいつはリヒテンシュタインへ行きたいのに、ブルターニュなんかで何をしてるんだ？」

ふたたびトランペットが鳴り響き、モデルたちが徐々に去っていった。お次は――普段《スポル》着《ティフ》のドレス。

「ブルターニュにいるわけじゃない」とメルランは答えた。「いまは大西洋のヨットの上だ。ヨーロッパに着けるのは早くても明日の夜で、いちばん近いのがブルターニュなんだ。それだけの話《セ・トレ・サンプル》さ。そこからリヒテンシュタインまで運ぶんだ。問題は敵も彼の居どころと、大至急リヒテンシュタインに行こうとしているのを、知っているということだ」

それだけが問題のようには聞こえなかった――少なくとも、一万二千フランも払う必要のある問題のようには。

「おれの知るかぎりじゃ、リヒテンシュタインへ行くもっともな理由はふたつしかない」とわたしは言った。「ひとつは、あそこが毎年発行する新しい切手を収集するため。もうひとつは、税金のがれの会社を設立するためだ。あんたの依頼人が切手コレクターだとは思えない」

メルランはふふっと笑った。「名前はマガンハルトだ」

「大金持ちなのは知ってる。顔は知らないが」

「顔は誰も知らない。八年前に撮られたパスポート写真が一枚——たった一枚——あるきりだ。それもフランスで撮られたものじゃない」

「〈カスパルAG〉と関係があるという噂を聞いたことがあるが」

メルランは両手を広げた。「こういう男にはいろんな噂があるものさ。くわしくは話せないが、わかるだろう——本人が話してくれるかもしれない——とにかく、急いでリヒテンシュタインに行かないと大損するんだよ」

「弁護士の守秘義務ってわけか？　じゃあ、整理しよう。おれはブルターニュでマガンハルトを拾い、車に乗せ、道中、殺し屋どもを撃退しながら、リヒテンシュタインまで運ぶと。実に明快だな。明快じゃないのは、なぜ飛行機か列車で行かないのか、なぜフランスの警察に保護を頼まないのかだ」

「うん、まあな」とメルランはうなずいて、憂わしげな笑みとともにわたしを見た。「たしかにもうひとつ問題があるんだ。フランスの警察にも追われてるんだよ」

「へえ？　それはまたなんで？」とわたしは軽い調子で訊いた。

「レイプだ。去年の夏——コート・ダジュールで」

「あそこでそんなものが問題になるのか？」

メルランはまた笑みを見せた。「幸いにも女が訴え出たのは、マガンハルトがフランスを離れたあとだった。だから彼には、戻ってこないように忠告してある」

「新聞じゃ大した記事にはならなかったな。見かけなかったぞ」

「きみも言ったように――」とメルランは肩をすくめた。「――夏のコート・ダジュールじゃ、レイプなどひとつの主題の変奏にすぎないからな。しかし、犯罪には変わりない」

「レイプ犯が裁きを逃れるのに手を貸すんだとすると、あんまり気乗りがしないな」

「それはわかるが《セ・ポシーブル》。警察は問題ないはずだ――彼がフランスにいることはばれない。リヒテンシュタインに行かなくちゃならないことを知っているのは、敵方だけだ」

「しかし考えてみると、レイプなんてのはおれの知るかぎり、いちばんでっちあげやすい容疑でもあるな」

「ほほう」メルランは朗らかにモデルたちを見あげて小声で言った。「偉大なるムシュー・キャントンはやっぱり、むかし知っていたことを何もかも忘れたわけじゃなかったか」

モデルが腰と頭をやたらと前に突き出して、《ノートルダムの鐘つき男》のオーディションでも受けているような足取りで通り過ぎていった。はおったタータンチェックのマントでは、キャンベル一族とマクドナルド一族がいまだに争いをつづけている（スコットランドの各氏族は独自のタータン柄を持っていた）。

「じゃあ、自家用機を用意してやったらどうだ？　そうすれば国境で顔を見せなくてもすむだろう」

メルランは溜息をついた。「近頃の飛行場は注意深く監視されているんだよ。どこの畑にでも着陸できるような小型機では、ブルターニュからリヒテンシュタインまで一気には飛べない。しかもいいパイロットは嘘をつけないし――だめなパイロットは――」とまた肩をすくめた。「――マガンハルトみたいな男はだめなパイロットとは飛ばない」

なるほど。わたしはうなずいた。「じゃあ、車はどこで手にはいる？――借りたり盗んだりせずに」

「パリにあるマガンハルトの車は警察に押収されていない――フィアット・プレジデントとシトロエンDSと、どっちがいい？」

「派手な色でなければ、シトロエンDSだな」

「黒だ。誰も気にとめない」

わたしはうなずいた。「あんたは一緒に来るのか？」

「いや。でも、リヒテンシュタインで落ち合う」メルランはマントの女の子に微笑みかけながら、横顔で訊いてきた。「拳銃使いも要るか？」

「ドンパチがありそうならな。おれはプロじゃないんでね。聞くところじゃ、アランとベルナールがいまだにトップだとか。ラヴェルというアメリカ人がその次らしい。そのうちの誰かを雇えるか？」

メルランはわたしをちらりと見た。「そんな連中を知っているのか？」ヨーロッパ一のボディガード・ガンマンを上から三人、名指しできるとは思わなかったらしい。

「おれにも顧客がいるんだよ。なかには後ろから撃たれるんじゃないかと心配してるやつもいるのさ」それは誇張だったかもしれない。撃たれかねない顧客がいるのは事実だが、そういう連中は——当然ながら——優秀なボディガードに大金を払うほど命を大事にしてはいない。それでもわたしは、現状だけは把握するようにしている。

メルランはうなずいた。「忘れていたよ——きみは戦争中、アランとベルナールを知っていたんだったな」

知っていた。ふたりとも南部のほうの優秀なレジスタンスで、戦争が終わっても銃を置かなかった。置きたくなかったのだ。噂ではいつも一緒に仕事をしているという——それに、仕事はボディガード業ばかりではないらしい。だが、あのふたりがそばにいてくれるのなら、道義上の問題には眼をつぶってもいい。

「あのふたりには接触できないと思う」とメルランは言った。「でも、ラヴェルなら呼べる。ラヴェルは知っているか？」

「会ったことはない。アメリカのシークレット・サーヴィスにいたんだよな？」

アメリカのシークレット・サーヴィスというのは、ヨーロッパのそれとはちがう。大統領とその家族を警護することに特化している。ということは、ラヴェルはよく訓練されているということだが――シークレット・サーヴィスを辞めたというのはどういうことなのか？　まあ、組織のガンマンでいるのがたんに気に入らない連中もいるのかもしれない。

「カンペールでラヴェルと落ち合えるように手配するよ」メルランは言った。

「そこがスタート地点なら。車もそこで受け取れるようにできるか？　リヒテンシュタインまでなら二十四時間で車を走らせられるが、前日には一切運転したくない」

「手配する」

トランペットがモデルたちをスコットランドから呼びもどした。

メルランはわたしに、満足げだがいくぶん不思議そうなまなざしを向けた。「どうやら、キャントン、きみはこの仕事を引き受けてくれるようだが。どうしてなんだ？」

「一万二千フランが理由さ」少々あわてて答えすぎたかもしれない。おもむろにこう付け加えた。「ただし前払いで八千――ムショ行きになったら倍額だ」

メルランはうなずいた。

「それともうひとつ」とわたしは言った。「あんたはマガンハルトの弁護士だ。レイプなどしていないと保証してほしい。それと、リヒテンシュタインへ行くのは自分の金を守るためであって、他人の金を巻きあげるためではないということも」

メルランは猫のような眠たげな笑みを浮かべた。「やはりキャントンは道徳家だな――

あいかわらず真実と正義の側に身を置きたいというわけか？」

「おれはたしか、あんたと知り合ったときには正しい側にいたはずだがな――戦争中は」

わたしはきつい口調で言った。

「戦争なんてのは道義的にはごく単純なものさ」メルランは溜息をついた。「だがまあ、保証するよ。マガンハルトはレイプなどしていないし、他人の金を盗もうとしてもいない。本人に会えばよくわかるさ」

トランペットが派手なファンファーレを吹奏した。いよいよ本日のハイライト――イヴニング・ドレスの登場だ。三十七番もふくまれている。薔薇のアーチからモデルがどっと現われた。

メルランは硬い小さな椅子の上で背中をもぞもぞさせて楽な姿勢を取った。「あとできみのホテルに電話するよ。じゃあ――いまからは敵同士だぞ。そうら来た《ヴォワシ》」

彼はもう三十七番を見つけていた。

わたしからすれば三十七番の〝プランタン・ド・ラ・ヴィ〟は、モデルに濃緑色のシルクをどっさりとまとわせ、上半身には横の襞《ひだ》を、下半身には縦の襞をどっさりと寄せたうえ、後ろに短い裾を引きずらせただけのものだった。だが、それを着ることになる女たちの年齢について、アンリの言いたいことはわかった。それほど大量の襞があれば、その下はどんな体形でもかまわない。ドレスの上からわかるのは、濃緑色のシルクをどっさり買えるほど金があるということだけだ。

メルランのほうに体を傾けてささやいた。「巨匠のものなんかより数段すばらしいね」

「流行はパリにしかない《ラ・モード・ネグジスト・カ・パリ》」メルランはきっぱりと言った。「いいものはすべて――盗まれたものだ」一枚の写真を手にしてモデルと見比べていた。

モデルはメルランのしていることに気づいた。わたしたちの前にさしかかると歩をゆるめ、腰のあたりを探ってポケットかベルトに指をかけようとした。モデルというのはなぜそんなことをするのだろう。現実の生活でベルトに指などかければ、売春婦だと思われるだけなのに。

メルランが声をあげた。「やっぱり巨匠のドレスだ！　これは――これは盗作《セ・タン・ヴォル》だ！　き《ヴォー》みのホプキンズ《トル・オプキンズ》は、盗っ人だ《イレ・タン・ラロン》、スパイ《アン・エスピオン》だ……」

わたしはそこで聞くのをやめた。おたがいの立場はもうわかった。

メルランの爆発が終わると、穏やかにこう言った。「似たところがあるのは認める。が、ちがうところもある――」あるにしても、わたしには見つけられなかったが。しかし、メルランは見つけていた。

「ほんの少しだけな。これは巨匠のドレスだよ。ホプキンズは何年もこんなまねをしてきたわけだ。ついにこのアンリ・メルランが尻尾《しっぽ》をつかんでやったぞ」

「ホプキンズが戦わずして諦めるとは思えないな」わたしは声に憂いをにじませた。

「ならば戦うまでだ」メルランは立ちあがり、最前列をしゃにむに戻りはじめた。モデルは向きを変えて、わたしたちとならんで舞台を歩きだした。わたしが片眼をつむってみせると、むこうも片眼をつむってみせた。ベルトかポケットを見つけるのは諦めて、片手だけを腰にあてている。売春婦に見えることに変わりはない。もっと安っぽく見える。

戸口にホプキンズとメルランが立って、おたがいに相手を見ないふりをしていた。

わたしはふたりに笑いかけ、メルランに言った。「失礼するよ――依頼人に助言をしなくちゃならないもんでね」

「明日金持ちになるか、今夜自分の喉を切るか、どちらかにしろと助言したまえ」メルランはまるまるとした顔をにやりとさせた。「あとで電話する」と言うと、さっさと出ていった。

ホプキンズが言った。「それで？――あいつは証拠をつかんだと思ってるのか？」

「いいえ。フランス語で怒りだしましたから。証拠をつかんだのなら、英語でおれに説明してたはずです。でもまあ、こっちも不安そうなふりをしておいたんで、もうちょい押してくるでしょう」わたしは時計を見た。「今夜きっと新聞にネタを漏らすはずです。時間はありますから」

「よくやった」ホプキンズはにんまりして、わたしの肩をばしんとひっぱたいた。

「いつかやりすぎますよ、ロン。きっと捕まります」

「やりすぎなきゃならねえんだよ。こんな芸当はいつまでもつづけられねえ。じきにむこうはうんざりして、騒ぎ立てるのをやめる。そしたらどうなる？」

「パリの人間は誰もあんたのドレスを買わなくなる」

「そのとおり。パリの一流のアイデアを盗んでると思われなくなったら、おれはおしまいだ」

「ラ・モード・ネグジスト・ク・ア・パリ」

「ああ？」

「メルランが言ってたんですよ。パリの流行以外に流行はないという意味です」

「これまたそのとおりだ」そこでホプキンズは沈鬱な口調になった。「ラベルに〝パリ〟と入れりゃ、まだにおいのする肥やし袋だって売れるんだからな。誤解するなよ――おれは何もパリをくさしてるわけじゃない。パリのものはどれもたいてい、とんでもなくいい。それはもう奇跡だが、しかしそんな必要はないんだ。ばあさんどもの大半は、六ペンスのハンバーガーの味もわかりゃしないんだから。いいだけじゃだめなんだよ」彼はそばを小走りで通り過ぎていくモデルたちに手を振った。

　わたしは肩をすくめた。「名前を変えたらどうです？――ロン・パリとか。そうすればラベルに〝パリのデザイン《モデル・ド・パリ》〟と入れられますよ」

ホプキンズはわたしをにらんだ。それからまたわたしの肩をひっぱたいた。「たいしたやつだよ、おまえは。ああいう弁護士の代わりにおまえを雇ったとき、これはめっけものだとわかった。あいつらはふた言目には法律だ」

わたしは力なく微笑んだ。「近いうちに電話します」

彼はわたしの手を握った。洒落たディナージャケットとは無縁の、冷たく力強い手だった。「このあとはどうするんだ？」

「何日かこっちで過ごします。ちょっとドンパチをやるかもしれません」

「狩猟か？——四月に？　まだ何も撃てないぞ」

わたしはまた肩をすくめた。「何か見つかると言われたんで」

3

カンペールで列車を降りたのは、翌晩の十時半だった。いでたちはブルーグレーの軽いレインコートに、真鍮のボタンのついた新しい茶色のジャケット、絹のように見えるあのスイス木綿の青いシャツ、ダークグレーのズボンというもので、ネクタイはつけずに喉もとまでボタンをかけ、髪は短く刈っていた。

ファッションモデルを気取っていたわけではない。そこそこフランス人らしい見てくれにしたかっただけだ。そうすれば四十がらみの長身痩軀のイギリス人を捜せという命令が出ても、憲兵の眼をすりぬけられる（フランスの警察組織には国家警察と憲兵隊のふたつがある）。だが、そこまでフランス人らしくもないから、実際に止められても、なぜフランス人がイギリスのパスポートを持っているのかと怪しまれることもない。偽の身分証を手に入れる時間がなかったのだ。

狙っているのはかなり微妙な線だったので、いろいろとまちがっている可能性はあった。だが、真鍮のボタンが効いてくれるのではないかと思っていた。厚さも大きさも犬のビスケットなみで、犬のものでしかありえないような紋章が打ってある。自分では大いに気に入っていた。いかにもフランス人がイギリス風だと考えて身につけるような代物なのだ。

夜空には雲がどんよりと、街明かりが映るほど低く垂れこめ、駅前広場はさきほどまでの雨でまだ濡れていた。駅の向かいにレストランが数軒ならんでいた。求める一軒を見つけると、そこにはいった。

まだ客のいるテーブルは五つだけで、それもみなコーヒーとコニャックの段階だった。ウェイターが渋い顔でわたしを見ると、まもなく閉店だと伝えにやってきた。

わたしはひとりで席についている男を見つけ、こう尋ねた。「すみませんが《ジュ・メクスキューズ》、いまここ《メ・ナヴェヴ・パ》に若い女の子が《・ヴュ・ユヌ・ジュヌ・フィユ》――」

男は言った。「合格だ、もういい。ハーヴィー・ラヴェルだ」

「ルイス・ケインだ」わたしは腰をおろした。ウェイターは右前方でひかえている。

「何か飲むか？」ラヴェルが訊いた。

「マールを（葡萄の搾り滓からつくるブランデー）。あれば」

ラヴェルはぱちりと指を鳴らした。「マールをひとつ《アン・マール》」

「そっちは？」わたしは訊いた。

彼はすぐさま首を振った。「今夜はやめておく」わたしたちは待ちながら相手を見つめた。

ラヴェルはがっしりした体つきをしていて、わたしよりいくつか若く、五センチほど小柄だった。ごわごわの金髪を短く刈り、赤い格子縞のうっすらとはいったグレーのジャケットと、黒っぽいズボン、黒のニットタイを身につけている。これといって特徴のない身なりだが、顔はちがった。

かつては苦悩にさいなまれていたのだとしても、いまはもう慣れっこになった顔だ。大きな口はきつく結ばれ、淡いブルーの眼はすばやく動くか、さもなければじっと動かない。あとは皺ばかりだった。鼻から口の脇にかけてくっきりした二本の溝、眼じりには深い小皺、額には消えない筋。だが、それらは何も表わしていない。疲れも、飢えも、心労も。そこにあるだけだ。地獄を見た顔ではなく——見ると思っている顔なのかもしれない。

わたしは煙草を一本抜いた。考えすぎではないのか。そうであってほしい。繊細なガンマンなど、ブリキの手をしたガンマンと同じくらいお呼びでない。

ラヴェルはわたしの差し出した煙草に首を振り、テーブル上のジタンのパックから左手で一本抜き出した。

「で、どういう計画なんだ？」と訊いた。

「零時に車を取ってくる。二時にオディエルヌ湾で海に懐中電灯を照らす。マガンハルトがボートで岸まで運ばれてくる——そしたらスタートだ」

「どういうルートを取る？」

「トゥールはとにかく通るしかないだろう。その先は南のルートを行くつもりだ。ブールジュ、ブール、ジュネーヴと。午後の半ばにはジュネーヴに着けると思う。あとはほんの六時間ばかりでリヒテンシュタインだ」

ラヴェルは思案顔でうなずいた。「妨害してくるという連中のことは何か知ってるのか？」

「メルランからはあまり聞き出せなかった。でも、リヒテンシュタインでのマガンハルトの事業と関係があるらしい――それを乗っ取ろうとしてるようだな。マガンハルトは〈カスパルＡＧ〉とつながりがあるんだ」

「ＡＧ？」

「アクツィエンゲゼルシャフト――ドイツ語で株式会社というような意味だ。〈カスパル〉は持株会社と販売会社を兼ねた大会社で、フランス、ドイツ、イタリアなど、ヨーロッパのこちら側の電子機器メーカーをたくさん支配してる。メーカーは製品を作ると、それを原価で〈カスパル〉に売る。利益は出ないから、税金は払わなくていい。〈カスパル〉はその製品を売り、利益を総取りする。でも、リヒテンシュタインにはまともな所得税というものがない。だから〈カスパル〉はどこにも税金を納めない。目新しい思いつきじゃない」

ウェイターがマールを持ってきた。

立ち去ると、ラヴェルが言った。「それでリヒテンシュタインにどんな得があるんだ？」

「若干の印紙税と、少しばかりの資本税がはいり、たくさんの仕事が国内の弁護士にまわる」わたしはひと口飲んだ。「放っておいたらにおいもかげなかったはずの事業の分け前を、ちょっぴりいただくわけさ。おれの聞いた最新の情報だと、リヒテンシュタインには六千の外国企業が登記されてるらしい」

ラヴェルはにやりとした。顔の片側だけを使う、ゆっくりとしたゆがんだ笑みだった。

「てっきり、毎年新しい切手を印刷して生きてるんだと思ってたぜ」そこで煙草をもみ消した。「警察もおれたちを追ってるとか」

「マガンハルトが国内にいるのを知ってればな。メルランによれば、知らないはずだ。でも、もし警察に知られたら――ひとつだけはっきりさせておこう」わたしは彼を見つめた。「警官を撃つのはなしだ」

ラヴェルはわたしを見つめ返し、骨張った鼻の脇をゆっくりと上下にこすった。「これはこれは」と静かに言った。「おれも同じことを言おうとしてたんだ。いいぜ」口調がきびきびしてきた。「じゃ、お巡りは殺さないと。だが、ひとつ問題がある――マガンハルトの商売敵どもが憶えてたら、マガンハルトが国内にいるとたれこむだけで当人を始末できる。面倒もないし、自分たちにはリスクもない」

わたしはうなずいた。「それはおれも考えた。たれこんではいないかもしれない。ないしは、マガンハルトに死んでほしいのかもしれない」

ラヴェルはまたゆがんだ笑みを浮かべた。「ないしは、この仕事にはおれたちの知らないことが、まだたくさんあるのかもな」


レストランを出たのは十一時ごろで、また雨が降りだしていた。何時間もつづきそうな、小やみのないしとしと降りだった。

「部屋は予約してあるのか？」ラヴェルが尋ねた。

「いや。書類にあれこれ書きこんで、このあたりに名前を残したくなかったんでね」

「なら、おれの部屋に来ればいい」

わたしは街灯の光の中でじろりと彼を見た。彼は片頬で笑みを返してよこした。「ちがうパスポートを持ってきたんだよ。それにはハーヴィー・ラヴェルとは書いてない」

わたしたちは川のすぐ北にあるラヴェルのホテルへ行き、誰にも見られずに部屋まであがった。死んだ鼠なみの個性しかない、こぢんまりした清潔で使い古された部屋だった。

ラヴェルがベッドに腰かけたので、わたしはベッドサイドテーブルか椅子のどちらかを選ぶしかなくなったが、どちらも腰かけるようにはできていなかった。決めかねているうちに、ラヴェルはベッドの下に置いたエールフランスの古びた布製のスーツケースに手を伸ばし、丸めた黒いウールのシャツを取り出した。それを広げると、ずんぐりしたリボルバーが、何やら複雑なストラップのついたホルスターに収まって出てきた。

「悪いな、飲み物も出せなくて」と、そっけなく言った。それから右脚の裾を引っぱりあげ、ふくらはぎと踝《くるぶし》にホルスターをつけはじめた。わたしは近づいていって、ベッドの銃を手に取った。

銃身二インチのスミス・アンド・ウェッソンで、三八スペシャル弾が五発こめてあった。まったく普通の見かけの小型拳銃だが、銃把に木ぎれを継ぎ足して握りやすくしてあるところだけがちがう。だが、それとて手のこんだものではない。それぞれの指が正しい場所にぴたりと収まるように丁寧に削ってあったりはしない。そんなものは指が収まるまでに五分もかかる。きれいに削った銃把などしょせん、土曜の午後にだけ銃に触る連中のものだ。

わたしはちらりと彼を見た。ホルスターを足首に固定しかけたままぴたりと動きを止め、こちらの手元を見つめていた。他人が銃を手にしているのが気に食わないのだ。それも自分の銃の場合はなおさら。ガンマンはみなそうだ。

わたしは銃をベッドにぽんと戻し、ホルスターに顎をしゃくってみせた。「どうしてそんなところにつけるんだ？」

ラヴェルは緊張を解いて、ふたたびホルスターをつけはじめた。「いちばん楽に手をやれるからな。車の中で。ベルトや腋の下につけてたら、抜くのに一週間かかる」

なるほど。「車から降りたら、そういうところにつけるつもりなのか？」

「いや」彼はそのまま作業をつづけた。

わたしはしばらく待ってから、また言った。「その銃には五発しかはいってない。なぜオートマチックを使わない？」

「なんらかの効果をあたえるには三八弾が必要だが、三八口径のオートマチックはやたらと重いし、やたらとでかい」彼はゆっくりと穏やかに答えた。「それにオートマチックは作動不良を起こすこともある」だがわたしはもう、まともに聞いていなかった。銃についての考えをとくに知りたかったわけではない——考えを持っていることを知りたかっただけだ。自分の選んだ銃に命を託す男にとって、銃についての〝正しい信念〟は自分の信念しかないし、〝正しい唱道者〟は自分しかいない。当然、めいめいが異なる信念を持っているわけで、だからこそ、いまだにこれほどたくさんの銃器メーカーが存在するのだ。

「それはそうと——一度に五人以上で襲ってくると思うか？」ラヴェルはそう締めくくった。

わたしは首を振った。ラヴェルはホルスターをつけおえると、そこにリボルバーを差した。それから、ベッドの縁に腰かけたまま、もう一度それをさっと抜いた。もう一度——もう一度。西部劇で見るような滑らかで優美なところはまるでない。乱暴にひっつかんで抜くのみ。そこもわたしは気にいった。

それからラヴェルは立ちあがり、左腰のすぐ前にとめた片開きの小さなクリップ式ホルスターに銃を滑りこませた。

「あんたは銃を持ってくのか？」

「ああ」

「メルランは持っていかないんじゃないかと言っていたが」

「メルランは訊きもしなかった。パリの知り合いから一挺借りてきた」

どんな銃だと訊こうとしたので、「モーゼルの一九三二年式だ」と先に答えた。

彼にしてみればそれが激しい驚きの顔だったのだろう。表情がぴたりと動かなくなった。

「あのばかでかいやつか？　切り替えレバーがついてて、フルオートで撃てる？」

「それだ」

かすかに片眉があがり、片眉がさがった。わたしのことがわかったのだ。あんたの〝信念〟がちょっぴりわかったぞ——なんて信念だよ。

「トレーラーにのっけて牽いていくつもりか？」と彼は言った。「それとも貨物列車で先に送るのか？」

わたしはにやりとした。銃把の形から〝箒の柄《ブルームハンドル》〟と呼ばれる昔のモーゼルには、いろいろと難点がある。とりわけフルオートで撃てるように改良された一九三二年式は、重さが一・四キロ、長さが三十センチもある。現行の銃のなかでも最悪の銃把を持ち、フルオートで撃つと、怒った猫みたいに暴れる。だが、これにはこれなりの利点があるのだ――それを認めないやつは認めないでもいい。

わたしは言った。「おれは昔から、銃を携帯するのに最適の場所は自分の手だと思ってるんでね。頭の回転さえ速ければ、銃のあつかいはそれほど速くなくてもいいのさ」

「なるほどな」なるほどとはあまり思っていない口調で言った。

「じゃ、モーゼルの三二年式は気に入らないわけか」わたしは言った。

「そうとも言えるし、こうも言えるかな。おれに銃のことを教えようってのが気に入らないと」

わたしはにっこり微笑んだ。「それだよ、おれの知りたかったのは。きみのことは放っておいていいんだと、確かめたかったんだ」

左右の眉がまた斜めになった。「おれにでかい面《つら》をできるどうか調べようとしたわけか？」

「きみとは初対面だ。噂は聞いていたが――」ラヴェルの表情が突然、窓にブラインドがおりるようにぴしゃりと閉じた。「噂はまちがってたかもしれないな」とわたしはつづけた。

彼はゆっくりと緊張を解いて床を見おろした。「ああ、まちがってたかもな」そこで顔をあげた。「あんたと仕事をするのが好きになりそうだ。ただし、おれは発砲する前に三枚組の申請書を出したりはしないぜ。撃たなきゃならない時は、撃った音で知ってもらうからな。そいつは忘れるなよ」

「それも確かめておきたかったんだ」

彼はにやりとした。「おれがこれまで組んできた連中は、そこのところがわかってなくてな――そもそも」そこでまた無表情になった。「ひとつだけ。おれたちは別々の役割で雇われてる。あんたは客をリヒテンシュタインへ運び、おれは客の命を守る。それはほとんどの時間は同じ仕事だ。しかし、つねにそうはいかないかもしれない。そいつも忘れないでくれ」

わたしはうなずくと、レインコートのボタンをかけた。「車を取ってくる。二十分後に下の川端で会おう」

彼はまたにやりとした。「やっぱりどうかしてると思うぜ、あんなモーゼルを持ってくなんて」

わたしは肩をすくめた。「戦争体験のせいさ。おれがこの仕事を始めたころは、もっぱらステンガンとプラスチック爆弾だったんでね。そのほうが安心じゃないか？　機関銃大隊が後ろについててくれたほうが」

ラヴェルはきっぱりと首を振った。「安心じゃないね……あんたがあれをぶっぱなすことになったら、おれがあんたの後ろへまわりたいよ」

たがいににやりとした。噂は聞いていると言ったときになぜ硬直したのか、わけを尋ねようかとも思った。だが、それはプロのボディガード・ガンマンにするような質問ではない。

のちになって、とにかく尋ねておけばよかったのではないかと思ったりもした。だがそのたびに、尋ねても彼はきっと答えなかっただろうと、そう思いなおした——それに、いまさらもう遅いと。

4

車の受け渡しは戦時中の手順を厳密に踏襲した。受け渡しの瞬間というのは、車であれ、武器であれ、情報であれ、きわめて危険だ。ふたりの人間が関わり、ふたつのグループが捕まりかねない。

わたしは車のナンバーを聞いていた。車は聖堂広場に駐めてあるはずだった。聖堂の横に、施錠して。キーは左前輪のフェンダーのすぐ裏側に、粘着テープで留めてある。単純だ。

依然として雨が降っていたので、目撃者は減るはずだったが、減る必要がさほどあったわけではない。十時半を過ぎると、カンペールの路上に立っているものは街灯しかなくなる。濡れた広場の石畳に街灯が光の波紋を広げるなか、わたしは聖堂の壁ぎわにならんだ車の前を歩いていった。車はたくさんあった。カンペールは大半が狭い通りなので、車はあちこちの広場にたまるのだ。

あった。黒のシトロエンDS。流線形のフロントエンドがいつ見ても少し口をあけた牡《か》蠣《き》を連想させる。車の左側にはいり、さりげなく手を下に伸ばしてフェンダーの裏側を探った。ない。もう一度こんどは、いささか露骨に探ってみた。やはりない。

体を起こすと、首をゆっくりとまわしながら広場を注意深く見まわした。どことなくぞくぞくする感覚を覚えた。いつもならそれは想像の産物でしかない――が、見えないところを見るには、想像を働かせるしかない。

なにも大袈裟に考えることはない。命令を忘れたり誤解したりした連中は、これまでにもいた。キーは反対側にあるのかもしれないし、粘着テープを忘れてきたのかもしれない。ダッシュボードに入れておくことにしただけかもしれない。ドアの把手に手をかけて、ちょっと引いてみた。ドアはすっとあいた。

そこで、運転手が命令を忘れた理由がはっきりとわかった。

十五分後、わたしはシトロエンでオデ河岸を西へ向かっていた。ハーヴィー・ラヴェルがカフェの日除けの下から出てきた。わたしが車を停めると、中をのぞきこんで、わたしだということを確かめた。

「合い言葉は〝たまらん雨だぜくそ〟だ」そう言って乗りこんでくると、ドアをばたんと閉め、エールフランスのスーツケースを足元に滑りこませた。それからもう一度すばやく体を動かしたのは、銃を腰から足首に移したのだろう。

わたしは車を出して、そのまま西へ向かった。

ハーヴィーは薄っぺらなビニール合羽《がっぱ》を脱いで、後部席に放った。「万事うまくいったか？」

「そうでもない。ひとつ問題がある」

「ガス欠か？」

「ガソリンは平気だ。後ろの床を見てみろ」

彼は後ろを向いて身を乗り出した。まもなく元のように座りなおした。それからわたしを見つめた。「なるほど」と穏やかに言った。「たしかに問題のようだな。誰なんだ？」

わたしはポンラベ方面と標識の出ている国道七八五号線を右折して、オデ川から離れた。

「ここへ車を届けるために寄こされた男だと思う」

「あんたが殺《や》ったのか？」

「おれじゃない。見つけたときにはもう、ああなってた。犯人はあいつをそのままにして、キーをダッシュボードに入れていったんだ」

ハーヴィーは考えこんだ。「気に食わないな。車もキーも全部残していったか。ふうん。誰が取りにくるのか知りたかったのかもな」

「それはおれも考えた。だが、尾けてくるやつがいればわかる」

「どうやって殺られたのかはわかるか？」

「撃たれた。どんな銃かはわからない。市街地を出たらきみに専門家の意見を聞かせてもらおうと思ってた」

彼は何も答えなかった。横眼で見ると、前を見つめたままほんの少し顔をこわばらせているのが、計器の光でわかった。

やがて言った。「おれの得意分野じゃないが、まあ、やってみよう。そのあとは？」

「浜辺かどこかで、あいつをおろす」

「で、あとは計画どおりに進めるわけか？」

「それで金をもらうんだからな」

しばらくして彼はぽつりと言った。「へたをすると、もらえなくなるかもな」

市街地を出ると、わたしは車を徹底的にテストしてみた。アクセルを踏みこみ、カーブに突っこみ、急ブレーキを踏む。シトロエンDSを運転するのは二年ぶりだったし、DSはとてつもなくすぐれた車だが、とてつもなく奇妙な車でもあるからだ。ギアチェンジはマニュアルだが、クラッチがない。前輪駆動だし、一切が油圧で作動する。サスペンション、パワーステアリング、ブレーキ、ギアの切り替え――すべて油圧だ。この車には人間の体内よりも多くの血管が走っている。そこから出血しはじめたら、じきに死ぬ。

それに、この二年でエンジンも少しばかりパワーアップしていた。従来でもこの車はフランスのたいていの道路にはもったいないほどのスピードが出たが、いまでは加速にも馬力が加わっていた。

車はスムーズに高速走行へ移行した。細かい衝撃はあらかた吸収され、吸いつくようにカーブをまわった。ハイビームにすると、大きな黄色い光がカーニバルの夜のように道を照らした。

ハーヴィーが言った。「これにはヒーターってものはついてるのか？」

「どこかにな」

「探そうぜ」

わたしはそれほど寒いと思わなかった。このしとしと雨を降らせているのは温暖前線だから、気温はおそらく上がっているはずだ。しかも、後ろに転がっている仲間のことが頭にあるので、体はかなり火照っていた。だが、死体と一緒に乗っていると、人によっては体温が下がるのかもしれない。

あたりを手探りしてスイッチを入れ、ヒーターとデフロスターをつけた。目指す浜には大きな村もリゾートもないのだが、幹線道路を離れても道はよく、中高《なかだか》になりすぎるきらいはあったが道幅も広かった。空積みの石垣のあいだをくねくねと走っていくと、ときおり使われなくなった風車小屋がヘッドライトの光の中に現われた。

プロニウール・ランヴェルンを通過して、トレゲネックへ向かった。このあたりにたくさん残る古いコーンウォール・ケルト語の地名のひとつだ。カンペールを出てから人っ子ひとり、車一台見かけていない。尾行してくる者がいたとしたら、そいつはヘッドライトではなくレーダーを使っているのだ。ハーヴィーは黙りこんだまま、フロントガラスから拭い去られる雨のむこうをじっと見つめていた。

トレゲネック方面と記された標識まで来ると、速度を落とし、ヘッドライトを下げ、さらに駐車灯だけにした。そのせいで速度はあげられなくなったが、海まではあと一キロ半ほどだったし、一本道だった。パリ・ナンバーのシトロエンがなぜこんな夜更けに海へ行くのかと、不審に思われたくなかったのだ。

ついに道が消えて、だだっ広い砂と砂利の浜に出た。車を停め、すべてのスイッチを切った。ドアをあけると、小山のむこうからのんびりした海の音が聞こえてきた。

「着いたぞ」とわたしは言った。

ハーヴィーは後ろに手を伸ばして合羽を取った。「この男はどうする？　どこかへ埋めるか？」

「そんなところだろうな。場所探しはおれがしてくるから、きみは本人を調べててくれ」

わたしは脚の横のアタッシェケースから、まずミシュランの二十万分の一の道路地図帳を出して座席によけた。地図の下には、モーゼルを収めた専用の大きな木製ホルスターがはいっていた。蓋をあけて中からモーゼルを抜き出し、弾倉を出して差しこんだ。次にその木製ホルスターを逆さにして銃把の後ろに留めると、それが銃床になった。それからボルトを引いて撃鉄を起こした。準備完了だ。

ハーヴィーが言った。「時間を計ってりゃよかったぜ。早撃ちでビリー・ザ・キッドには勝てそうにないな」

「練習してなかったからさ。五分には縮められるぞ」

「ビリーはもうちょい速かったらしいぜ」

「こんな夜は何を撃ったって命中なんかしやしない。大事なのは音だよ。おれのはマシンガンみたいな音がする」

ハーヴィーはうなずいた。「それも一理あるな。わかった、墓場探しは任せる」

わたしは車を降りてドアを閉めた。真の闇に眼が慣れるまでには長い時間がかかる。足の下に感じるものを確かめつつ、そろそろと前に進んだ。十歩ばかり歩くと、足元がごろごろした砂利に変わり、やがて上り坂になった。

数メートルで砂利の土手の上に出た。その明るさでも、三十メートルほど先に海があり、バハマからはるばるやってきた波が大きな轟きとともにうち寄せているのが見えた。卓越風が吹きつけるひらけた浜なので、小型ボートで上陸するには不向きに思えたが、マガンハルトにはあまり選択肢がなかったのかもしれない。しかしまあ、不向きだということは人けがないということでもある。

土手のてっぺんから後ろへさがり、雨に背を向けて左右の陸地に眼をこらした。右手側、つまり南側には、道の終点から数メートル離れたところに、小屋のように見えるものがかたまっていた。反対側には何もなく、二百メートルほどかなたに何かおぼろげな輪郭が見えるだけだ。小屋まで行ってみると、そのうちのひとつはタイヤもない古いバスで、窓が板でふさいであった。人の気配はない。引き返して、土手の内陸側をこんどは北へ行ってみた。

最初にあったのは色褪せた警告看板で、大きな髑髏と〝地雷《ミーネン》！〟の文字が描かれていた。ドイツ軍の要塞があったのだ。しばらくそこにたたずんで、地雷などもう錆びついてだめになっているはずだと自分を納得させようとしたが、だめになっているかいないかは、こちらがどう思おうと関係ないのだと気づいた。わたしは向きを変え、海のほうへおりていった。

波打ちぎわは砂利が尽きて細い砂地が現われたところにあり、端のほうの砂利はまだ濡れていた。引き潮らしい。わたしは車へ引き返した。

眼が闇に慣れてきたので、砂利の土手を越えたとたん、シトロエンの車内灯が篝火《かがりび》のようにまばゆく見えた。おりていくと、ハーヴィーが足音に気づいてドアを閉めた。

「場所は見つかったか？」彼は訊いた。

「そっちはなんで死んだかわかったか？」

「だいたいな。三発食らってる。それもかなり近くからだろう。窓越しに撃たれたのかもしれない。三発とも体内にとどまってるから、小口径の銃だな。六・三五ミリとか。だけど、おれは外科医じゃないんでね」

「傷口の大きさでわからないのか？」

彼は首を振った。「わからない。弾がまっすぐにはいれば、穴はまた閉じる。おれにわかるのは、大して出血してないから、すぐに死んだことぐらいだ——それが何かの助けになればだが」

「本人の助けぐらいだな」わたしは死体を懐中電灯で照らした。聖堂広場では検分している時間がなかったのだ。つややかな黒い髪をした背の低いがっちりした男で、わびしい口髭をたくわえ、自分が死んでいることに無関心な青白い顔をしていた。目の粗いツイードの上着を着ており、ハーヴィーがシャツを広げていたので、胸に小さな傷が三つ見えた。

気乗りはしなかったが、念のために背中を触ってみた。射出口はなかった。次にポケットを探った。

「むだだぜ」とハーヴィーが言った。「身分証も運転免許証もない。本人が身につけてなかったか、誰かが取ったかだ」

だが、何もかも取られていたわけではなかった。ポケットには硬貨がいくつかと、紙幣やレシートが何枚かあったし、上着にはメーカーのラベルもついていた。警察なら身元を突きとめるのにそれほど苦労しない。少々時間がかかるだけだ。犯人が望んでいるのはそれだけなのかもしれない。

わたしは男のキーリングを取り出した。ドアや鞄の鍵がいくつかついているほかに、真鍮の空薬莢がひとつ、ドリルであけた穴に小さめのリングを通してつけてあった。

それを懐中電灯に向けてみた。底の雷管を見ると、大きな四角い撃針で撃たれているのがわかった。周囲の文字は長年ポケットのなかでこすれて摩滅していたが、〝WRA-9mm〟と読み取れた。わたしはそのキーリングをハーヴィーに渡した。

ハーヴィーは文字に懐中電灯の光をあてた。「ウィンチェスター・リピーティング・アームズの略だ。戦時中にアメリカから送られてきたんだな。こんな撃針はいったい何についてるんだ？」

「ステンガンだ」

「じゃ、なんだ、こいつはレジスタンスだったわけかよ」

わたしはうなずいた。それは驚きではなかった。アンリ・メルランのためにこの手の仕事をする連中は、アンリとともにレジスタンスにいた可能性が高い。だが、ステンガンを持っていた者はそういない。映画だと、マキ（対独レジスタンス組織）の連中は誰でもステンガンを持っている。だが、戦時中、実際にステンを渡されたのは、冷静に標的のそばまで接近して、命中させられると確信したときにだけ撃てる人間だった。そうでない連中にとって、ステンは弾薬を最速でむだにする手段にしかならない。

つまりこの男は、自分と同じような相手に襲われたわけだ。標的のそばまで接近して、命中させられると確信したときにだけ撃てる相手に。わたしは肩をすくめた。レジスタンスなどもはや昔話であり、わたしたちはいろんなことを忘れてしまっている。だが敵は、何者か知らないが、それほど忘れていないようだ。

わたしはキーリングを男のポケットに戻すと、雨の中に立ちあがった。

ハーヴィーが訊いてきた。「こいつをどこへ運ぶ？」

「海へ放りこむ。ちょうど引き潮だし、砂利や濡れた砂地はどのみち掘れない」

「どうせ拾いあげられちまうぞ」

「そうともかぎらないさ。どこか遠くで拾いあげられるかもしれない。何日か海につかってくれれば、死んだ時間を正確に割り出すことはできなくなる」

彼はわたしを見た。

わたしは言った。「きちんと埋葬してやりたくないわけじゃない――厄介の種だというだけだ。何か面倒が起きて、おれたちの足取りがこの浜までたどられた場合、こんなものがここで見つかるのはまずい」

ハーヴィーはうなずくと、わたしと一緒に男を持ちあげて砂利の土手をのぼりはじめた。

男はかなり重かったので、ぶざまな格好でよたよたと運ばざるをえなかったが、どうにか波打ちぎわまでたどりついた。膝まで海にはいっていって、さらに一メートル沖へ男を放った。男は浮いてきて、しばらくのあいだ離れがたそうにそこにとどまった。やがて波が引くたびに少しずつ、岸へ押しもどされるよりも大きく沖へ引かれていった。

わたしは先に立って土手の上まで戻り、後ろを振り返った。水平線はなかった。海と空はどことも――四百メートルか四海里かすら――見当のつかないあたりで溶け合い、ひとつの濃い闇になっている。懐中電灯を出し、沖へ向かってモールス符号の〝ＯＫ〟をいちおう点滅させてみた。なんの合図も返ってこなかった。

まだ返ってくるとは思っていなかった。雨は降っているし、段取りも全体に大雑把だし、一時間ぐらいは遅れても心配しないつもりだった。むこうが分別を働かせてヨットをフランスの領海外に停め、三海里以内では小型ボートを使ってくれることを願うだけだった（一九六〇年代当時、領海は三海里が一般的だった）。

濡れながら延々と待つことになるだろう。だが、ふたりそろってそうしなくてもいい。

「きみは車に戻ってろよ。十五分後に交替しにきてくれ」

ハーヴィーは答えもしなければ、動きもしなかった。わたしは懐中電灯で顔を照らした。

ハーヴィーはさっと顔をそむけた。「消せ、ばか野郎！」

わたしは消した。「すまない」

「二度とそんな眼つぶしを食らわすなよ。おれは見えてなきゃならないんだぞ」ぴりぴりした乱暴な口調だった。

「すまない」とわたしはまた言った。「濡れないところへ行ってたほうがいい」

「わかった」だが、動かなかった。それから訊いてきた。「酒はあるか？」

「今夜は飲まないのかと思ったよ」

「死体を運ぶはめになるとも思わなかったぜ」

わたしがばかだった。プロのガンマンというのは自分の仕事の最終結果を思い出させれるのを嫌がるものだ。それなのに検死までやらせてしまうとは。

「すまない」とまたしても言った。「アタッシェケースにスコッチがはいってる。取ってくるからここにいてくれ」

車に戻ってそれを出した。あまり好きではない銘柄のハーフボトルだが、ロンドンからの機内で手にはいるのはそれだけだったのだ。列車内の値段より安かったので、車内ですでにあけていたが、まだ四分の三は残っている。

土手に戻り、沖へ合図を送ってみてから、瓶を渡した。

「要らない。やっぱりやめた」ハーヴィーは言った。

わたしは闇と雨を透かして彼を見つめた。寒いし、濡れているし、こっちだってあの死体を見つけたり捨てたりするのを楽しんでいたわけではない――そこへもってきてこんどは、飲むのか飲まないのかという簡単なことも決められないガンマンのお守りとは。

こっちこそ飲みたくなった。ひと口あおってから、もう一度ハーヴィーに瓶を差し出した。「飲めよ。長い道中になる」

彼は瓶をつかんだ。それから腕を振りあげ、足元の砂利に瓶をたたきつけた。「飲みたくねえんだよ！」

ウィスキーが腹の中で鉛になり、後味が口の中で酸っぱくなった。わたしは静かに訊いた。「いつから断《た》ってるんだ、ハーヴィー？」

彼は黙って溜息をついた。観念した長い溜息を。

「いつからだ？」わたしは言った。

「だいじょうぶだよ。心配すんな」

ああ。なんの心配もない。ボディガードが慢性のアル中。それだけのことだ。

これで少なくとも、彼が年金をもらうまでアメリカのシークレット・サーヴィスにいなかった理由はわかった。

「いつからだ？」わたしは問い詰めた。

「四十八時間前だ。ほぼ。前にもやったことがある。やれるよ」

そこが不思議なところだ。たしかにやれるのだ。四十八時間でも、一週間でも、何週間でも。

「手が震えてくるだろう？」

「いや。それはもうすんだ。また飲むまでは二度と震えない」

また飲むだろうという冷静な仮定に、わたしはぞっとした。耳に痛くとも何か言ってやろうと口をひらいたが、雨がはいりこみすぎないうちに閉じた。わたしが彼に望むのは、あと二十時間しらふでいてくれることだけだ。そのあとのことはどうでもいい。

それに、永遠に禁酒するつもりはないというのは、ある意味では喜ばしいことだ。永遠がどれほど長いかをふと思い出すと、連中はたちまちまた酒瓶の中へ逃げこんでしまう。だが、あと一日だけというのは、目標としてはたやすい。なにもその前に本人をくじけさせなくてもいい。

わたしは沖へ向かって懐中電灯を点滅させた。

しばらくどちらも黙りこんでいた。波が浜にうち寄せ、小やみない雨がその音をくぐもらせた。やがてわたしが尋ねた。「もう記憶喪失も経験したのか？」

ハーヴィーは苦笑のようにも聞こえる声を立てた。「記憶の欠落のことか？　そんなもの、どうすりゃ憶えてられるんだよ」

わたしは黙ってうなずいた。かならずしも答えを期待していたわけではないが、訊いた価値はあった。答えが返ってくれば、彼がどのくらい深みにはまっているのか、どの程度くじけそうなのか、見当をつけやすくなる。

「ちょっと興味があっただけだ」

「そんなに興味があるなら、そういう話は嫌がられるのも知ってるだろ」

ではこの男は、さまざまな段階や症状をわざわざ調べてみたわけだ。彼らはときどきそういうことをする。いわば一歩身を引いて、坂を転げ落ちる自分をながめるのだ。自分をとどめようとするより苦労がない。

「じゃ、あんた、少しは知識があるわけか？」彼は訊いた。

「少しはな。戦時中には、多少飲みすぎるのはかならずしも珍しいことじゃなかった——とりわけこういう仕事では。本ですっかり調べたことがある。そういう連中がどのくらい安全をおびやかすのか、知っておく必要があったんで」

「で、どのくらいおびやかしたんだ？」

わたしは肩をすくめたが、たぶん彼には見えなかったはずだ。「おびやかした者もいれば、おびやかさなかった者もいる。とにかくおれたちは戦争に勝った」

「そうらしいな」それから「明かりだ」と言った。

「なに？」

彼は海のほうへ手を振った。「あっちで。明かりが見えたぞ」

わたしはまた懐中電灯を点滅させた。

かすかな光が瞬き返してきた。腕時計を見ると、ちょうど二時をまわったところだった。

「マガンハルトのはずはないな」とわたしは言った。「まだろくに遅れてもいない」

「本物の大実業家ってのは有能なものかもしれない。でもって、自分を連れまわしてくれる有能な連中を雇ってるのかもしれない。そうは考えないのか、あんた？」

わたしたちは雨と闇を透かして相手の顔を見た。「ああ」とわたしは答えた。「きみやおれを見てると、そんな考えはなかなか湧いてこないんでね。だけどおれたちはもう雇われてるわけだし、試してみたほうがいいかもな」

5

ボートは長々と底をこすりながら浜に乗りあげた。数人が飛びおりて船体を押さえた。次の波がそいつらを腰まで濡らした。

むこうはそのために雇われているのだし、わたしはもう今夜はたっぷり濡れていたので、ハーヴィーとともに砂利の上にひかえていた。エンジンつきのホエールボートで、かなり幅があった。この波を越えてくるにはそれぐらい必要だったのだろう。長さは優に七、八メートルあり、それを積んでいるヨットがいかに大きいかわかる。

ひとりがえっちらおっちらやってくると、喉音のきつい英語で言った。「魚が食いついていますよ」

わたしは懸命に正しい合い言葉を思い出そうとした。合い言葉というのは、しかるべき場所で口にされてこそ意味がある。人通りの多い街路でまずい相手に聞かれたとしてもそれと悟られないよう、いかにもさりげない言葉を口にするのなら。こんなところではばかげている。だが、メルランが固執したのだ。

やっと思い出した。「鳥も歌っていますね」

男はひと声うなり、引き返していった。わたしはハーヴィーを見た。何かをするりと合羽の下に戻していた。

多数の乗組員の手を借りて誰かがボートから降りてきた。悠然とわたしたちのところまでやってくると、「マガンハルトだ」と名乗った。

「ケインです」

「ラヴェルだ」とハーヴィーが言った。

「手荷物が二十キロと、人間がふたりだ。シトロエンで来たんだろうな」マガンハルトは言った。

〝かまわないか？〟ともなんとも尋ねない。たんに伝えただけ。きみたちの予期していないことがあるとしても、それを言うのはきみたち次第。なるほど有能だ――ハーヴィーの予想どおり。

予期していないことがあった。「ふたり？」とわたしは言った。

「秘書のヘレン・ジャーマン君だ」マガンハルトはそのまま、こちらがほかに何か言うのを待った。闇の中で見分けられるのは、角張ったがっしりした体と、黒っぽいコート、無帽の頭、眼鏡のきらめきぐらいだった。声は粗悪なディクタフォンのように平板できんきんしている。

もうひとり誰かが砂利の上をざくざくと歩いてきて、マガンハルトの横に立った。「すべて順調かしら？」

明るく冷ややかな、まぎれもないイギリス人の口調。そんなお嬢様学校のアクセントなど誰にもまねできない。それにたぶん、誰もまねしたがらない。

見たところかなり背が高く、黒っぽい髪をしており、黒っぽいコートが雨に濡れて柔らかく光っている。

マガンハルトが答えた。「だと思う。手荷物は来たか？」

女が振り返ると、船員が鞄をふたつ運んできた。マガンハルトはわたしたちを置いてさっさと砂利の土手を越えていった。ハーヴィーがわたしの肩をぽんとたたくと、すばやく二歩足を運んで、マガンハルトの右後ろにぴたりとついた。まさしくボディガードのいるべき位置に。

わたしは列のしんがりについた。まさしくお抱え運転手のいるべき位置に。

船員はふたつの鞄をシトロエンのトランクに入れた。どちらも高価でしっかりした造りの馬革の鞄だった。マガンハルトがうなずくと、船員は土手のむこうへ引き返していった。

ハーヴィーはマガンハルトの横に立っていた。闇に眼をこらしているが、それと同時に、マガンハルトが最も狙われそうな射線を自分がさえぎるようにしてもいる。撃ち返すのはボディガードの仕事の後半でしかない。前半は、撃たれるのを体で防ぐことだ。

「ハーヴィー、どこに座りたい？」とわたしは尋ねた。

「前だ」

女が言った。「そこはマガンハルトさんがお望みになるかもしれません」

「なるかもしれないが」とわたしは言った。「その場合はがっかりすることになる。席はハーヴィーが決める」

マガンハルトが言った。「ラヴェル君――きみはボディガードか？」

ハーヴィーは「ええ」と答えた。

「メルラン君に言ったんだがな。ボディガードは要らん、運転手だけで充分だと。撃ち合いは好まん」

「それはこっちもだ」ハーヴィーは依然として外側に眼を向けながら、穏やかに言った。

「でも、あんたとおれだけじゃ、多数派にはならない」

「誰もわたしを殺そうとなどしていない」マガンハルトは言った。「メルラン君がそう思いこんでいるだけだ。唯一の危険は警察に止められることだよ」

わたしが言った。「わたしも同じ考えでした。が、今夜カンペールに車を取りにいってみると、中に死体が乗っていました」

雨がわたしたちの横で暖かく乾いている車を優しくたたいた。

やがてマガンハルトが言った「殺されていたということか？」

「そういうことです。わたしたちに車を届けるはずだった男だと思います」

女が言った。「乗っていたって、この車に？」

「運転席にいただけだ。それにもうそこにもいない」

「その人をどうしたの？」

わたしは答えなかった。マガンハルトが言った。「こういう連中が死体というものをどうするのか、本当に知りたいのかな、きみは？」だが、自分の軽口を面白がっているようには聞こえなかった。

ハーヴィーがうんざりして言った。「車に乗るつもりがあるなら、マガンハルトさんはおれの後ろに座ってくれ。右側に」

ふたりは口答えもせずに言われた場所に乗りこんだ。ということはやはり、マガンハルトもいくぶん動揺していたのかもしれない。

トレゲネックを過ぎると、ヘッドライトをつけた。だが、ギアは二速のままにしておいた。急いでいる印象を残したくなかった。こんな時刻に海からやってくるだけでも充分に怪しいのだ。

プロニウール・ランヴェルンの町を抜けると、三速にあげた。雨はフロントガラスをたたいてはワイパーに拭われ、拭われない部分が中央に小さく残った。わたしは楽な姿勢を見つけようとして左のドアに寄りかかった。

しばらくしてハーヴィーが言った。「むこうはカンペールでおれたちを待ち伏せしてると思うか？」

「わからない。可能性はある」

「避けて通れるか？」

「ものすごく迂回しないと無理だ。川を渡らなきゃならないんだが、カンペールの下流に橋はないし、上流にも十キロぐらい先までない」

後ろからマガンハルトが訊いてきた。「なんだってわたしらを待ちかまえている者がいるんだ？」

「わたしは車にいた男のことを考えてます。何者かが彼のことを知っていた。とするとそいつらは、わたしたちのことも知っているかもしれません」

「きみがラヴェル君をパリから尾けてきたのかもしれんぞ」

「いえ」ハーヴィーには質《ただ》すまでもなかった。

「確信があるのか？」マガンハルトはきびきびと言った。

「あるから言っているんです」

シトロエンは広いでこぼこ道を疾走した。粗雑な石垣にはさまれた道は、人けがなく寂しかった。モーゼルはアタッシェケースに戻してあり、わたしは汚い灰色のモカシンにはきかえていた。長時間の運転をするにはこのほうが、踵の硬い普通の靴よりはるかに楽なのだ。

しばらくしてマガンハルトが言った。「もめごとを正面突破しようとするより、避けようとしてくれるかな」

「やってみますが」とわたしは言った。「ブルターニュを出るまではあまりルートを選べないんです——あと二百キロは。あなたは時間どおりに着きましたから、むしろそれを利用するほうが得策かもしれません。なるべく迅速に移動するほうが。むこうはまだ態勢が整っていないかもしれないので」

自分でもそんなことを信じているとは思えなかった。二時間半以上も前にもう、何者かがあの運転手を待ちかまえていたのだから。だが、ほかにどうしようもない。

カンペールにはいった。ギアを二速に落とすと、思った以上にがくんと衝撃があった。初めての車では、ギアを上げるより落とすほうが慣れるのに時間がかかる。ハーヴィーはドアのばかでかい肘掛けから肘をあげ、足首のあたりに手をおろした。わたしは河岸《かし》のほうへ静かに車を走らせた。

駐めてある車の列をのぞけば、雨の河岸はがらんとしていた。川岸の並木になかば隠れた街灯が、きらきらした斑模様の光のトンネルを作っている。シトロエンは軽く震動しながら石畳の道を走った。

そのときハーヴィーが言った。「いまのところを右折するべきだったぞ。一方通行を逆走してる」

「わかってる。それは連中も予期してないだろうと思ってさ」

サイドライトを消してナンバープレートを暗くすると、アクセルをそっと踏みこんだ。車は加速した。河岸のはずれまで来ると、右へ曲がって――これまた一方通行の橋を逆走し――川を渡った。わずかに右へ曲がり、大きく左へ曲がると、逆走は終わり、加速して国道一六五号線沿いの駅前を通過した。ライトをつけた。街並みがこぢんまりしてきた。

「誰か人影を見たか？」わたしは訊いた。

誰も答えなかった。そこでハーヴィーが言った。「おれだったらどのみち、街のまんなかで人を襲ったりはしないがな。人眼がありすぎる。こっちが撃ち返すことも、もう計算に入れてるだろうし。おれたちがあの運び屋の男を見つけたことは知ってるんだから」

「むこうはおれたちに車も残していった。ということはもしかすると、このあたりから出てってほしいだけかもしれない」

車はもう街を出ており、わたしは初めてトップギアに入れていた。時速九十五キロ。いよいよ走りはじめたのだ。

マガンハルトが不審げに訊いてきた。「そいつらがなぜそんなことをするんだ？」

「さあ。ひとつの街に死体はひとつで充分だと考えたのかもしれません。そいつらのことは、わたしよりあなたのほうがよく知っているでしょう」

マガンハルトの口調がこわばった。「わたしがそんな連中を知っていると思うのか？」

「むこうが追ってるのはあなたなんですよ、わたしたちじゃない。わたしたちがここにいるのは、あなたがここにいるからです」

「悪いが、わたしは雇われガンマンなどとつきあいはない。ごく狭い社交生活を送っているんでね」

ハーヴィーに眼をやると、ヘッドライトの反射光でちらりと、ゆがんだ笑みが見えた。

だが、マガンハルトからはまだ聞き出せることがあるかもしれなかった。「じゃ、そいつらは雇われガンマンだと思うわけですね？」

「きみやメルラン君の言うとおり、わたしを殺そうとしている者がいるとすれば、それが最も簡単なやり方ではないかね」

わたしは首を振った。「そうともかぎりません。プロのガンマンなど――本物のプロなど――めったにいませんから。たいていの殺人は痴情のもつれか、たんなる過失です。普通の悪党は殺人罪に問われるようなまねはしたがりません。じゃあ、病的な連中や、クスリでハイになって銃を振りまわすのが好きなチンピラはどうかというと――そういう連中はプロではないし、プロの仕事もしません。信頼に足る人物を見つけるには、フランスを相当よく知っている必要があります」

「メルラン君はきみらを見つけたぞ」とマガンハルトは指摘した。

「メルランはフランスを知っています」それでも結局見つけられたのは、終戦以来この手の仕事はほとんどしていない運転手と、よくてもアル中寸前にはなっているボディガードなんです。そう言おうかとも思ったが、謝るのは客に文句を言われてからでいい。

「でも、そいつらを雇っている連中はフランスを知っているわけですか?」わたしは食いさがった。

マガンハルトは長いあいだ黙りこんでいた。それからゆっくりとこう言った。「残念だが、誰が雇っているのかなど、わたしは知らんな」

わたしは座席の横に手を伸ばして、油圧サスペンションを二段階さげた。道がかなりよくなったのだ。時速百二十キロを保ち、ヘッドライトをハイビームにして道を独占した。

雨は依然としてうんざりするほどしつこく降りつづいていた。ヒーターは前も後ろも作動していて、みなの体が乾きはじめたので、車内はさながら小型のサウナのようになっていた。だが、わたしは走りつづけた。

カンペルレにはいる際に、危うく旅を終わらせそうになった。下りの左カーブが見た目ほど高速走行に適していなかったため、前輪が一瞬、路面をとらえそこねたのだ。アクセルから足をあげると、荷重が増してタイヤはふたたび路面をとらえた。車がまっすぐになると、わたしはちらりとハーヴィーを見た。ハーヴィーは膝にゆったりと手をのせたまま、くつろいで座っており、わたしのほうは見ていなかった。自分の仕事に徹し——わたしの仕事はわたしに任せている。

カンペルレの街は、石畳をはいであちこちに積みあげることで観光シーズンの始まりを祝っていたが、わたしたちが通過すると、道はふたたびがらんとして人けがなくなった。

わたしは煙草を出してハーヴィーに渡した。ハーヴィーは無言のまま一本に火をつけて渡してよこし、それから自分のジタンにも火をつけた。

しばらく黙って煙草を吸ってから、こう言った。「なあ、ナンバーを見られたくないのなら、おれが後ろへ行ってライトを蹴り割ってもいいぜ」

わたしはちょっと考えた。「いや、やめておこう。憲兵がたんにランプの切れてることを伝えに追いかけてくるかもしれない。うわべは善良で法を守ってるように見えたほうが無難だ」

彼はダッシュボードの吹き出し口から出てくる空気の流れに煙を吐き出した。「そうだよな、それにはカンペールの一方通行で気づいたぜ」

「あれは将軍連中の言う〝計算ずみのリスク〟ってやつだ」

「へええ、それはまぐれで勝ったときに使う台詞じゃないのか。だけど、それがあんたの望みなら、パネルトラックを使うべきだったな——ライトバンを。それなら誰も怪しまない」

「ナンバープレートが怪しまれる。どんなお巡りだって、パリ・ナンバーをつけた配達のライトバンがブルターニュやスイス国境を走ってれば、不審に思う」

「なるほど。じゃ、長距離トラックを使うべきだったな――フランス語で言うカミヨンてやつを」

「どこから？　だいいち、おれはカミヨンの運転手じゃない」

ハーヴィーはしばらく黙って煙草を吸った。左手を使って。右手を空けている理由を知らなければ、もはや生来の左利きに見えるほどなじんでいる。

「なるほど」と彼は言った。「おれが言いたいのは、もうちょい計画を練る時間が欲しかったってことだ」

「時間があれば、こんなことはやってないさ」

「まあ、そうだな」彼はダッシュボードの計器に眼をやった。「給油はいつごろ必要になる？」

「まだいい」メーターは満タンに近い。「明るくなるまではだいじょうぶだと思う。明るくなれば、もっと車が現われる」

「日の出は五時半ごろだ」

わたしは驚いて眉をあげた。日の出の時刻ぐらい、わたしが調べておかなくてはいけなかったのだ。つい忘れてしまうが、ハーヴィーはわたしより豊富に、それも現役でこの手の仕事をしている。問題を抱えているのはたしかだが、それが現われていないときは、頑固で、冷静で、頭の切れる男なのだ。

わたしは横眼で彼を見た。顔は穏やかで、手は煙草を持ちあげているとき以外はじっとしている。だが、眼は前方を見つめ、ヘッドライトの中に現われては去っていく壁や家や木々をひとつひとつ吟味し、無害だということを確かめている。

車が縮んで体をぴったりと包み、自分の一部になったような気がした。大型のシトロエンでは、後部席にいる者の息が首筋にかかることもないし、この三十分は身じろぎの音さえ聞こえてこない。ふたりは体重も個性もなくなり、ただの曖昧な記憶になっている。車は薄暗い運転席にいるわたしとハーヴィーだけになり、高性能弾丸のような正確さで闇の中を突っ走っていた。

それはまさに、車がどうふるまうのかはっきりわかるようになるあの境地だった。道がどうなるのかも、はっきりと感じ取れた。なじみの道ではないのに、なじみに思えた。パターンが理解できた。次はどうなるのか、カーブはどのくらいきついのか、坂はどのくらい急なのか。

こういう境地というのはある。そしてこの境地にいたると、何をしても正しく安全にやれる。だが、長くはつづかない。それが過ぎ去ったのに、そのことに気づかないでいると、このうえなくまずい、このうえなく危険な状態になる。

ダッシュボードの時計は三時三十分を示していた。夜明けまであと二時間。リヒテンシュタインまで十六時間。

6

四時に並木道を通ってヴァンヌにはいった。これを過ぎるとあと一時間は大きな町がない。

「前のポケットに『ミシュラン』がはいってる」とわたしはハーヴィーに言った。「ここを見つけて、郵便局を探してくれ。そこに電話ボックスがあったら、メルランにかけたいんだ」

「なぜ？」

「連絡をよこせと言ってたし。あいつならカンペールの一件について何かつかめる可能性もある。役に立つかもしれない」

しばらくして指示が来た。「すぐそこを右に曲がれ。この広場に沿って。右側の二百メートル先が郵便局だ」

暗い電話ボックスの横に車を停めて、エンジンを切った。静寂がいきなり襲いかかってきて、自分たちがどれほど騒々しく走ってきたかを思い知らされた。わたしは首を振った。

旅はまだ始まったばかりなのだ。びくびくするのは早すぎる。車を降りて雨の中に出た。電話ボックスはあいていた。交換手を起こすのにしばらくかかった。パリにあるアンリ・メルランの自宅の番号を伝えた。

呼び出し音が何度か鳴ったあと、眠たげな女の声が聞こえてきた。「もしもし？《アロー》」

「アンリと話せますか？《エティル・ポシブル・ド・パルレ・ア・アンリ》　キャントンといいます《ヴォワシ・キャントン》」

ちょっと間があってから、女は答えた。「数分後にこちらからかけさせます。《イル・ヴ・ドヌラ・アン・ク・ド・テレフォン・ダン・ケルク・ミニュト》　そちらの番号は？《ケレ・ル・ニュメロ》」

番号を伝えて電話を切ると、車に戻った。

「まだ話せなかった」とハーヴィーに言った。「むこうからかけなおしてくる」運転席に滑りこんで、煙草に火をつけようとした。

マガンハルトが訊いてきた。「なんのために電話するんだ？」

「カンペールでの出来事を知らせるんです。あいつに思いあたるふしがあるかどうか。何か指示があるかもしれません」

マガンハルトの声がいくぶんこわばり、きんきんしたものになった。「きみは専門家だと思っていたがな」

「専門家というのは、専門家に電話すべきときを知っている人間のことです」

ボックスの電話がけたたましく鳴り、わたしは飛び出していった。

アンリの声がした。「ムシュー・キャントン？」

「やあ、アンリ。悪い知らせだ。あんたのブルターニュの従弟がよくない、だいぶよくない」

「それは悪い知らせだな。どうしてそんなことに？」

「突然のことだ——ひどく突然の。何かおれに助言はあるか？」

「彼は——ちゃんと世話をしてもらってるんだな？」

「少なくとも一日か二日は、いまのところでだいじょうぶだ」

「ならたぶん、きみはそのまま行くべきじゃないかな。いまはヴァンヌか？」

「ああ。気になるのは彼のかかった病気に——伝染性があるかどうかだ。最近なにか病人に接したという話は聞いてないか？」

「聞いてない。だが、いまから——朝になったら訊いてみる。また電話してくれるか？」

「わかった。じゃあな」

「オ・ルヴォワール、キャントン」

わたしは車に戻った。「あいつは何も知らない」ふたたびエンジンをかけた。「ここで道をそれて、レンヌ、ル・マンと、北のルートを取ることもできるんだが。道がいまひとつよくない。このままナントへ向かおうと思う」前方の角からベルリエの黄色い大型カミヨンが轟然と現われ、地響きを立てながら通り過ぎていった。

ハーヴィーが「なら、行こうぜ」と言った。「朝めしまでにはああいうやつらで道がいっぱいになっちまう」

道はかなりまっすぐになり、走りやすくなった。ヘッドライトに照らされる農地は豊かで肥沃に見えた。車はブルターニュ半島からほぼ出ようとしていた。

だが、魔力は解けていた。わたしはもうさきほどのようには道を感じ取れなくなっていた。車は快調に走っていたものの、魔法は消えていた。

ときおり、カミヨンや農家のトラックが後輪から水煙を巻きあげて走っていた。こちらも魚雷艇のように飛沫《しぶき》をあげているにちがいない。ナンバープレートを読まれる気づかいなどないのだ。そう気づいた。

誰も口をきかなかった。ハーヴィーか後ろの女が、車内をぱっと明るませて煙草に火をつけるだけだった。沈滞した夜明け前の最後の時間。夜が明けるのを待ちきれない病人たちが息を引き取る時間。新たな一日を前に充分な力が湧いてこないのに気づく時間。優秀なガンマンが待ち伏せをしかけてくる時間。

だが、しかけてはこなかった。五時を少しまわったころ、わたしたちはナントの殺伐とした工場地帯を走り抜けていた。中心部を迂回して北西の郊外へはいったのだ。

ハーヴィーが尋ねた。「ガソリンはどうだ？」

「減ってる。だが、アンジェまでは行けると思う。まだ二百五十キロぐらいしか走ってない」

女が言った。「停まって朝食をとれるかしら？」

「トゥールで何か食おう」

「なぜそれまで待つの？」

「あそこまで行けば、だいぶ観光地になるんで。人がよそ者のことを憶えてる可能性も低くなる」

わたしたちは走りつづけた。国道二三号線をロワール川の上流へと。走りやすい良い道だったが、突然カーブして川岸の村々へくだることがあった。交通量が増えてきた。海から魚を運んでくるトラック、農地から野菜を運んでいくトラック。さまざまなものを運ぶさらに多くのカミヨン——ベルリエ、ソミュール、サヴィエム、ユニック、それにウィレムのタンクローリーも見える（すべてトラックのメーカー）。どれもフランス外人部隊を思わせる四角い頑丈な造りで、外人部隊と同じく邪魔者はなんであれ踏み越えていこうとする。

あたりの闇が薄れはじめた。木々や家々の輪郭が空から分かれ、ヘッドライトの光が淡くなった。雨も小降りになってきた。追い風なので、わたしたちのほうが前線より速く走っているのだろう。

充分に明るくなると、ルームミラーをひねって後ろの客を初めてじっくりと見た。

マガンハルトは五十前後のようだった。肉づきのいい四角い顔を用心深くしかめているところなど、ある意味では年齢相応に見えるが、細かいところまではわからない。これといった特徴もなく、やつれてもいなかった。髪は漆黒で量があり、鋭いV字形の生え際から丁寧に後ろへとかしつけてある。形はそっくりに造りながらも、すべてを滑らかに様式化して本物の芸術だということを示す、あの二、三〇年代の金属彫刻を思わせた。

四角く分厚い黒縁の眼鏡をかけ、ごくあっさりした型のブロンズ色のレインコートを着て腕組みをし、四角い腕時計と角張った金のカフスボタンをのぞかせている。ステンレスを百万ドルに、金を五十セントに見せられるスカンジナビア人デザイナーの手になるものだ。

ジャーマンという若い女のほうは、またちがった。

顔は清純でありながら傲慢だった。珍しい取り合わせではないが、彼女の場合ほど美しく見えることはあまりない。きれいな卵形で、やや青白く、アーチ形の細い眉はもっぱらペンシルで描いたものだ。長い茶色の髪をガルボの《クリスチナ女王》風に切り、顎の下でカールさせている。ぐっすりと眠っているが、そうしているあいだも口のボタンはしっかりとかけている。

マガンハルトにはまるで似つかわしくない――いや、ある意味では似つかわしいのだろうか。少なくとも、マガンハルトが彼女を社長室の前に置いておきたい理由はわかるし、彼女を本当に必要とする場所はそこしかないことも容易に想像がつく。この女ならきっと小物の成り金どもを、相手の感情を傷つけることなく追い返すのがうまいはずだ。彼女に出ていけと言われたら、みな従うだろう。

そのおかげで彼女は黒っぽいシールスキンのコートを手に入れていた。金の出どころはおおかたマガンハルトだろうが、デザインは絶対にちがう。はおってベルトでゆるく縛るだけのカジュアルなもので、さもありきたりのコートのように着ている。その下は白いブラウスだった。

わたしはハーヴィーをちらりと見てからミラーを戻し、ふたたび道路に集中した。アンジェにはいったのは六時ごろだった。道は悪くなかったのだが、何台ものカミヨンを追い越さなければならず、スピードが落ちたのだ。

がらんとした広い通りをゆっくりと走り、鎧戸を閉めた背の高い古い家々の前を通り過ぎた。眠りについたフランスの町というのは、死んだようにひっそりしている。まるで墓地をこっそり通り抜けているようだった。スピードを落としたまま、なるべく静かに車を走らせた。

ここからトゥールまではふたつの道がある。北をまわる本道と、川沿いを行く観光ルートだ。考えたすえに、この時間なら川沿いの観光客のほうが本道のトラックより少ないだろうと踏んだ。

「まもなくガソリンスタンドに寄る」とわたしは伝えた。「これからはカフェなんかで人に会うかもしれない。自分がどんな役を演じるか決めておいたほうがいい」

ハーヴィーが尋ねた。「あんたはフランス人でいけるか？」

「いける。パスポートを見せろと言われなければな」フランス人はフランス語をまともにしゃべれるのは自分たちだけだと思いこんでいる。だからしゃべれるようになってしまえば、外国人だとは思われもしない。ありがたいことに。

「おれはそこまでフランス語がうまくないからな。まるで知らないことにするか。アイオワのムース・ドロッピングス（ヘラジカの糞の意）から来たただのお上《のぼ》りさんだ。ヨーロッパは初めてだけんど、いやまあ風情のあるところだな」

わたしは彼をじろりと見てから、後ろに訊いた。「マガンハルトさん、あなたは？どんなパスポートをお持ちです？」

「わたしはスイス在住のオーストリア国民だ」

「パスポートはあなた自身の名義ですか？」

「当然だ」

そんなことだろうとは思っていたが、ほかにもまだいろいろと正直にやってくれていそうだった。

「あなたは英語でしゃべったほうがいい」とわたしは言った。彼の英語は完璧とは言いがたいし、見かけもとくにイギリス人らしくはない――少なくともわたしの眼には。だが、カフェのフランス人店主にはそれらしく見えるだろう。「でも、パスポートを見せなければならなくなったら、英語もフランス語も絶対にしゃべらないでください。外国語を知らないほうが、小物らしく見えますから」

彼はウムとうなった。小物に見せるというアイデアが気にいったかどうかはともかく、その意味は了解したのだろう。

「ジャーマンさんは？」わたしは訊いた。

「もちろんイギリスのパスポートを持っていますけれど、フランス語ならじゅうぶん流暢にしゃべれる自信があります」

「きみはイギリス人のままのほうがいい。どう見てもイギリス人だ。で、好きなだけ上流階級のまねをしてくれ。むこうが秘書を捜してるとしたら、まさか公爵夫人だとは思わないだろう。思いきり偉そうにやってくれ」

「わたしは自分のふるまいたいとおりにふるまいますわ、ケインさん」その声は後部席よりはるかに遠くから聞こえてきた。

わたしはうなずいた。「完璧だ」

それでわたしたちはイギリス人実業家と、その上流階級のガールフレンド、アメリカ人観光客、そして彼らの案内をしているフランス人の友人ということになった。いまひとつ筋が通らないが、オーストリア人実業家とその秘書をリヒテンシュタインまで運ぶふたり組のプロからはいくぶん離れられる。

おそらくなんの役にも立たないだろうが。しかし、ひとつでもミスを犯せば命取りになることを忘れない練習にはなる。

同じ理由から、わたしはバックで脇道にはいって向きを変え、東からガソリンスタンドに乗りつけた。パリから大西洋岸へ向かっているようなふりをしたのだ。

四十五リッター入れてくれと頼むと、店員は寝ぼけたままふらふらと車の後ろへまわった。わたしは降りて伸びをした。ハーヴィーが助手席からすっと降りてきて、すばやくあたりを見まわすと、車の道路側に寄りかかった。

わたしは車のまわりをまわって、日の光の中で初めてそれを見た。見たかぎりでは傷もへこみもなく、タイヤはほぼ新品のミシュランXだった——タイヤに関しては問題ないということだ。

戻っていくと、ハーヴィーが言った。「いやまあ、えらくいいとこだな、おまえのこのフランスってのは。まいったのは、あのくそお洒落な料理だけだぜ。いま何が食いてえって、まっ黒こげのチキンと、しなびきったササゲ豆だよ。ああ」

わたしは首を切り落とすような眼で彼をにらんだあと、その冗談につきあわなければならなかった。店員がこちらを見ていたのだ。

両手を広げて、こう言った。「あんた——ふざけてる——だろう？　それともほんとにアイオワの田舎町、恋しくて――なんと言うんだ？《ク・ディト・ヴ》――ホームシックにかかってる？」

「町じゃ父ちゃんがポーチの揺り椅子に座って、インディアンから油井をだまし取る新しい手口を考えてるからな。恋しいさ」

わたしは横眼で店員のほうを見て、ハーヴィーに顎をしゃくってみせた。「アメリカ人《アメリ》なんだ《カン》……フランス料理があんまり好きじゃないとさ《イル・ネム・パ・ボク・ラ・キュイジーヌ・フランセーズ》」

店員は動物園の昆虫館から脱走してきた虫でも見るような眼でハーヴィーを見てから、肩をすくめてみせた。「四十六《キャラント・シス》フラン」

わたしは五十フラン渡し、満足して車に飛び乗った。寝ぼけた店員をだましただけにしろ、手始めとしてはまあまあだった。

脇道へ曲がり、ガソリンスタンドの裏手をまわってその東側でもう一度本道に出た。時刻は六時三十五分。東の空は薄汚いぼろ雲におおわれ、その裏に黄ばんだ光がぼんやり見えている。太陽はまだ顔を出していない。

道は走りやすいゆるやかなカーブの連続で、右側には道路が水をかぶったり車が川に落ちたりしないようにする壁があるだけだった。畑は青々としていて、フランスでも最高の農地のようだ。

組合の労働時間とは無縁の米軍トラックを二台追い越すと、前方からトゥールの最初の標識とエッフェル塔形の鉄塔が現われた。それから大聖堂の二本の鐘楼と、現代的な高層アパート。それから早起きの労働者の原付の群れにぶつかった。道路のいたるところで蜜蜂のようにブンブンうなっている。

「どこで食べる?」ハーヴィーが訊いてきた。

「市場のそばまで行けば店があるだろう。もうとっくにあいてるはずだ」

最初の橋を渡り、原付の群れを縫うようにしてまっすぐ旧市街へはいった。旧市街は果物や魚のトラックで渋滞していた。市場広場《プラス・デ・アル》のすぐ前で横丁へはいり、車を駐めた。

ハーヴィーが舗道に飛び出し、左手をあげてマガンハルトとミス・ジャーマンを止めた。周囲の様子に納得するまで出さないつもりなのだ。周囲にはかなりの人がいた。

「人混みが余計だったな」と小声で言った。

わたしは肩をすくめた。「盾になってくれるかもしれない」

「盾になるのはおれだ。こういうのは習慣にしないようにしようぜ」

マガンハルトと女が降りると、わたしは車をロックした。

そこは狭苦しい小さな広場で、のっぺらぼうのみすぼらしい平面的な建物に囲まれていた。去年のサーカスのけばけばしいポスターが、ぼろぼろになって残っている。広場のむこう側に小さなカフェがあるが、立ち飲み専門のようだ。わたしは先に立って角を曲がった。

数メートル行くと、もう一軒カフェがあった。狭くて暗いが、暖かくて混んでいた。競馬の話をしながらコニャックを飲んでいる革のエプロンや染みだらけの青いつなぎの一団のそばをすりぬけ、片隅にテーブルを見つけた。ウェイターがやってきて、こちらを見もせずに耳だけをわたしに傾け、コーヒーとクロワッサンを四つずつという注文を聞くと、黙って立ち去った。

ミス・ジャーマンが、「わたし、クリーム入りがよかったのに」と言った。

「すまない。すぐに出せるものしか出てこないように見えたもんでね」わたしはみなに煙草を勧めた。彼女は一本取ったが、ハーヴィーは首を振り、目立たないように入口の監視をつづけた。彼はわたしの気づかないうちに、各人を最適な位置に誘導していた。自分は角を背にして入口のほうを向き、マガンハルトはその右側に、わたしは入口とマガンハルトを結ぶ線をさえぎるように、女は線からはずれるように座らせている。

マガンハルトが尋ねた。「このあとはどのルートを行くんだ？」

「ジュネーヴまで、できるだけまっすぐに。これで四百五十キロほど来ましたが、スイス国境まであと六百キロ近くあります」

「何時ごろリヒ――」

「だめです！　その名前は口にしないでください」

マガンハルトの口がゆがんだ。「ちょっと警戒しすぎじゃないのか、ケイン君？」

「そうですかね？　どこでどんな危険が待ちかまえてるかわかりませんよ。わたしは万全を期そうとしてるだけです」腕時計を見た。「今夜の九時か十時にはむこうへ着いているでしょう――ほかに何ごともなければ」

7

ウェイターが客のあいだを縫ってきて、ブラックコーヒーの大きなカップを四つと、クロワッサンのはいったプラスチックのボウルをひとつ置いた。わたしはマドモワゼルのためにクリームを持ってきてくれと頼んだ。ウェイターはどこまでおれの忍耐心を試すつもりなんだ、というように眉をあげ、それから、本当にコニャックは要らないのか、と訊いてきた。

わたしは一杯やりたかった。その店にいる市場労働者の誰よりもはるかに長時間起きて活動しているのだから。だが、ハーヴィーが飲まずにいられるのなら、わたしだってそれにつきあうことはできるはずだ。

わたしは一同を見まわした。女は首を振った。マガンハルトはこちらを見もしなかった。ハーヴィーは「おれはいい。あんたはもらえよ」と言った。

わたしはウェイターに要らないと伝えた。

わたしたちはコーヒーを飲み、クロワッサンをちぎった。クロワッサンは焼きたてで温かかった。隣のテーブルの誰かが持っているトランジスタラジオが、今日の競馬情報をさかんに流しており、熱心な聞き手がまわりに集まって、出走馬の良し悪しについてご託をならべていた。

ミス・ジャーマンが言った。「なぜもっと北のルートを取らなかったの？——オルレアン、ディジョン、ヌーシャテルと」

「このルートが好きだからさ」

ラジオから「マガンハルト」という言葉が聞こえた。

わたしは凍りついた。

「……の海岸付近で、国際的な企業家の所有する大型の豪華ヨットが巡視船に拿《グラン・ヨット・リュクス・アパルトナン・ア・アン・フィナンシエ・アンテルナシオナル・ア・エテ・アレテ・パル・ユヌ・フレガト・ド・ゲール・オプレ・ド》捕され《ラ・コート》……」

誰かがラジオを消した。

わたしはマガンハルトを見た。「まったく、なんてまぬけなんです」と静かに言った。「領海外にとどまる分別もないとは——いまごろブレストじゃ、おたくの乗組員が何もかも吐いてますよ」

ハーヴィーが言った。「おい、ここでぎゃあぎゃあ喧嘩をおっぱじめるのはよそうぜ」

わたしは大きく息を吸って理性を取りもどした。「そうだな。聞かなかったことにしよう、いいか？　おれたちはまだ、ただの観光客だ」

ウェイターがミス・ジャーマンの前にクリームのはいった水差しをどんと置いていった。

ハーヴィーがこともなげに、「で、新しい計画は？」と言った。

「乗組員がしゃべったという前提で考えるしかない。つまり警察はマガンハルトさんが上陸したのを知ってるということだ。どこへ向かってるのかも、たぶん。きみが一緒なのもいずれ知られるだろう――」とわたしは女に顎をしゃくった。「おれたちが何者かも知られるかな？」

マガンハルトが言った。「それはないと思う」

ハーヴィーが訊いた。「車はどうする――乗り替えたほうがいいか？」

わたしはちょっと考えてから首を振った。「車のナンバーはまだ知られてないと思う。車が消えてるのを確認して、ナンバーをテレタイプで流すには、数時間かかるはずだからな。借りるにはパスポートを見せなきゃならないし、盗めばその車のナンバーも、シトロエンのナンバーと同じくらい迅速に手配されるだろう。おれたちがシトロエンを乗り捨てたとなったら、なおさらだ。乗り替えずに行こう。ただし――」とわたしはマガンハルトのほうを向いた。「――今夜Lに着くという考えは捨ててもらいますよ。ここからは脇道を行きますから」

「なぜだ？」

「地方警察がわれわれのことを気にかけるとは思えません。知らせを受けるのも遅いでしょうし、真剣にも受けとめないでしょう。村の警官はまさか自分が国際的実業家を捕まえるとは思ってないはずですから、本気で調べもしないでしょう。われわれを捜してるのは国家警察です。連中は優秀ですが――担当するのはあくまで主要道路です。だから国道を使わなければ見つかりません。ただし時間はかかります」

マガンハルトはコーヒーの残りを見つめていたが、やがて顔をあげ、まったく無表情にわたしを見た。「わかった。今日のどこかで伝言を送れれば、もうひと晩むだにしてもかまわん」

「じゃあ、行こう」とハーヴィーが言った。

わたしは勘定をまかなえるだけの小銭を持っていたので、それをテーブルに置くと、アタッシェケースを手にしてぶらりと外へ出た。ほぼ自然にふたりずつになった。マガンハルトの外側にハーヴィーがならび、わたしとミス・ジャーマンがあとにつづいた。

広場の車の数が増えていた。

シトロエンのすぐ後ろに灰色のメルセデスが、すぐ前に小さな緑色のルノー4Lが駐まっている。ハーヴィーとマガンハルトはわたしたちの二メートル先でシトロエンにたどりついた――が、そのまま歩きつづけた。その瞬間、わたしにも理由がわかった。ミス・ジャーマンの肩に腕をまわし、微笑みかけてこう言った。「歩きつづけるんだ。問題が起きた」

わたしたちは角を曲がり、次の角をもう一度曲がった。ハーヴィーとマガンハルトが待っていた。マガンハルトは一軒の戸口に体を引っこめていた。

ハーヴィーが言った。「あの二台にはさまれてるよな？」

「ああ。しかも二台ともパリ・ナンバーだった」

彼はうなずいた。「てことは偶然じゃないぞ。どうする？」

「警察のはずはない。警察ならあんなやり方はしないからな。つまりおれたちの同業者ということだ。車が見えるところで待ちかまえてるんだろう」

「広場のあのカフェか」

「それがおれの読みだ」

ハーヴィーは指を広げてからまた握った。「ようし」と静かに言った。「そいつらに車をどかせと言いにいこうぜ」それからマガンハルトのほうを向いた。「あんたをひとりにするのは気が進まないが、やむをえない。迎えにくるまでここを離れるなよ。ケイン、いいか？」

わたしはアタッシェケースを戸口に置いて体で隠すと、モーゼルをレインコートの下に滑りこませて、ズボンの腰に差した。鉄の肺にはいったまま歩きまわるのと同じくらい不自由だったが、むきだしにするよりはましだった。

わたしたちは最初の角を曲がると、打ち合わせなどしなくとも、広場につづく通りは曲がらずに次の角を曲がった。こちらからカフェに近づけば、窓から姿を見られずにすむ。ふたたび広場まで行くと、ハーヴィーは足を止めて注意深くあたりを見まわした。労働者がふたり、広場のむこう側に駐められた車の横をのんびり通り過ぎていった。

わたしはいま来た通りを振り返った。狭くて日が射しこまず、誰も通路としては使っていないようだった。「なあ、車のキーを貸してくれと静かに話し合うとしたら、おれならカフェよりここを選ぶな」

ハーヴィーはほんの少しだけうなずいてみせると、先に立って歩いていった。

苦労するとは思っていなかったが、そいつらを見つけるのにはたしかに苦労しなかった。市場労働者ばかりの客のあいだで、その三人は金魚の池にいる鰐《わに》みたいに目立っていた。しかもまさに、いるべき場所にいた——戸口のそばの、窓際のテーブルに。いつ外に飛び出してもウェイターに追いかけられないように、コーヒーカップの横にフラン札を何枚か置いてある。

ハーヴィーはそいつらを見渡してリーダーを見きわめた。五十手前の太った男で、去年のレインコートと昨日の無精髭をまとっている。ハーヴィーは合羽の前がひらくように身をかがめて、右手をほかの客から隠した。

「ちょいと散歩に行こうぜ《ヴネ・フェール・ユヌ・プロムナド》、お兄さんがた《メ・ザンファン》」と小声で言った。

太っちょはぴたりと動きを止め、黄ばんだ眼だけを横に動かしてハーヴィーを見た。わたしはあとのふたりのあいだにはいり、自信たっぷりに微笑みかけて、ズボンに差したばかでかいモーゼルを充分に拝ませた。それから手の届かないところへさがり、カフェの客を見張った。

こちらに気づいた者はまだいなかった。ウェイターの姿はなく、ほかの連中はおしゃべりにいそしんでいる。

「出ろ《マルシェ》」とハーヴィーが言った。

太っちょが突然、両手をテーブルにかけて椅子を後ろへ押そうとした。何かが銀色にひらめいて、どすっという音がし、太った顔が声もなく痛みにゆがんだ。太っちょは左手をそろそろと動かして、まだテーブルの端にかけたままの右手をさすった。血がにじみはじめていた。

ハーヴィーはスミス&ウェッソンを体に引きよせると、撃鉄をいっぱいまでゆっくりと起こした。カチリという音は背後の騒音にかき消された。太っちょは眼を丸くして憂わしげにそれを見つめた。ハーヴィーはそいつのほうに銃を向けて引き金を引いた。撃鉄を押さえたままだったので、発射はされなかったが、そいつははっと息を呑んだ。

何かの衝撃でハーヴィーの親指がはずれれば、弾が飛び出す。〇・五秒信管のついた手榴弾なみに危険だ。正気の人間なら、そんな状態の銃を払いのけようなどとは考えない。

考えるのは、あまり性急な動きをすると誤って撃たれかねないということだけだ。

わたしはもうずいぶんそこにいるような気がした。ウェイターがひょっこりやってきて注文を取ろうとしたら――気づかれてしまう。冷や汗が出てきた。だが、太っちょのほうがもっとひどく汗をかいていた。

やがて太っちょは自尊心のためだけに顔を一度しかめると、立ちあがるぞというそぶりをほんのわずかに見せた。ハーヴィーは後ろへさがった。わたしたち五人はぴたりと一列になり、貨物列車にのせられた五台のトラックのようにぞろぞろと店を出た。

角を曲がり、カーブを過ぎると、わたしたちのいる横丁から広場は見えなくなった。ハーヴィーは行列を止め、左手を差し出した。「メルセデスとルノー《レ・クレ・ド・ラ・メルセデス・エ・ラ・ルノー》のキーをよこせ」

太っちょは壁に寄りかかって言い訳を始めた。あれは自分たちの車ではないし、だいたいこれは――

ハーヴィーは黙ってにやりとした。彼はその手の笑みに向いた顔をしている。その笑みでわたしが連想したのは、弾痕だらけの壁と、目隠しと、銃殺隊だった。それからもう一度銃を見せた。

キーを手に入れると、ハーヴィーは肩越しにそれをわたしに差し出した。

わたしは受け取るために彼の後ろへ移動した。「メルセデスをどかすのに一分ばかりかかるぞ」

「好きなだけかけろよ」

わたしはキーに手を伸ばした。

これまでのところ、この三人組についてわかったことといえば、トゥールの街のど真ん中でたちまち撃ち合いに発展しかねない罠をしかけたということだけだ。わたしには、かなり愚かな連中に思えた。ところが、愚かではあっても、チームワークはみごとだった。なんの合図も見えなかったが、最初に動いたのは列の端にいたやつだった。前に身を投げて、ぱたりと伏せた。ハーヴィーがそいつに銃を振り向けたとたん、太っちょが左手でコートの下を探りながら壁ぎわから突進してきた。

わたしはハーヴィーの後ろにいたので射線をさえぎられていたし、太っちょがハーヴィーに体当たりすれば、一緒に突き倒される恐れもあった。モーゼルを引っぱり出すのはやめて、後ろへ飛びのいた。

太っちょは右肩でハーヴィーに体当たりしながら、左手でオートマチックを引き抜いた。ふたりはわたしのほうへ倒れこんできた。ハーヴィーが男の左肩に銃を押しあてて撃鉄を放した。

バンというつぶれたようないやな音がした。太っちょは宙で反転してあおむけに倒れ、銃はぐったりと壁のほうへ向いた。ハーヴィーはわたしの足元で一回転した。三人目がふたりをまわりこんで、わたしに向かってきた。

わたしはやっとモーゼルをズボンから抜き、単射と連射の切り替えボタンを押しこんだ。マシンガンのような音を立てたければ、いまだという気がした。

「よせ、そんなもの！」とハーヴィーが叫んだ。

三人目はモーゼルの長い弾倉を見て、銃を抜くのをやめた。足を止める前にもう、両手をあげていた。

わたしは銃を左右に振り向けた。「かかってこいよ《ヴネ・シェルシェ》、こら《メザミ》！」すっかり興奮し、いまにも引き金を引きそうだった。

ハーヴィーがすっと立ちあがった。「おいおい、もう戦争は終わったんだぜ。落ち着けって」短い銃を左右に振ると、ふたりの男はあわてて壁ぎわに戻った。太っちょが側溝からうめき声をあげた。

ハーヴィーが言った。「車を取ってこいよ」

わたしはしぶしぶモーゼルをレインコートの下にしまい、広場へ戻った。

誰も銃声のした方向など気にしている様子はなかった。大した音ではなかったのだ。銃声というのは要するに周囲の空気中に漏れるエネルギーにすぎないが、あの一発のエネルギーはほぼすべて、太っちょの肩に吸収されていた。あの肩だけは見たくないと思った。

メルセデスを二メートル後ろへさげると、シトロエンのタイヤを調べ、やつらがほかに悪さをしていないのを確かめてから、車を広場から出して角まで走らせた。

ハーヴィーが右手を合羽の下に突っこんで、道のむこう側をゆっくりと歩いてきた。乗りこんでくると、わたしはすばやく角を曲がった。

「あいつらをどうした？」

「デブを連れてかえってやれと言っといた。おれがばかだったよ」

「なんで？」

「あいつは左利きだったんだ。そんなことは思ってもみなかった。あいつがボスなのはわかってたし、あいつ抜きじゃ何もしてこないのもわかってたんだが。カフェで右手を殴りつけたときに、これでだいじょうぶだと思っちまった。左利きの可能性も考えなきゃだめだったんだ」

わたしは次の角を曲がってスピードを落とした。「誰だってミスは犯すさ」

「おれの稼業はちがう」

わたしは手を伸ばして後部席のドアをあけた。マガンハルトと、女と、わたしのアタッシェケースが飛び乗ってきた。さいわい、ぐずぐずせずに乗ってくれた。

わたしは車を出し、左折して市場広場にはいり、残っている果物と魚のトラックのあいだをすりぬけた。

ミス・ジャーマンがふと身を乗り出して、ハーヴィーに言った。「あなた、火薬のにおいがする」

ハーヴィーはうなずいた。「ああ。ひとり撃たなきゃならなかったんだ。死にはしなかったが」

彼女は冷ややかに言った。「残念ね」

「わざとそうしたんだ」

「きみの見ていないところで殺しても、そんなに面白くないんでね」わたしは言った。

「あなたの冗談こそ全然面白くない」彼女は言った。

ハーヴィーが笑った。「おたがい、褒めてもらえないようだな。しかし、あんたにはびびったぜ」

「おれに？」

「そうさ。あんな鉄砲を振りまわして、〝かかってきやがれ！〟なんてわめくんだからさ。ぶっぱなすんじゃないかと冷や冷やしたぜ――おれが前にいるのにさ」

「だからほら、この仕事を憶えたのは戦時中なんだってば」

「そんな大昔の話。流行は変わったんだよ」

わたしは入り組んだ裏道を走って南東へ向かい、街から南へ抜ける幹線道路を目指した。

「ところで、あいつらをどう思った？」と訊いた。

「一軍にはなれないな」

わたしはうなずいた。「おれもそう思う。誰か知ってるやつがいたか？」

「いや」

マガンハルトが言った。「そいつらは何を企んでいたんだ？」

「あれは命令に背いてたんじゃないかな」とハーヴィーがすぐさま言った。「ほんとはトゥールでおれたちを見つけろと指示されてたんだろう。それは難しくなかったはずだ。こっちはここで橋を渡らなきゃならなかったし、橋はふたつしかないんだから。見つけたらどこか静かなところまで尾けて、そこで襲えと指示されてたんだよ。あのメルセデスなら、おれたちについてこられたはずだ。ところが、こっちがカフェに寄ったんで、ちょろいチャンスをつかんだと思ったんだ。ばかなやつらさ」

わたしはうなずいた。さもありなんという気がした。「あいつらを誰も殺さなかったのは、それが理由か？」

ハーヴィーがちらりとこちらを見たのがわかった。「殺すまでもなさそうだったぜ」落ち着いて言った。「ずいぶんトロかったから、おれには余裕があった」

ミス・ジャーマンが身を乗り出してきて、呆れたように言った。「ケインさん、あなた人が殺されてほしかったわけ？」

「いや。おれはどっちでもいいんだ」だが、本心はそうでもなかった。誰も結局死ななかったというのが、少しばかり気になっていた。

いいボディガード・ガンマンというのは、とりたてて銃のあつかいがすばやいわけでも、狙いが精確なわけでもない。それは洗練にすぎない。本当の才能は、いつでも躊躇なく殺せるということだ。猫のようにすばやく、ロビン・フッドのように精確でも、それはかまわない――が、殺す必要があるかどうか良心と議論を始めたら、いつ馘《くび》になってもおかしくない。それどころか、いつ死んでも。

あるいは、飲みすぎるはめになっても。

ベランジェ大通りを突っ切って、さらに南東へ車を走らせた。ミシュランの地図帳をハーヴィーに押しつけた。「県道だけを通って南東へ向かうルートを探してくれ」

「ブルターニュ＝スイス間の幹線道路からはずれたいわけか？」

「ああ。検問があるとしたら幹線道路だ」

彼は地図を見つめた。「それだとオーヴェルニュ山地へ行っちゃうぞ」

わたしはうなずいた。「それが狙いだ。そこに友人がいる。というか、昔はいたんだ」

8

捕まってしまったのかと一瞬ひやりとしたのは、トゥール市街を出て二キロ、シェール川を渡ってサンタヴェルタンにはいる橋にさしかかったときだった。橋は架け替え工事中で、灰色の鋼材と板敷きの路面が汚らしくむきだしになり――ひとりの警官が車を一台一台、油断なく見つめていたのだ。

だがすぐにそれは、交通渋滞を警戒しているだけだとわかった。わたしは目立たないようにゆっくりと橋を渡り、一分後には県道二七号線を真南へ向かっていた。あたりには葡萄畑と色鮮やかな新しい郊外住宅がごちゃごちゃと混在し、周囲に隣人が現われるのを待っている家々が妙にむきだしに見える。

国道を一本渡ると――検問所も国家警察の車もなかった――あとはもう安全だった。中高の狭い道を突っ走り、状態のいい直線では九十キロまで加速した。

こういう任務の場合、国家警察はむやみやたらと道路をふさいだりはしない。本部に地図を貼ってこう言う。「連中はその時間にそこを出発したのだから、この時間にはこのあたりにいるはずだ」そしてそこに検問所を設け、各車に通知する。池の波紋のようなものだ。非常線は時間の経過とともに広がり、遠ざかっていく。これまでのところ、こちらはその波紋の先を走っているのだろう。警察はこちらがまだトゥールに着いていないと思っている可能性さえある。だが、危険は冒せない。脇道に隠れざるをえない。そうなると非常線に追い越されることになる。今夜にはスイス国境まで手がまわっているだろう。それはかまわなかった。今夜はスイスから二百キロ以上離れたところにいるつもりだったし――明日になれば波紋は少しぐらい消えているかもしれない。ことによるとだが。

それで思い出した。「メルランに電話しないと」

「なんのために？」ハーヴィーが言った。

「連絡を取りあうためさ。何か聞いてるかもしれない。それと、マガンハルトさん、メルランにあなたの名前で電報を送らせたいんです。かまわなければ」

「なぜ？　誰にだ？」マガンハルトが尋ねた。

「あなたのヨットの船長に。ないしは乗組員か誰かに。〝たいへん遺憾に思う、早急に釈放されることを願う〟――とかなんとか言ってやるだけです。それを見て警察は、あなたがパリにいると思いこんでくれるかもしれない。役に立つかもしれません」

マガンハルトはきんきんした笑いを響かせた。「名案だな」

坂をのぼってロワール川流域の青々した農業地帯を離れると、道はでこぼこになり、曲がりくねってきた。路肩が路面にじわじわと広がり、木々や生垣は散髪の必要がありそうだった。道路標識はダンロップの〈ツーリング・クラブ・ド・フランス〉が設置した古いものばかりで、長年子供たちに石を投げつけられて、ぼこぼこに錆びていた。

内陸部はずっと雨が降りつづいていたので、川は水嵩も勢いも増し、あちこちで渦を巻いていた。ときには岸を乗り越えてきた水に、並木のポプラの根方がつかっていることもあり、中にはいれと命じられるのを待っている雨中の衛兵を思わせた。

ハーヴィーはまた地図を手に取った。「クレルモン・フェランの南へ行きたいわけか？本物のオーヴェルニュ山地へ？」

「そうだ」

「あんな土地へはいりこむと動きが鈍くなるぞ」

「道に迷ったら、いつでもお巡りさんに訊ける」

わたしは無言でにらまれた。

マガンハルトが急に体を起こして言った。「警察がわれわれを捜していることはもうはっきりしたが、警官に停められたらどうする？」

わたしは肩をすくめた。「自転車に乗った警官が相手なら逃げられますが、そうでなければ――逃げません」

女が冷ややかに言った。「勇ましいガンマンはどこへ行っちゃったのかしら。警察はあなたがたの手に負えないというわけ？」

「ある意味ではそうだ。出発する前に申し合わせたんだよ、警官は撃たないと」

「申し合わせた？」マガンハルトが言った。「誰がそんな申し合わせを認めた？」

「あなたは撃ち合いがお嫌いだと思ってましたがね」

マガンハルトの口調が、言葉を打ち出すテレタイプマシンのように明瞭で抑揚のないものになった。「わたしはメルラン君を通じてきみたちに報酬を支払っている。いかなる申し合わせも、彼またはわたしの耳に入れるべきだった」

ハーヴィーとわたしは顔を見合わせた。ハーヴィーが溜息をついて言った。「ご機嫌を損じちゃったみたいだぜ。次の十字路で停まれよ。バスでシャトールーへ出られるだろうから、そこから列車でパリへ帰ろうぜ」

わたしは言った。「別の言い方をしましょうか、マガンハルトさん。あなたはおれたちに警官を撃ってほしいんですか？」

しばらく間があった。「なぜそんな申し合わせをしたのか、理由を知りたい。それだけだ」

「あなたを殺すために雇われてる連中と、あなたを逮捕しろと命じられてる警官とのちがいもわからないのなら――しょうがない、道義上の問題は置いときましょう。しかし、長い眼で見た場合にそれが自分のチャンスにどんな影響をおよぼすか、考えましたか？」

「言っていることがわからんな」

わたしは深呼吸をした。「この旅はあなたにとって戦いの半分でしかないはずです。旅が終わったとき今よりまずい状況になるのは、本意ではないでしょう。今あなたは警察に追われています——強姦容疑で。警察はかなり本腰を入れるでしょうが、それはあなたが大物だからであって、大物を逃すとかならず〝癒着だ〟とぎゃあぎゃあ言われるからです。でも、しょせんは強姦容疑です。警察はわれわれ以外にも、銀行強盗だの、殺人だの、脱獄だの、車の窃盗だの、今日発生したありとあらゆる事件に時間を割かなきゃなりません。でも、われわれが警官を殺したら、連中はほかの一切を忘れます。われわれだけを追います。たとえわれわれが国外へ高飛びしても、地獄の底まで追いかけてきて、引き渡しをさせるでしょう。警官殺しをかばう国など、世界中どこにもありません。自分の国にも気にかけるべき警察があるんですから。これでわかりましたか？」

「きみの言うことが正しいとして。警察がそんなふうに反応するというのが、なんとも不思議に思えるな」

ハーヴィーがジタンに火をつけて、おもむろに言った。「そう考えるのがお巡りなんだよ。人が法を破ることなんか、あいつらは本気で気にしちゃいない——しょせん他人事だ。法が破られるのはあたりまえだと思ってる。そりゃ仕事はするが、六時には家に帰って晩めしを食う。誰かが肉切り包丁で自分の女房の顔を整形したからって、世界が終わるなんて考えやしない。たとえそいつが捕まらなかったとしてもな」

ハーヴィーはフロントガラスに煙を吐き出した。「おれたちみたいに逃げる連中なんか、お巡りは気にしない。それもあたりまえだと思ってる――むしろ歓迎する。逃げるのは敬意を示すことなんだから。だけど、お巡りを殺すやつは？　そいつは逃げなかった。敬意を示さなかった。つまりそいつは法を犯してるだけじゃなくて、法を破壊しようとしてるんだ。お巡りが自分たちの象徴してると考えるものに、ことごとく挑戦してるわけだよ。法、秩序、文明――そしてすべての警官に。それはもう他人事じゃない。そいつだけは捕まえなきゃならない」

マガンハルトは静かに言った。「なんとも不思議だな」

車は走りつづけた。あたりはなだらかな丘陵地帯に変わっていた。青々とした小麦畑に、三方を石垣で囲った農家が点在している。庭は道路に向かってひらいており、あふれでてきた鶏や鵞鳥《がちょう》や家鴨《あひる》がいたるところにいる。鵞鳥と家鴨は万引を見つかった公爵夫人のように憤然として羽根を逆立て、鶏はみな道の反対側のほうが安全そうだと判断する。

それをのぞけば寂しい道だった。人々はわたしたちを隣人かと思って振り返った。

ミス・ジャーマンが言った。「どうしてそんなことを知ってるの？　ただの――というか、あなたがたいったい何者なの？」

ハーヴィーが言った。「おれはボディガードだよ」

「でも――どうしてそれになったの？」と彼はそっけなく言った。

「男が売春婦にするような質問だな」わたしは言った。

「運がよかっただけさ、どうせ」わたしはすぐにこう答えた。「おれはアメリカのシークレット・サーヴィスにいたんだ、ボディガードとして。大統領がパリを訪問したとき、一緒に派遣されてきた。で、気に入って、辞めて、そのまま個人営業を始めたのさ」

ハーヴィーはにやりとして、すぐにこう答えた。

わたしはハーヴィーの眼をとらえたが、彼の顔はまったく無表情だった。「それはいつのことだ？」

「数年前だ」

ということは、問題を抱えるようになったのは辞めたあとなのだろうか。〝個人営業〟の緊張のせいなのだろうか。

女が言った。「あなたは、ケインさん？」

「おれは実務代理人みたいなものさ。大陸へ輸出するイギリスの会社をもっぱら相手にしてる」

マガンハルトが口をはさんだ。「きみはフランスのレジスタンスにいたんじゃなかったのか」

「いいえ。世間に伝わるいろんな伝説とは裏腹に、フランスのレジスタンスはフランス人のもので、イギリス人もアメリカ人もいなかったんです。おれがいたのは特殊作戦執行部（ＳＯＥ）ですよ。パラシュートで降下させられて、レジスタンスへの補給を組織する手伝いをした――それだけです。戦闘はフランス人がやったんであって、おれは銃に弾をこめてやっただけです」

ハーヴィーが訊いてきた。「どこにいたんだ？」

「パリとオーヴェルニュ山地だ。でも、かなり動きまわって、物資を届けたり補給ラインを組織したりしてた」

マガンハルトが「なるほどな」と言った。メルランがわたしを選んだわけがわかったという口ぶりだった。それはわたし自身もまだわかっていなかったのだが。

ハーヴィーがなにげなく訊いた。「捕まったことはないのか？」

「一度ある」

「脚の調子は？」

「歩いてるよ」

「なんの話をしてるの？」と女が尋ねた。

「ゲシュタポさ」とハーヴィーが説明した。「誰かを尋問して、どっちとも判断がつかないと、そいつの脚を鎖でちょいと痛めつけてから釈放したりしたらしい。そうすりゃそいつがまた一年後ぐらいに、別の身分証を持って別の名前で捕まっても、こんどの連中はそいつの脚を見るだけでいい。それでそいつが前にも尋問されたのがわかる。やつらの狭い心の中じゃたぶん、ふたつの嫌疑を足せばひとつの証拠になったんだろう」

一瞬の沈黙のあと、女は言った。「あなた、それをやられたの？」

「ああ」とわたしは答えた。

さらに一瞬の沈黙のあと、「昔の話さ」と付け加えた。

ハーヴィーが静かに言った。「だけど、そんなに昔でもない」


南に行くにつれて雲に切れ間ができ、射しこんできた日射しが丘の斜面に鮮やかな緑の斑模様をつくるようになった。道はどんどん狭くなり、曲がりくねってきて、平均速度はがくんと落ちた。突然、わたしたちは松林をくねくねと走る砂と石のでこぼこ道にはいっていた。

わたしは二速に落とし、ハーヴィーに嚙みついた。「くそ、道に迷ったじゃないか。地図を貸せ」

ハーヴィーは首を振った。「ちょいと普通《ヴォワ・オルディネール》の道を走るだけだ。そのうちましになる」

「だといいがな」言ってしまってから後悔した。「すまん」

わたしはひどくいらいらしはじめていた。九時間も運転しっぱなしのうえ、それよりははるかに前から起きている。それに県道は幹線の国道ほど気持ちを和らげてもくれない。すっかりくたびれて腹が減っていたし――なによりも、一杯やりたかった。

横眼でハーヴィーを見た。メルランに電話をかけにいくときに、自分だけこっそり角を曲がって、二杯ばかり引っかけてこられるかもしれない。

道はふたたびアスファルト舗装になり、わたしたちは松林を抜けた。

ハーヴィーが言った。「ほらな。いつ昼めしにする？」

「もうすぐどこかの村で停めるよ。おれが電話をかけてるあいだに、ミス・ジャーマンが何か買ってきてくれるだろう」

「お望みならね。わたしは温かいもののほうがいいけれど、どうせあなたは、レストランなんか危なすぎてはいれないと言うんでしょう」

「危険があると言ってるだけさ――この仕事でおれにできるのは、危険をできるかぎり取りのぞくことだけだ」

彼女はちょっと間を置いてから言った。「この旅が終わる前にわたし、危険を避けるあなたを見るのにちょっとうんざりするかも」

わたしはうなずいた。「そうだろうな。でも、危険にもうんざりするかもしれない」

四十五分後、国道一四〇号線を越えるすぐ手前で小さな村に着いた。丘の麓の広場のまわりに、がっしりした石造りの古い民家と商店が集まっているだけの村だ。ゆっくりと中へはいってゆき、新聞販売店と美容院をかねた店と、三色旗を掲げた国家憲兵隊の前を通り過ぎ、坂になった小さな広場にはいった。憲兵隊の前には、夜間に御用のかたは二十五メートル先の右手の家を訪ねられたしという看板があった。

「ほかの場所に駐車しても意味はない」とわたしは訊かれる前に説明した。「脇道に見慣れない車が駐まっていたら、なおさら目立つからな。だが、必要以上に長居はしない」

郵便局まで歩いていった。郵便馬車が乗り入れて荷をおろしていた時代のなごりで、建物は埒《らち》をめぐらせた中庭の奥にあった。まっすぐ電話ボックスにはいり、メルランの事務所の番号を伝えた。

メルランの電話は盗聴されているだろうか？　パリの大物弁護士にそんなまねをするとは思えないが、警察はいまごろ、メルランがどの程度マガンハルトを知っているのかに関心を寄せているにちがいない。つながりは承知しているはずだ。

秘書が出て、メルランは手がふさがっていると答えた。わたしはすぐに手を空けさせろと言い、キャントンだと名乗った。

メルランが電話を取ったが、まずは恐縮したようにこう言っているのが聞こえた。「……失礼しますよ《メクスキューズ》、刑事さん《アンスペクトゥール》」海千山千の弁護士がうっかり内輪の話を聞かれたりはしない。刑事が来ていることをわたしに知らせたのだ。それからこう言った。「もしもし《アロー》？　ああ《アー》、どうも《ムシュー》、すみません《ジュ・スイ・デゾレ》ね、測量士《メ・ラルパントゥール》が……」測量士のせいでメルランがどれほど困ろうと、そんなことはどうでもよかった。わたしは受話器をたたきつけて逃げるべきだった。だが、それでは刑事にますます怪しまれる。何か言わなければならない。それならむしろ利用したほうがいい。

「脇へそれて山地のねずみ径《みち》にはいった」と早口の英語で言った。これだけ早口なら、盗聴しているやつらには理解できないだろう。メルランが理解してくれるといいのだが。

「おれたちの友人の名前で電報を打ってほしいんだ、船に。みんなをあざむく役に立つ」

メルランは測量士が怠け者で、とまた言い訳をならべてから、それでもやはりいまは住宅の買い時だ、と言った。

「たぶん今夜また電話するよ、どこに泊まるかわかったら。あんたは盗聴されてるのか？　されてるなら、家の価格はあがると思うと言ってくれ」

家の価格は合意したとおりで変わらない、とメルランは保証した——なにしろ先方は弁護士というこちらの地位をよくわかっているのだからと。

わたしは電話に向かってにやりとして言った。「ありがとう、アンリ——ついでだから、おれにも一軒、家を買ってくれないか？　警察だの国際的実業家だのとは無縁の、静かな村に」

彼は心にかけておくと約束してくれた。わたしは電話を切り、冷や汗をかきながらボックスを出た。

ゆっくりと広場を戻りながら、自分はなんと愚かだったのだろうと考えた。メルランの電話が盗聴されているか、あるいはなんらかの理由でいまの通話が逆探知されることになったら、わたしたちはおしまいだ。こんな山地では波紋より速く走ることはできない。だが、メルランに毎日かかってくる電話をすべて逆探知するには、人手を総動員しなければならないから、危険なのは盗聴だけだろう。それは本人がないと言っていたし、メルランがそう言うからには、まちがいないはずだ。

そう考えながら一軒のカフェにはいった。そこでマールをダブルで注文し、それが注がれているあいだにジタンをふた箱買った。マールをやっつけるのに一分、リモージュまでどのくらいかかるか尋ねて返事を聞くのに三十秒かかった。リモージュはわたしたちの行く先とは正反対の方向だ。

車に戻ったわたしをハーヴィーはもの珍しげに見た。わたしはふたりの座席のあいだにジタンを放った。「切れかけてるなら、ひとつやるよ」エンジンをかけてゆっくりと広場を出た。「昼めしはなんだ？」

ミス・ジャーマンが言った。「パンに、チーズ、パテ、サーディン、チェリー・タルト。欲しければ赤ワインもあるわよ、それにペリエも」

「ペリエをもらうよ。運転しなきゃならないから」

ハーヴィーが言った。「おれもだ——撃たなきゃならないんで」彼はわたしのほうを見た。「だけど、おれはカフェで一杯ひっかけてきたりはしてないぜ」

わたしは驚いたような顔をしてみせた。「おれが？」

ハーヴィーは微笑んだ。どこか寂しげな笑みだったが、どんな笑みも彼の顔では寂しげに見えるのかもしれない。「なあに、気にしちゃいない。だけど、あんたがどれだけすばやくひっかけられるかはわかったよ」

9

女が三角のパンにチーズかパテをはさんで渡してくれ、わたしたちは走りながら食べた。彼女はサーディンの缶をあけようとして油を自分にこぼしてしまい、「要らない、こんなもの」と窓からそっくり投げすてた。それからいとも平然と、「ごめんなさい、サーディンは品切れみたい」と言った。

マガンハルトがきんきんした笑い声をあげた。

わたしはチェリー・タルトを少し食べてから、煙草に火をつけた。すっかり楽天的な気分になっていた。警察がこの一帯を検問で封鎖しようとしたって、おれを捕まえられるとはかぎらない。もう少しでオーヴェルニュだし、こっちの知っている道に出れば……まあ、ゲシュタポだってそこを封鎖しておれを捕まえようとしたことがあったじゃないか。

その気分はもっぱらダブルのマールのせいであって、食事をしたせいでも裏道を知っているせいでもないことはわかっていたし、せいぜい二時間しかつづかないことも重々承知していた。だが、つづいているあいだに少しでも距離を稼いでおきたかった。

山腹は青々として、ゴシック風に、過剰になった。木々はロマン派風にごつごつとねじれ、まわりの岩々は老いた貴婦人の応接間にあるビロードのソファのような、厚い緑の苔におおわれている。一切が聴衆の心を歌からそらそうとするオペラの舞台装置のように見えた。

わたしはこの土地が好きではなかった。あまりに鬱蒼《うっそう》として湿っぽく、背後にまとわりついてくる。好きなのは見通しのいいひんやりした高地だ。そこなら相手がライフルの射程まで近づいてくるのが見える。

「今夜はどこへ泊まるんだ？」とハーヴィーが訊いてきた。

「友人たちのところだ」

「レジスタンス時代の？」

わたしはうなずいた。

「その連中はまちがいなくまだそこにいるのか？　まだ友人なのか？」

「誰かはな。ひとりぐらい残ってるさ。知り合いはたくさんいた。ねずみ径のひとつが通ってたんだよ——脱走した捕虜を逃がしたり、物資を運びこんだりする秘密ルートが」

ラ・クルティーヌという軍隊町を通過した。がらんとして人影が少なく、掃き清められていて、どこの角にも兵隊がだらしなく寄りかかっている。町そのものが兵営に見えなくもない。やがてドルドーニュ川の谷間にはいった。

マガンハルトが言った。「ケイン君」

わたしは彼が先をつづけるのをしばらく待ったあと、「聞いてますよ」と言った。

「ケイン君、さきほど——警官のことについて話し合ったとき、きみは〝道義上の問題は置いときましょう〟と言ったな。なぜ議論しなかったんだ？」

ハーヴィーとわたしは顔を見合わせた。このたぬき親父め、何時間も黙りこんでいると思ったら、そんなことを考えていたのか？

わたしは慎重に言った。「関心がおありかどうかわからなかったもので」

「あるさ」

わたしは肩をすくめ、彼に見えるといいのだがと思った。「おれが性急な判断をくだしたのかもしれません。なにせ警察やら悪党やらにフランスじゅう追いかけられているわけですから——ま、関心はお持ちじゃないだろうと思ったんです」

「あてこすりは置くとして、理由を教えてくれるか？」とマガンハルトは穏やかに言った。

わたしは身を乗り出してルームミラーで彼の顔を見た。さすがにこんどは表情があった。装甲板にチョークで描いた笑みのようなものが。似合いもしないし、長つづきもしないだろうが——それでも。

「かりにですが、リヒテンシュタインで租税回避に血道をあげるみなさんを、おれが広い心で見るとしましょう」

「脱税とは言わないわけだな」

「ええ。ちがいはわかってますから。脱税は違法で——あなたのしてることは合法です」

「だが、道義にもとる、か？」

「実践道徳というのはもっぱら、ほかのいろんなことと同じで、公平な交換の問題です。あなたはフランスやらドイツやら、あちこちで工場を経営してる——なのに、そういう国が自国を経営していくための金は払ってない。そこです」

「そういう国はどこも、政府がそれなりの権力を持ってるんだ。わたしからもっと金を取ることにして、まったく合法的な債務をわたしに課すこともできるんだぞ」彼の口調には、ステンレス製の歯車がまわるような滑らかな響きがあった。「そうしてくれてもいいんだ。その債務を払えば、わたしはもっと道義心があることになるのか？」

「そうは思いませんね。問題は払おうという気があるのかどうかです。払わざるをえないかどうかとは、ちょっとちがいます。あなたは道義と法律を混同してるんじゃないですか」

「むろんきみは、そのちがいを説明できるんだろうな」

「どうでしょうね。要するに、道義は国境を越えても変わらないということです」

ハーヴィーがふっと笑った。

やがてマガンハルトが言った。「きみはずいぶんと強硬で、しかもかなり特異な立場を取っているようだな、ケイン君」

わたしは肩をすくめた。「あなたが質問してきたんですよ。それにおれは、少しばかりの租税回避に心を痛めたりはしません。みんなやってることだし、これからもやりつづけるはずですからね——リヒテンシュタインみたいな国やスイスのいくつかの州がそういう税法を作って、よその国から少しばかり血を吸い取ろうとするかぎりは。ただし度が過ぎれば、ほかの国が黙っていない。リヒテンシュタインを破産させるでしょう」

「いや、わたしが言ったのはだな、わたしを助けようとしているきみは、いささかどっちつかずの立場にあるんじゃないかということだよ。ヨットの無線電話でメルラン君から聞いた話じゃ、きみはわたしにかけられているこの——この容疑についてわたしが有罪でないことと、わたしがむこうへ行くのは自分の金を救うためであって、他人の金を盗むためではないこと、このふたつを保証させたとか。つまりそのときは、わたしが道義心のある男だと信じたかったわけだろう?」口調に鋼の滑らかさがすっかり戻っていた。

「道義というのは相対的なものにもなるんですよ。たとえば、トゥールでおれたちを襲ったあのごろつきどもと比べれば、あなたは道義的です。人を殺そうとしてはいないようなのに——何者かがあなたを殺そうとしてるようですから。だから税金に関してあなたがとくに道義的だとは思えなくても、あなたを助けている自分が正しい側にいると考えることはできるんです」

「容疑のほうについてもきみはメルラン君の言うことを信じたはずだぞ！」口調の激しさにわたしはびっくりした。だが、すぐに納得した。彼のように自分をまっすぐで正しい人間だと思いこんでいる男なら当然、レイプなど不名誉きわまりないことだと考えるだろう。究極の犯罪だと信じているのだ。だから罪名を口にすることもできず、〝この容疑〟などと言ったのだろう。

彼をおとしいれたやつには、よりによってユーモアのセンスがなかったのだろうか。

わたしは言った。「メルランは優秀な弁護士だし――その彼ができっちあげだと言うんですからね。それにレイプの告発については、わたしも多少の心得がありますので」

ハーヴィーがこちらを向いて、うれしそうに言った。「ほんとか？　くわしく聞かせろよ」

わたしは言った。「まず、目撃者が要らない。レイプの告発に目撃者なんか、誰も要求しないからな。男がひとりで、おあつらえの時間に、おあつらえの場所にいたことだけわかってればいい。あとはどこかの女に、そのとき、そこで、そいつに暴行されたと訴えさせれば、それですむ。女をそいつと同衾させられれば、医学的な証拠も手にはいるが。いずれにしろ最後はたんに女の言葉と男の言葉の対決になる。しかも、たとえ失敗したり裁判にいたらなかったりしても、汚名はついてまわる」

ハーヴィーが静かに言った。「あんたはマシンガンのことしか知らないと思ってたぜ」

ミス・ジャーマンが言った。「どうしてそんなことを知っているの、ケインさん？」

「ある男をはめたことがあるんでね。といっても、道義に反するような話じゃない。戦争中のことだ。パリのドイツ人官吏をひとり追っ払うのに使ったんだよ――そいつがあまりに有能すぎたんで。おれはもちろん出廷しなかったんで、うまくいったのはひとえに、ドイツ軍がそいつを召還する口実を求めてたからだろう。やつらもそいつは有能すぎると思ってたんだ。だからこっちが口実をあたえてやったわけさ」

「その女の人はどうなったの？」彼女は訊いた。

「取り調べがあるとまずいんで、田舎へやった」

「そんなことを訊いたんじゃありません」冷ややかに言った。

「わかってるよ。まあとにかく、彼女は戦争をしていたわけで、それも承知のうえだったんだ」

マガンハルトがいらだたしげに口をはさんだ。「それは全部わかったが、ケイン君、きみはわたしに対する告発がでっちあげだと信じる理由を話してたんだろう」

「ええ」わたしは座席の横のパックから煙草を一本抜き出した。ハーヴィーが手を伸ばして火をつけてくれた。「そうですが――そこでふたつばかり疑問が生じるんです。なぜあなたをはめなければならなかったんでしょう？」

彼は考えた。「そうすればわたしの移動を困難にできる。とくにフランスでは。しかし、わたしが告発されているのは逃亡犯引き渡しの対象になっている犯罪だからな、どこの国でも逮捕されうる。わたしが留置場に入れられてしまえば、われわれの――防ごうとしているような事態を、容易に引き起こせるようになる。当然だろう」

わたしは苦笑した。彼は巧妙に話をぼかしていた。そこでわたしはもう一度真剣になった。「でも、その女はあなたがフランスを去るまで声をあげなかった。それは明らかに、裁判という危険を冒さずにあなたを追い払おうという企みに聞こえます。だいたいなぜ、欠席裁判にかけられなかったんでしょう？　フランスの法律なら可能なのに」

「メルラン君が阻止してくれたんだ。たしか起訴されていないと思う」

「どうやらむこうは、自分たちのでっちあげにあまり満足していなかったようですね――たとえあなたが不在でも、公判は維持できないと踏んだんでしょう。そこで根本的な疑問が湧いてきます。あなたはなぜその告発と闘わなかったのか？　でっちあげなら簡単にやっつけられたはずです――多少の汚名は残るにしても。いまは汚名を着せられてるうえに、行き来も自由にできないんですよ」

「きみはその疑問に自分でもう答えているんじゃないかな、ケイン君」どこか面白がるような口ぶりだった。面白がるというのが、口調のその微妙な変化にふさわしければだが。「きみの話だと、最終的にはわたしの言葉とその女の言葉の対決になるわけだろう？　わたしはこの世のいかなる法廷も無謬ではないと思っている。誤審したかもしれん」

「マガンハルトさん、おれは出廷するという話をしてるんじゃありません。そんなところまで行かないんですよ」わたしは困惑した口調で言った。実際、困惑していたのだ。まさか成り金の富豪に合法的人生の現実を講義するはめになるとは思わなかった。

マガンハルトは言った。「よくわからんな」その声はふたたび硬直していた。

わたしは言った。「でっちあげのレイプの不利な点は、それの有利な点と同じです。つまり、すべてがひとりの女の証言にかかっている。その女が本当にまやかしものなら、金で雇われてるんです。そしていったん買収された女なら、もう一度買収できます。それで女は、あなただったという証言をひるがえし――一件落着です」

「わたしならそれは金のむだだと考えるな」口調はいまや鋳鉄なみにこわばっていた。

ハーヴィーとわたしは顔を見合わせた。彼はにやりと笑っただけで、話すのは引きつづきわたしに任せた。

「しかしですね、マガンハルトさん」とわたしは慎重に言った。「そのほうが金の節約になったはずです。たとえばその女に会いにいく仕事を、ひと月前おれにやらせていたとします。女が買収されていると判断したら、おれはもう数千フランで女を買い戻したでしょう。費用は女とおれの分を合わせても、あなたがこの旅に費やす金額の四分の一程度ですむ。おまけに危険もない。純然たる経営者として、これをどう思います？」

「純然たる経営者になど誰もなれんよ。道義上の問題を考えなければならん。そんなやり方は道義に――」

「道義？　誰が道義の話なんかしてるんです」思わず声を荒らげてしまい、あわてて声を落とした。「いまはでっちあげの話をしてるんですよ。それのどこに道義があるんです？　道義にかなったことをしたいなら、なぜ法廷に立って闘わなかったんです？」

「すまないが、ケイン君、それについては、わたしのほうがきみよりはるかに長いこと考えてきた」マガンハルトは落ち着いており、自信にあふれていた。「わたしは無実なのだから、法廷に出てもなんら得るものはない。たんに誤審され有罪になる危険を冒すだけだ。それにわたしは、買収に買収をもって対抗するつもりもない。そもそも自分のものであるはずの正義を、金で買わなければならない理由がわからん。それこそ道義の問題だよ」

しばらくのあいだは、エンジンの穏やかなうなりと窓の横を流れてゆく風の音しか聞こえなかった。やがてハーヴィーが言った。「ま、そうすりゃ金はなくならないよな。糊のついた指で自分の金を数えてりゃ」

「ラヴェル君――きみは金持ちの金の使い方にも、貧乏人のそれと同じく、善し悪しの問題があるとは思わないのか？」

ハーヴィーはわたしを見た。わたしは片眉をあげてみせると、ルームミラーを動かしてマガンハルトの顔を見た。マガンハルトはこころもち身を乗り出して、ハーヴィーの背中を見ながら——わずかに——表情を険しくしていた。だがわたしはもう、彼の〝わずか〟が表面上でしかないことに気づきはじめていた。

ハーヴィーは言った。「マガンハルトさん——金持ちの金の使い方なんか、おれにはまったくどうでもいい。あんたの言うことも、それはそれでひとつの見識だと思うだけだ」

マガンハルトの顔が一瞬ゆがんだ。それは笑みとも、渋面とも、冷笑とも、なんともつかないものだった。だが、わたしは突然、そのがっちりした四角い顔の下に、やつれたスコットランドの牧師が見えたように思った。石造りの説教壇から冷たい地獄の炎や、しみったれどもの救済を叫ぶ牧師が。

「たしかにひとつの見識だな」とわたしはつぶやいた。「自分の帝国は失うかもしれないが、ひとつの見識だ」

10

そのあとはみなあまり口をきかなかった。空はまた曇ってきた。雨を降らせるというより、日射しをさえぎるだけのような、もこもこした灰色の雲だ。気の抜けたビールのような午後になった。

マールの酔いが醒めてわたしはだるくなり、運転時の反応が鈍くなった。それにともない運転もゆっくりになった。横のハーヴィーは曲がるべき道路の番号や方向をときおり指示するだけで、あとは座席にもたれ、流れ去る路傍を見つめている。マガンハルトと女は後輪に重みをかけること以外、何もしていない。

五時少し前にコンダ・タン・フェニエを通過し、いよいよ本物の高地にはいった。といっても峨々たる山地ではなく、実際にはそれほどでこぼこでさえない。無数の風に削られたなだらかな斜面と痩せた低い尾根が連なるだけで、空ばかりが眼にはいるような土地だ。樹木といえば、砦のような農家のかたわらや十字路に茂る松ぐらいだが、斜面は鮮やかな緑で、ずんぐりした小さな野生の水仙におおわれている。

ハーヴィーが言った。「これは国道だぞ——かなりの田舎道だが——」

わたしは言った。「もう心配しなくていい。このあたりはよく知ってる」

おかげで気が楽になったにちがいない。それとも気が重くなるのが止まっただけだろうか。わたしは少しスピードをあげた。道はほぼがら空きだったし、ひらけた土地なので、直線ではなくても次のカーブまではとにかく見渡せた。アクセルとブレーキ頼みの運転をして、直線では七十キロまで加速した。

どこにも停まらなかった。誰も停まってくれと言わなかったし、わたしも尋ねなかった。いま停まったら、二度と出発したくなくなるだろう。

サン・フルールの北を走り、それからル・ピュイを南へ迂回した。二十分後、牧草になかば埋まった石垣のあいだの曲がりくねった細い道を、車はのろのろと走っていた。

荷車にでもぶつけられたのか倒れかかった村名表示板には、〝ディナダン〟とあった。それを通り過ぎてすぐ、村が見えてこないうちにわたしは車を停めた。

ハーヴィーが疲れたようにこちらへ体を向けた。「どこをあたってみるんだ？　農家か？」

「いや。村の中だ」

彼は道端へ顎をしゃくった。「電話線が四本ある。憲兵隊もあるかもしれない」

わたしは黙ってうなずくと、車を降りて伸びをした。体は棺の蓋のようにこちこちで、服はフィッシュ・アンド・チップスの包み紙のようにくしゃくしゃだった。求めるものがこの村で見つかってほしかった。もうこれ以上、ねずみ径をたどる気にはなれなかった。「すぐに戻る」そう言いおいて道を山側へ渡り、石壁にある小さな門をくぐって村の墓地へはいった。

ディナダンは古い村なので、墓地もずいぶん大きかった。だが、村の持つ趣はここにはない。村はさびれて薄汚く、狭くて曲がりくねっているが、墓地は区画が整然とならび、小ぎれいで、よく手入れされている。それにこちらのほうが、村よりもだいぶ変化に富んでいる。

豪華な墓もあれば、質素な墓もあった。風で花が飛ばされないように三面張りのガラスの家に収められて、故人を悼む天使が蓋を押さえているものから、地面に長方形の石板を置いただけのものまで、ありとあらゆる墓が。だが、どれもきちんと手入れされていて、碑銘は判読できる――わたしはそれを見にここへ来たのだ。

時間がかかったし、記憶も必要だった。ひとつの墓碑銘から顔をあげると、ミス・ジャーマンがかたわらに立っていた。わたしほどよれよれではないにしても、しなやかなシールスキンのコートにまで皺がよっている。

「新鮮な空気が吸いたかったから」と彼女は言った。「あなたが見えるところにいれば、遅れないですむと思ったの。お邪魔かしら？」

わたしは首を振り、通路を先へ進んだ。彼女もついてきた。

「何をしているの？」しばらくすると、そう訊いてきた。

「おれが来なくなってから村に何があったのか調べてるんだ」

彼女はぽかんとわたしを見つめたままちょっと考えてから、にっこりしてうなずいた。

フィレンツェの貴族のものでもおかしくない墓をわたしは指さした。「ド・ゴールの爺さんも、死ぬ前にとうとう村長にしてもらったらしい。村長になろうと三十年もがんばってるんだと言ってたんだが」わたしはド・ゴールに会釈すると、この爺さんの墓には薔薇ではなく葡萄を植えるべきではないかと思いながら先へ進んだ。就任式の日に素面《しらふ》でいられることさえわかれば、爺さんは何年も前に村長にしてもらえたはずなのだから。まあ、葡萄はそのうち自然に生えてくるだろうが。

こんどは小さめの大理石の墓を指さした。「この男は修理工場をやってた。息子が跡を継いでいてくれれば、おれたちはとにかくナンバープレートを替えることはできる。親父のほうは法律にうるさい堅物だったんでね」

さらに歩いていくと、ついにメリオ家の区画が見つかった。わたしは注意深く調べはじめた。

しばらくして彼女が言った。「この人は軍人だったの？　〃フランスのために《プール・ラ・フランス》〃としか刻んでないけれど」

わたしは彼女がながめている墓石を見た。ジル・メリオ。「日付を見てくれ」と言った。一九四四年四月。「おれと一緒にいたんだ。リヨンへ銃を運ぼうとして、ここの北で検問にひっかかって、彼は撃たれ、おれは助かった」この墓石を見るのは初めてだった。戦時中はレジスタンスの死者の墓に愛国的な文句を刻むようなまねは許されなかった。だからみな〃フランスのために〃としたのだ。いまではもう、誰もそれ以上のことは知りたがらない。みな遠い昔のことだ。それなのにわたしはいまだに検問をすりぬけて走っている。わたしの墓石にはこう刻まれるかもしれない。〃一万二千フランのために《プール・レ・ドゥーズ・ミル・フラン》〃

彼女が何か言った。わたしは「え？」と訊きなおした。

「その銃は運べたの？」

「その――？　ああ、うん。運んだよ。おれは無事だったから」

彼女はさらに何か言おうとしたようだったが、言わなかった。わたしはメリオ家の墓を調べつづけた。

「ようし、運がよければ今夜はメリオ家に泊めてもらえるだろう。ジルの両親のところに。どうやらふたりとも健在のようだ」

わたしは車のほうへ戻りはじめた。新しそうな墓で足を止めては墓碑銘を読みながら門のところまで行くと、ミス・ジャーマンがいなくなっていた。車まで戻っても、彼女はいなかった。

ハーヴィーは乗りこむわたしをじっと見つめていたが、何も言わなかった。顔は疲労で灰色になり、皺がますます深くなっている。ほとんど燃えつきているが、何をしていたのかと尋ねるようなつまらないことには、最後のエネルギーを使うまいとしているのだ。それに、とにかく酒は飲んでいない。

数分後、女が小走りで墓地から出てきて、車に飛び乗った。「遅くなってごめんなさい」

わたし自身も、何をしていたのか尋ねる気力はなかった。イグニションをまわし、エンジンをかけ、丘の裾をまわってディナダンの村へはいった。

ディナダンはせせこましい小さな村だ。冷たい青灰色の石でできた間口の狭いひょろりとした家々が、ぬくもりを求めて肩を寄せ合っている。だが、季節を問わず、つねに寒々しく見える。本通りのカーブにさしかかると、家々の背後にまだ葉をつけていない楡の高木が、灰色の夕空を背に骸骨のようにそびえているのが見えた。

戦争以来、何ひとつ変わっていないようだった。道端はどう見ても掃除していないし、穴ぼこも埋めていない。丸太の山や空《から》のドラム缶をかたづけてもいない。そんなことよりもっと大切なことがあるのだ——まずは生き延びること、そして豊かになること。村の掃除はそのあとだ。おまけにそれは国税当局を引きよせる。

ハーヴィーがけだるい口調で言った。「まあ、ここで国際的資本家を探そうとは、誰も思わないわな」

　要塞を思わせる大きな教会の角を左折し、シトロエンがかろうじて通れるほどの脇道にはいった。五十メートル走り、間口の狭い三階建ての家の前に車を停めた。二階にバルコニーがあり、そこからひび割れた石段が下までおりてきている。その石段の下で、痩せこけた灰色の猫が二匹、鶏たちと同じ皿から餌を食べていた。鶏はこちらに眼もくれないが、猫たちは夕飯を盗みにきたのかというように、わたしをにらんだ。

　わたしは煙草に火をつけてしばらく車の外にたたずみ、家の中にいる人間にこちらをじっくり見る機会をあたえた。やがて石段のてっぺんのドアがバンとあいて、ふくれあがったエプロンの束がよちよちとおりてきた。

「キャントンだよ《セ・キャントン》。キャントンが来た《セ・ムシュー・キャントン》！」と笑顔で肩ごしに後ろへ叫んだ。それから階段の下でぴたりと立ちどまり、急に真顔になった。「また戦争じゃないだろうね《イル・ニャ・パ・デジャ・ユヌ・オートル・ゲール》？」

「ちがう、ちがう《ノン・ノン・ノン》」わたしは両手を振り、安心させるような笑みを顔に貼りつけた。

後ろからミス・ジャーマンが訊いてきた。「なんて言われたの？」

「おれが来たということはまた戦争が始まったのか、と訊かれたんだ。おれはこの人たちに吉報をもたらしたことがなかったんだろう」

　メリオの婆さんはよちよちと近づいてきて、わたしを抱きしめた。太った婆さんだが、柔らかくはない。肋《あばら》が折れそうになった。日焼けした顔は道路地図のように線《しわ》だらけで、ごわごわの白髪はひっつめにして丸くまとめてあったらしい。後ろへさがり、にこにこしながら淡い灰色の眼でわたしをじっくりとながめた。

　わたしは力なく笑いかけて、説明を始めた。おれはもうキャントンじゃない、ベイカー街とも情報部とも関係ない、ただのおれ――ルイス・ケインだ。しかし、はからずも警察に追われるはめになってしまい、一夜を過ごす場所が必要なのだと。

　婆さんはそのすべてをまったく平然と聞いていた。

　後ろからマガンハルトが小声で言った。「金は払うと言ってくれ」

「ばか言わないでください」わたしはぴしゃりと言った。「彼女はおれのためにやってくれるんです。それを商取引きにしようとしたら、おれたちはリッツ・ホテルなみの宿泊料を請求されたうえ、朝には警察に売られてるでしょう」

　メリオ本人が石段のてっぺんに現われた。ひょろりとして腰の曲がった禿げ頭の老人で、細面の顔にもじゃもじゃの大きな口髭と無精鬚を伸ばしている。襟なしシャツとだぶだぶのズボンは合わせて五フランぐらいのものだろうが、ポケットに手を入れれば、シトロエンをこの場で買い取れるぐらいの現金を出してみせられるはずだ。

婆さんは夫に相談しなかった。わたしたちがここをねずみ径の〝隠れ家〟として利用していたころからそうだった。家は彼女の領域であり、丘に広がる牧草地と森が夫の領域なのだ。

「キャントンにとっちゃ《プール・キャントン》、いつものことだね《セ・ノルマル》」やがてそう言うと、彼女は先に立って歩きはじめた。わたしは顔を引きつらせてあとにつづいた。もしかすると、トラブルから逃げることがわたしには本当に習い性になっているのかもしれない。

わたしたちはまっすぐ食卓へ行って腰をおろした。広くはないが、暖かくて明るい部屋だった。家具は洒落た雑誌の基準には届かないにしても、使い心地はよさそうで、金をかけたいところにはしっかりとかけていた。ジルの着色写真を入れてある額は、ごてごてして艶のないところからすると銀無垢で、その横には宇宙船の計器盤さながらのラジオがある。それを見てわたしはまた顔を引きつらせた。ディナダンは新聞の届かない村だと思っていた。それはいまでも変わらないだろうが、わたしはラジオも、戦時中と同じようにないだろうと思っていた。そんなラジオなら、カンペールの浜辺でのわたしたちの会話だって聞こえただろう。

案の定、婆さんはマガンハルトのほうへ顎をしゃくって言った。「マガンハルトだ《セ・マガンハルト・》ね？《ネスパ》」

わたしはうなずいた。前もって話さなかったことに後ろめたさは覚えなかった。何に関わっているのか話すほうが、むしろ不自然だっただろう。

婆さんはマガンハルトをじろじろ見てから、「強姦犯《イル・ネ・パ・ザン・ヴィヨルール》じゃないね——そういうタイプじゃない《パ・ル・ティプ》」と言った。

たしかにそういうタイプではない、とわたしは言い、すべては商売敵のしくんだでっちあげなのだ、と付け加えた。婆さんはうなずいた。商売敵のしくむでっちあげのことなら、わかっているのだ。それからこう言った。この男には強姦なんかとてもできそうにない、というより、その手のことはどれも満足にできそうにないと。

マガンハルトの顔がこわばった。彼女の訛りがいくらひどくても、話はわかっていたのだ。

婆さんがくすくす笑いながら部屋を出ていくと、わたしはその後ろから叫んだ。気をつけないと、おれが夜中にこの男を送りこんで、あんたの体で確かめさせるぞと。婆さんは家を吹っ飛ばしそうなほど大笑いした。

マガンハルトがとげとげしく言った。「ケイン君、そういう会話には我慢ならんな」

「それはお気の毒に。でも、この家にはつきものなんで。嫌ならいつでも木の下で寝てください」わたしはもうくたびれきっていて、気をつかいたくなかった。ミス・ジャーマンは何もわかりませんという、きょとんとした顔をしていた。こういう表情を教えるのが、

イギリスの女学校は実にうまい。わたしたち
ハーヴィーはだらしなく椅子にもたれて、テーブルクロスを見つめていた。

が中国語で経済学の話をしていたって、彼にはどうでもいいのだ。

　そこにいてもあまり会話はなさそうだった。わたしは婆さんのあとについていって、村の修理工場は息子が跡を継いだことを確かめると、その息子に会いにいった。

　彼はわたしをよく憶えていたし、わたしもどうにか彼を憶えていた。戦争をするには幼すぎて、自分が加われないのを悔しがっていた。それがついに仲間になれると知って、眼を輝かせた。

　わたしは彼に、ナンバープレートをこの地域のものにつけ替えられるかどうか尋ねた。ただし、おれが捕まったらきみのところまで出どころをたどられる恐れがあるから、素人っぽくやれるかと。彼にはもっと名案があった。彼自身のシトロエンIDのプレートを持っていけばいいというのだ。それならぴったり合うと。

　だがそれだと、もし捕まったらまちがいなくきみのところまでたどられるぞ、とわたしは言った。彼はにやりとし、警察はおれのことなんか気にしないし、それに、おれが今夜車を外に駐めっぱなしにしておけば、あんたが盗んだことになるじゃないか、と言った。その口ぶりからは、有名なキャントンが捕まるなんてことはどのみちないと思いこんでいるのがわかった。

うれしくはあったが、それは彼が十二のころに作りあげたわたしのイメージにもとづいているし、彼が国家警察のことをよく知らないことを示してもいた。だが、結局、彼がひと晩じゅう車を外に駐めっぱなしにしておくという約束で、わたしはプレートをもらった。彼は好奇心を抑えかねていたが、余計なことは訊くべからずというレジスタンスの掟を知っているところを見せたがってもいた。わたしは何も教えず、秘密めかしたウィンクをしただけで、修理工場をあとにした。

それからマガンハルトのシトロエンを、本通りから見えないように家の角を曲がったところへ移動させ、ドライバーでプレートをつけ替えると、二階へ戻った。

みなは鳥のパテのようなものを半分ほど平らげていた。長いかたまりをまんなかで切り、一方の端からは死んだ鳥の頭を、他方からは尾羽を突き出させて、洒落た飾りにしたててある。どうやら鶫《つぐみ》か何からしい。望むところだった。鶫どもに起こされるよりは、食ってしまうほうがいい。

わたしは手ごろなひと切れを自分でよそうと、ハーヴィーに言った。「ナンバープレートを取り替えてきた」

彼はゆっくりとわたしに顔を向けた。「古い登録証で国境は越えられないぞ」

わたしは口をいっぱいにしたままうなずいた。「どのみちあの車じゃ越えられない。いまごろはもう税関にナンバーが伝わってるはずだ」

マガンハルトがわたしをにらんだ。「じゃあ、どうするんだ？」

「領海にヨットなんか乗り入れる前に、その点を考えとくべきだったんですよ。まあ——誰にも知られずにジュネーヴにはいれれば、そこで車を借りられるかもしれません。それにもちろん、スイスの鉄道もあります」

ハーヴィーがだみ声で言った。「おれは車がいいな」

わたしは彼を見てうなずいた。彼の任務からすれば、列車は目撃者が多すぎる。

メリオの婆さんがよちよちとはいってきて、テーブルから赤ワインの瓶を取り、わたしに一杯注いでくれた。マガンハルトと女のグラスにはすでに注いであったが、ハーヴィーは水を飲んでいた。

婆さんはハーヴィーのほうへ顎をしゃくった。

「アメリカ人《アメリカン》なんだ」とわたしは弁解した。弁解だと受け取ってもらえたらだが。

婆さんは納得し、ラベルをわたしのほうに向けてみせた。「ピネル、エ？」そう言うと、わけ知り顔でにやりとし、パテを持って出ていった。

ミス・ジャーマンが言った。「ピネルって、何か特別な意味があるの？」

わたしはうなずいた。「まあね。それを造ってる一家さ——彼らの館《シャトー》も昔は同じねずみ径の〝隠れ家〟だったんだ。ローヌ川のむこう側の」

わたしは閉まっている台所のドアに眼をやった。メリオの婆さんが館のことまで知っているとは意外だった——こういうことが戦後は公然と話題にされてきたのだろう。だがそれだけでは、あのわけ知り顔は説明がつかない。わたしがあの館に泊まっていたのには、ただの安全よりもっといい理由があったのだという噂を聞いたにちがいない。そんなことまで話題になっているのだろうか？

マガンハルトが言った。「評判ほどのワインじゃない」

わたしはうなずいた。たしかに。だが、ピネルの連中は商売というものを心得ている。誰かにまずそのワインを過大評価してもらわなければ、不相応な値段はつけられないのだ。婆さんが大きな土鍋にはいったカスレを持ってはいってきた。鵞鳥と、豆と、マトンと、何やらわからないもののごった煮だ。最初にこしらえたのはたぶん九月で、いろいろなものを足しながら五月の終わりまで食べつづける。

ハーヴィーはそれをフォークにふたすくい食べると、ポケットから薬を二錠取り出して呑みくだした。それから「おれは少し寝る」と言って立ちあがり、マガンハルトを見て、「撃たれたら、すまん」と言った。

求めているのは睡眠より強い酒のはずだったが、ひと晩じゅう酒への激しい欲求と闘って明日の朝へろへろになっているよりは、睡眠薬でぼうっとしていてくれるほうがまだましだった。

婆さんはわたしに肩をすくめてみせると、ハーヴィーを上階《うえ》へ連れていった。

夕食のあと、マガンハルトがリヒテンシュタインに伝言を伝えたいと言い出し、わたしはメルランに電話すると約束したのを思い出した。婆さんは新しい村長のところに〝安全〟な電話があると請け合った。あの男は絶対に〝安全〟だという彼女の口ぶりからすると、村長はメリオ夫妻に借金があるようだった。

マガンハルトはわたしからメルランを介してリヒテンシュタインへ伝言を伝えることは絶対にできないと言い張った。リヒテンシュタインへ直接電話をかけるのは気が進まないが、この旅の目的はマガンハルトの商売を救うことなのだから、あまり反論できなかった。ミス・ジャーマンがわたしと一緒に村長の家まで行った。マガンハルトが自分で電話をかけたりは、もちろんしないのだ。

彼女は番号を申しこんでから、わたしのほうを向いた。「何時にリヒテンシュタインに着くと言えばいいかしら？」

「明日の夕方かな——運がよければ」

「よければって、どのくらい？」

「かなり。国境を見張られていたら、暗くなるまで待ってから渡らざるをえない」

彼女は困惑して顔を曇らせた。「今夜捕まらなければ、警察はわたしたちを取り逃がしたと思ってくれないかしら」

わたしは首を振った。「警察はそんなふうに考えない。おれたちが捕まらなければ、まだ国境を渡ろうとしていないと考える。残念ながら、そのとおりだ」

そこで電話がつながったので、わたしは村長とおしゃべりをしにいった。

11

翌朝の七時半、わたしはメリオの婆さんとミス・ジャーマンとともにブラックコーヒーを飲んでいた。

いまは人生がとても楽しく思えるとは言えないにしても、いずれまあまあだと思えるようになるのがわかっている、そんな気分だった。電話をかけて帰ってきてから、わたしは一時間ほどメリオとマールを飲みながら起きていて、レジスタンス時代の思い出話をしたり、誰それはどうしたと消息を尋ねたりしていた。ジルのことはおたがい口にしなかった。

そのメリオがいま外から帰ってきて、わたしの肩をぽんとたたくと、わたしにはわからないことを婆さんに言った。婆さんは振り向いてわたしにキスをした。

おかげでわたしはすっかり眼が覚めた。「だけど《メ》、なんで《プルクワ》——」

ミス・ジャーマンが言った。「あのお花のことじゃないかしら——あの野水仙の——あなたが昨日息子さんのお墓に供えてきた。ご主人はそれを見たのよ」

「おれが？　そうか——いなくなったと思ったら、そんなことをしてたんだな、きみは」

わたしは婆さんに笑いかえし、無意味に肩をすくめてみせた。婆さんはわたしのことを〝イギリスの男性〟と呼び、コーヒーのおかわりを取りにいった。メリオもいなくなっていた。

わたしはミス・ジャーマンを見た。「ありがとう。おれが気づかなくちゃいけなかったんだ」

「イギリスの男性はお花のことになんか気がまわらないものよ。でも、そういう心遣いはあなたらしいんじゃないかと思ったの。初めはわたし、あなたがあの人たちの息子さんを任務中に死なせちゃったのに、どうして泊めてもらえると思っているのかわからなかったんだけれど」彼女はコーヒーをひと口飲んだ。「でも、そのまま銃をリヨンまで運んだと聞いてわかったの。死体を車から放り出していくこともできたのに、リヨンまで乗せていって、またはるばるここまで運んできたんだって。それはとっても危険だったはず。だからあの人たちに好かれているのよね」

婆さんがコーヒーを持ってきた。メリオが戻ってきてマールをそこへ注いだ。断わろうとしたが、むだだった。ふたりはそばに立ってにこにこしながらわたしが飲むのを見ていた。まあ、もっとひどい一日の始め方だっていくらもある。

ハーヴィーとマガンハルトがおりてきた。どちらも砂漠の太陽みたいに明るくはなかったが、とにかく立ってはいた。相部屋で寝かされたのだ。婆さんは、ふたりをもてなすのはわたしの連れだからだと明言していた。よってわたしは、いちばんいいひとり部屋で寝た。理の当然だ。

ハーヴィーはコーヒーを一杯もらった。「ゆうべメルランに電話したか？」と訊いてきた。

「ああ」わたしは横眼で彼を注意深く観察した。少々ぼんやりして、だるそうではあったが、カップを持つ手はまったく震えていない。

「なんと言ってた？」

「夜行のシンプロン・オリエント急行でジュネーヴまで行ってみると言ってた。おれたちが国境で車もなく身動きがとれなくなったら、むこうで国境を越えさせる手を考えてみるとさ。少しは役に立つかもしれない」

ハーヴィーはしかめ面でカップをのぞきこんだ。「あいつも危ないかもしれないぞ――警察がほんとにあいつを見張ってるとしたら」

わたしはうなずいた。「ああ――しかし、あいつが警察の眼をおれたちからそらしてくれるかもしれない。こっちはあいつと接触しなくてもいいんだからさ」

マガンハルトがさっと顔をあげた。「メルラン君にはリヒテンシュタインまで一緒に行ってもらわないと困る」

わたしは意味もなくうなずいた。もう腹は決めていた――メルランには、こちらがジュネーヴを通過したらいつでも電話できる。あいつもリヒテンシュタインへ行くのなら、チューリヒまで二時間で飛べるから、あとは列車かレンタカーを使えばいい。

「わたしはいつでも出発できるぞ」マガンハルトが言った。命令のような口調だった。

メリオ夫妻から逃れるのは難しくなかった。ふたりの知っているわたしは、出かけると言ったら出かけなくてはならない人間だったので、引き止められることもなかった。八時十五分前には、わたしたちは走りだしていた。

ハーヴィーは銃を足首のホルスターに滑りこませると、地図をめくりはじめた。「ローヌ川まで七十キロというところか。どこを渡る？」

「ル・プザンだな、たぶん」

「でかい川なんだぞ」と納得しない口ぶりで言った。「すべての橋を見張ってるかもしれない」

「警察はリヨンの北で渡ると考えてくれるんじゃないかな。メルランがヨットに例の電報を送ってくれたらしいから、むこうはおれたちがパリから出発したと考えるはずだ。それにル・プザンの橋は、リヨンから十本ぐらい下流だ」

彼はどっちつかずにウムとうなった。

マガンハルトが身を乗り出してきた。「ケイン君、警察はどこまで知っていると思う？」

「そうですね――」とわたしは数えあげてみた。「おれたちがフランスにいるのは知ってます。四人なのも知ってます――ヨットの乗組員が洗いざらいしゃべったでしょう。船乗りですから、永久に入国禁止にしてやるぞと脅せば口を割ります。だからあなたとミス・ジャーマンのことは知られてます。でも、ハーヴィーとおれは、人相までは知られてないでしょう。浜辺でちらりと見られただけですから。電報をのぞけば、そんなところですね」

ミス・ジャーマンが言った。「トゥールであなたがやっつけた男は？　その人のことは知られていないかしら」

ハーヴィーが言った。「だいじょうぶ。仲間がもぐりの医者のところへでも連れてって、手当てをさせたさ。だいたい、何をしててあんな目に遭ったのか、警察に説明できないだろう」

「きみらが正しいといいがな」とマガンハルトが重々しく言った。

「冗談じゃない、おれはつねに正しくなきゃいけないんですよ」とわたしは噛みついた。「警察はいちど正しけりゃ、それですむってのに」

ハーヴィーがいつものゆがんだ笑みを浮かべた。「あんたの困ったところは、旅を楽しんでないことだな」

わたしは彼をにらみつけたが、いらだちはまもなく消えた。ディナダンから数キロ走ると、鬱蒼とした松の森を抜けた。道端に新しい丸太が、皮をむいた巨大なアスパラガスのように積みあげてあった。やがて道は、中央高地の最後の縁を目指してくねくねとのぼりはじめた。それを越えればあとはローヌ川まで一気にくだりになる。

土地が険しくなると、農家はついになくなった。山々の頂は灰色の露岩に、斜面はガレ場になり、そのガレ場の合間に灌木やたくましい草が茂っていた。

のぼりの左カーブにさしかかった。小さな尾根の切り通しで、両側はエニシダの茂みの点在するごつごつした岩壁になっている。

淡いグリーンのルノー4Lが二台で道をふさいでいた。二台は注意深く配置してあった。たがいの尻をくっつけるようにして斜めに駐め、両者の作る角がこちらを向くようにしてある。何をしようと衝突は避けられなかった。

わたしはアクセルを踏みこんだ。意表を突くにはそれしかない。ぶつかる寸前にハーヴィーが足首の銃をつかみ、フロントガラス越しに二発、慎重に撃った。

激しい衝突音が金属の裂ける悲鳴に変わり、突然、静かになった。

わたしはハンドルに顔を突っ伏していたが、ひどくぶつけてはいないようだった。把手を探ったが、結局ドアを蹴りあけ、道路に身を投げた。あいたままのアタッシェケースから、地図とモーゼルと予備の弾倉がこぼれた。

反対側からハーヴィーが転げ出る音がした。

散らばるガラスの上に伏せたわたしは、三方を遮蔽物に守られていた。シトロエンと、路傍にそびえる二メートルの岩壁と、押しのけられていまはシトロエンのすぐ後ろになっている一台のルノーに。シトロエンの下から、向かいの岩壁にぴたりと貼りついているハーヴィーが見えた。

彼はこちらを見て言った。「おれの上を撃て」

わたしは「わかった」と言ってから、なんのことを言っているのだろうかと、あたりを見た。

巧妙にしかけられた待ち伏せだった。わたしが憶えていて、気をつけていなければならなかった場所だ。切り通しの岩壁のせいでよけることはできないし、ルノーにぶつかったらもう、道から逃げ出すこともできない。そうやって狙いどおりの位置に釘づけにしておいて、両側の崖の上で待ちかまえている連中がいっせいに弾を撃ちこむのだ。

ところが、こちらが全力でルノーに突っこんだので、その位置がそっくり数メートル移動してしまった。だから敵も移動しなければ撃てなくなったのだ。

とはいえ、わたしたちが切り通しの内側に閉じこめられていることに変わりはない——敵が崖の上にいることも。

わたしの頭上で銃声がし、弾がシトロエンの屋根に命中した。ハーヴィーが撃ち返した。岩壁が急なので、わたしの上にいる連中はわたしを撃てないし、ハーヴィーの上の連中はハーヴィーを撃てない。わたしたちは道をはさんでたがいの頭上の敵を撃つのだ。

不意に、男がハーヴィーの上の岩陰から頭と銃を突き出して、わたしのほうへ二発ぶっぱなした。背後の岩からはがれた頁岩《けつがん》がぱらぱらと落ちてきた。わたしは頭を低くしてモーゼルを拾いあげ、ホルスターを取りつけて銃床にすると、ボタンを押して連射に切り替えた。

どこか道の後ろのほうからも弾が飛んできて、わたしの横のつぶれたルノーにめりこんだ。つづいてもう一発。それが合図だったかのように――たぶんそうだったのだろうが――最初にわたしを撃った男が岩のあいだからすっと立ちあがり、パンパンとわたしの頭めがけて撃ちはじめた。

わたしはモーゼルを肩に押しつけると、左手で弾倉をつかんでぶっぱなした。

銃はババッという短い音を立て、わたしの手から逃れようとした。男は突風に襲われた。両腕をぱっと横へ広げると、首をのけぞらせて後ろへ倒れ、見えなくなった。

耳鳴りのむこうからハーヴィーの声が聞こえてきた。「なんども言うが、戦争は終わったんだぜ。単射で撃て」

「ひとりやったぞ」わたしは何発撃ったのか数えようとしていたが、無理だった。あまりに速いので個々の音は聞き取れないのだ。おそらく十発ぐらいだろう――弾倉の半分だ。

ハーヴィーが言った。「いまのところ見えたのは三人だ」

「ああ。もう戦争みたいなもんだろ」

「勝手にしろ」ハーヴィーはわたしの側の崖の上を撃った。銃身の短い彼の銃で撃つには、やや距離がありすぎるように見えたが、彼は大型の競技用ピストルでも持っているかのように慎重に狙いをつけていた。

それからしばらく間があった。からみあった三台の車が――もう一台のルノーはシトロエンの鼻先に斜めに停まっている――わたしたちをかなり守ってくれていた。誰かが手榴弾を持ってくることを思いついていたら、敵は姿を見せずにわたしたちを吹っ飛ばせるはずだった。が、姿を見せているところからすると、忘れたらしい。

背後で銃声がし、わたしは地面に伏せた。体をひねって道の先を見てようやく、弾が自分のほうには飛んできていないのに気づいた。

道のまんなかに男が立って、銃を空に向けていた。男は「アルヴィー!」と叫んだ。車の下からのぞくと、ハーヴィーが腕を伸ばすのが見えた。手の中で小さな銃がぶれ、彼は三発撃った。もう一度道の先を見ると、男はもう倒れていた。

さらに二発、わたしの上の崖から弾が飛んできて、一発はシトロエンの屋根をぶちぬいた。ハーヴィーは車の屋根越しに撃ち返してから、「そいつを貸せ!」と叫んだ。

わたしはモーゼルをシトロエンのむこうへ放った。彼はそれをつかむと、短く二度、崖の上を連射した。

それから崖を見つめたまま、車のあいだから姿を現わした。わたしはゆっくりと立ちあがり、後ろをびくびく振り返りながら彼の横へまわった。だが、崖の上には誰もいなかった。

「あわてて逃げてったよ」とハーヴィーは言い、空《から》になったモーゼルを返してよこした。「お役に立ててうれしいね」

彼は何も言わず、スミス&ウェッソンに弾をこめなおしながら道の先へ歩いていった。わたしはモーゼルの予備弾倉を見つけて差しこみ、あとを追った。

ハーヴィーは自分が撃った男をじっと見おろしていた。「ばかなやつだ」と静かに言った。「何をするつもりだったんだ？――こんなとこに突っ立っておれに呼びかけるなんて。まったくばかなやつだ」片足をあげたので、死人の顔を蹴るのかと思ったが――男の手からオートマチックを蹴り出しただけだった。

ハーヴィーはわたしを見あげた。「こいつを知ってるか？」

わたしはうなずいた。ベルナールだった――ヨーロッパ一のガンマン。わたしがハーヴィーの名をあげる前に名をあげたふたりのうちのひとりだ。

ハーヴィーは言った。「そうか、おれも知ってる。おれだとわかったんだろう――おれの名前を叫びやがった。いったい何をしたかったんだ?」

わたしは肩をすくめた。「休戦かもな。犬コロどうしが共食いをしてもしかたないと思ったのかもしれない。マガンハルトをくれてやれば、おれたちは逃がしてくれたのかもしれない」

彼はわたしを見つめた。「そう思うか?」

「もっとましなのを考え出せよ」

彼はまた死体を見おろした。「ばかなやつだ。本気だってことがわからなかったのか?」それからまた声が和らぎ、困惑したような口調になった。「まさかこいつを撃つことになるとはな」

ベルナールもそれは予期していなかっただろう——そう思ったが、わたしはたんにこう言った。「こんどは一軍を送りこんできたな」

ハーヴィーはうなずくと、車のほうへ戻っていった。

わたしとベルナールだけが残された。急いでこの場を離れたかった——モーゼルのあの銃声を聞いて、密猟者が散弾銃をぶっぱなしただけだと思う人間はいない——が、死体を道のまんなかに放り出していくほどあわててはいなかった。ベルナールを引きずって後ろ向きに道をのぼり、切り通しの岩壁が切れるところまで行くと、尾根の岩のあいだに引きずりこんだ。

それからハーヴィーに見えないところで、ポケットをすばやく検《あらた》めた。有用なものは何も見つからなかった。わたしは車のところへおりていった。

マガンハルトはまだシトロエンの車内に座っていた。女は外に出て、ハーヴィーに命じられたのだろう、モーゼルの空薬莢を拾っていた。ハーヴィー自身はシトロエンの前面をふさいでいるルノーを調べていた。

わたしは車に乗りこんでエンジンをかけてみた。一発でかかったから、少なくともエンジンは無事だった。スイッチを切り、車の前へまわった。

「揺すれば、はずれるな」とハーヴィーは言った。ルノーはコーヒーミルにかけられたようなありさまになっていた。シトロエンが尻に突っこんだので、鼻面を岩壁にぶつけて跳ね返り、横向きのまま前方へ押しやられていた。左の後輪が完全にロックしていた。銀紙に包まれたチョコレートのように、裂けた車体に包まれている。

わたしたちはリアバンパーをつかんでルノーを上下に揺すった。ギイッという音がしてルノーはシトロエンからはずれた。小さくていいやつだ。さらに何度か揺すって道の端へ動かした。転がしていって斜面から落としたかったが、ロックした後輪がびくともしなかった。

わたしはシトロエンの前面を調べた。思ったとおり、ヘッドライトがどちらもつぶれ、まわりのフェンダーもかなりひしゃげていた。左側のほうが右よりひどい。タイヤに接触しているようだったので、車の下をのぞいてみて――そこで本当の問題に気づいた。ねっとりしたピンクの液体がぽたりぽたりとしたたり、前輪のあいだの路面にたまっていた。

「出血してるな」とわたしは言った。「メインのオイルタンクが漏れてるんだ。遠くまでは行けない――どこかへ着きたければ、すぐに出発したほうがいい」

車は油圧系統の心臓部を刺されており、ステアリング、ブレーキ、サスペンション、ギアチェンジに力を伝える体液――生き血――がメインタンクからしたたり落ちていた。

「そうだな」ハーヴィーは女のほうを向いた。「行くぞ」

彼女は青ざめた顔をして立ちあがり、両手にいっぱいの空薬莢を腹に押しつけた。わたしがアタッシェケースをあけてやると、そこへざらざらと入れた。

それから言った。「ごめんなさい――こういうことには慣れていないの。こんなふうになるなんて思わなくて」

「誰も思わなかったさ」とわたしは言った。彼女はくるりと背を向けて、後部席に乗りこんだ。

わたしは運転用の手袋をはめてフロントフェンダーをひねり、タイヤから離した。メインタンクはそのタイヤのすぐ後ろにあるから、衝撃でタンクもいかれたのだ。トランクにある缶入りの油圧オイルを注ぎ足そうかとも思ったが、時間のむだでしかないだろう。わたしも乗りこんだ。

油圧ブレーキの警告灯が点灯し——そのまま消えなかった。レバーを一速に入れ、深呼吸をすると、ゆっくりと車を出した。車はまだ死んでいなかった。だが、死につつあった。

マガンハルトが言った。「手早く修理させることはできるか？」まったく動じていない口ぶりだった。

わたしは言った。「いえ。修理は一切できません。修理工場のそばはおろか、村を通ることもできませんから。この車は弾痕だらけです。弾痕の困った点は、まさしく弾痕にしか見えないということです」

ハーヴィーの側のフロントガラスには彼が衝突寸前に撃った弾の穴がふたつあるし、そのほかトランクの蓋にひとつ、屋根にふたつ、マガンハルトの側のドアにひとつ、穴があいていた。

「となると、これからどうするんだ？」

「誰にも出くわさずに行けるところまで行き、車を捨て、電話を見つけ、誰かにかけ、助けを求めます」

次は〝誰にかけるんだ？〟と訊かれるのだろうと思ったが、その答えまではまだ考えていなかった。だがマガンハルトは、「となると遅れるな」としか言わなかった。

それには誰も返事をしなかった。わたしはちらりとハーヴィーを見た。厳しい眼で前方を見つめ、敵の姿を探していた。銃を持った男がまだひとり、そのあたりにいるのを忘れていないのだ。しかしわたしとしては、もうそいつを見ることはないだろうと思っていた。

山をのぼる曲がりくねった狭い道に車を乗り入れた。早くも油圧の力が弱まり、ハンドルが重くなってきた。まもなくギアチェンジができなくなるだろう。それからサスペンションがきかなくなる。最後にパワーブレーキがきかなくなり、人力のフットブレーキだけになる。

エンジンはまわりつづけるから、車は走りつづけるだろう――が、乗りごこちは悪いはずだし、いったん停止したら、ギアを変えられないのだから二度と発進できない。ギアはいちばんよく使う二速に入れっぱなしにした。

だしぬけにハーヴィーが言った。「どこか奥地へ行きついちまったら、どうやって電話を見つけるんだ？」

「たぶん電話のすぐ近くに行きつけると思う」

第二の油圧警告灯が点灯した――オイルの量が危険なまでに減ったのだ。カーブでハンドルを切るのが異様にたいへんになり、サスペンションは衝撃をもろに伝えるようになった。車はいまにも死にそうだった。

道がまっすぐになり、いくぶん平らになった。記憶にある道だとすれば、尾根のてっぺんまで十五キロのあいだ、村はひとつもない。ローヌ川には少しも近づかないが、警察が検問所を設置しはじめているとすれば、そのほうがむしろ有利になるだろう。わたしは見え見えの逃走ルートから離れたかった。

稜線まで這いあがると、スピードをあげた。もはやハンドル操作はまったくの人力だったし、乗りごこちはといえば、四角いタイヤで走っているようなものだった。のぼりではブレーキを使わずにすんだので、最後に一度停まる力が残っていてくれればそれでよかった。

二軒の農家と停まっている荷車を猛スピードで通過すると、アクセルをゆるめてエンジンブレーキをかけた。待ち伏せ地点から十二キロほど来ていた。尾根の左側は、ゆるやかにくだって起伏のあるひらけた田園になり、右側は、もっと急傾斜の松林になっている。その麓に土地の幹線道路が走り、村々が点在していた。

さらに六キロほど走ったところで、森の中に見憶えのある小径を見つけた。人力のフットブレーキでスピードを落としたが、それでは間に合わず、土壇場でハンドブレーキを引いた。車はつんのめりながらそこを曲がり、エンジンは回転数が低すぎて不満げにがたついた。わたしはその小径をくだりはじめた。

いままでが四角いタイヤだったとすれば、こんどは三角だった。床が地面にぶつかり、足の下からエンジン音が湧きあがってきた。排気管がつぶれたのだ。坂がますます急になった。ブレーキをばんばん踏みつけた。スピードは落ちたが、傾斜はさらにひどくなった。

ハンドブレーキをいっぱいに引いた。後輪がロックして横滑りし、床が地面をこすった。排気管がちぎれて、からんと転がった。

イグニションを手探りしてエンジンを切った。車がこんどは身震いした。わたしは若木の木立を見つけ、ハンドルをぐっと切った。車は径をはずれ、どすんと盛大に腹をぶつけたあと、木立に突っこんで静かに停まった。

「はい、終点です」

そう言ってわたしはドアを押しあけた。上に樅《もみ》の木、まわりに樅の木、下にも轢き倒した樅の木。運がよければシトロエンは数日は見つからないだろう。

ハーヴィーに「車をきれいにしてくれ」と言い、前へまわってひしゃげたボンネットを力ずくであけた。ドライバーを見つけると、ディナダンのナンバープレートを二枚ともはずし、古いプレートと一緒に持った。

そのころにはもう手荷物は小径へ運びあげられており、ハーヴィーは車の指紋を丁寧に拭きとっていた。

マガンハルトが言った。「あれはわたしの車だった。保険金は支払われそうにないな」

わたしは彼を見つめてから、ゆっくりとうなずいた。「ええ、おれたちのしてきたことに免責条項をひとつも見つけられないとしたら、その会社はどうかしてますよ」わたしは径を引き返し、排気管を見つけて隠した。

戻ってみると、ハーヴィーが倒れた若木を二本ばかり起こして、シトロエンが突っこんだ際に木立にあけた穴を隠していた。わたしはあたりのタイヤ痕を足で消し、雨が降ってくれることを祈った。それで出発の準備はできた。

12

わたしたちは小径をくだった。手荷物は、大きすぎるハンドバッグのような長い取っ手のついたイタリア製の柔らかい革の旅行鞄がふたつと、わたしのアタッシェケース、ハーヴィーのエールフランスのスーツケースだった。大した量ではないが、人前で持ちあるくには多すぎる。そぞろ歩きの観光客に見られたければ、しばらくどこかへ隠しておかなければならない。

三十分後、麓の小川についた。わたしはぬかるみにナンバープレートで穴を掘り、四枚ともそこに入れて足で土をかけなおした。

マガンハルトが言った。「車のエンジン番号から所有者をたどられるぞ」

「ええ、でも、それには数時間かかります」

林は小川の手前で終わっていたが、流れに沿って数百メートル左手に行くと、対岸からふたたび始まっていた。わたしたちはそこまで行って小川を渡り、林の中をさらに道路のほうへ歩いていった。計算では、最寄りの村から四、五百メートルのところに出るはずだった。

マガンハルトのすぐ右後ろに当然のようについているハーヴィーが、わたしのほうを向いて言った。「で――計画は？」

「全員で村にはいらないほうがいいと思うんだ。四人だと怪しまれる――それにいまごろはもう、撃ち合いの噂が伝わってるかもしれない」九時半だった。銃撃が始まってから一時間たっている。

「わかった。てことは、あんたひとりか、あんたと彼女のふたりか、どっちかだ。おれは本人と残る」うむを言わさぬ口調だった。

わたしはうなずき、女のほうを向いた。「ミス・ジャーマン――よかったら、おれと一緒に行ってくれないか。男と女のほうが、男ひとりより善良そうに見える」

「かまわないわよ」大乗り気とは言えないにしても、生まれて初めて銃撃を受けて一時間後に、誰もがそれほど気丈でいられるわけでもない。自分を本気で殺そうとしている人間がいるのだと知るのは、相当にショックのはずだ。

ハーヴィーが言った。「電話する相手だが――ひとついいか？」

「なんだ？」

「ディナダンにはかけるなよ」

そのつもりはなかった。ねずみ径では考えを翻して元の場所に戻ることは厳禁だ。しかし、ハーヴィーがそういう理由も聞いてみたかった。「なぜだ？」

「待ち伏せをかけてきたやつらは、おれたちの居どころを正確に知ってた——正確に。現場は村からできるだけ離れたところだったが、それでもおれたちがローヌ川へ行くつもりなら、通るしかなかった場所だ。やつらはおれたちがディナダンにいるのを知ってたんだ。それにトゥールから尾けてきたわけでもない」

わたしはゆっくりとうなずいた。「たしかに知っていたな。ディナダンに対するきみの見方はまちがってると思うが、いまは反論しない。どのみちおれは戻る気はなかった」

ハーヴィーは冷たく用心深い眼でわたしを見た。「わかった、急いでるからな。ほかに誰かこのあたりにレジスタンス時代の知り合いはいるか？」

「リヨンにひとりいる——」

「遠すぎる」彼はそっけなく言った。「ゆうべ話してたワイン・シャトーはどうなんだ？——ピネルという蔵元は。あれはコート・デュ・ローヌのワインだ。もっと近いはずだろ」

わたしは首を振った。「気が進まない」

「信頼できないのか？」

「信頼はできるんだが——」

「じゃ、電話しろよ。そこなら配達トラックやらジープやらを持ってるだろう——簡単に迎えにこられるはずだ」

「おれの個人的な問題があるんだよ」ハーヴィーは眉を斜めにした。「いま現在、おれたちにはきっかり四つの個人的問題がある」と静かに言った。「あんたのは殺人罪だ——おれのと同じで。だからその一家が信頼できるなら——」

「わかったよ、わかった」しごくもっともな意見だった。反論しようがない。「電話するよ」

「よし」彼はうなずいた。「ついでにもうひとつ言わせてくれ。歩くなよ——走れ」

ミス・ジャーマンとわたしは十分ほどで村に着いた。ディナダンからの三十数キロであたりは一変していた。そこはまさしく南フランスで、しかもほとんど夏だった。農家の庭先は乾燥して埃っぽくなり、塀ぎわには薔薇が咲いている。建物は温かみのある黄色い南部産の石材で造られ、反りのある赤い瓦を葺いてある。

広場のカフェの外に、緑色の錆びた小卓が三つ置いてあった。わたしたちは腰をおろし、コーヒーとパスティスを注文した。

ウェイターが立ち去ると、ミス・ジャーマンが言った。「あなたたち、本当に殺人罪になっちゃうの？」

「おれたちは人をふたり殺した——故意に。それはたしかに殺人だ」

「でも、むこうがわたしたちを殺そうとしてきたのよ。正当防衛じゃないの？」

「正当防衛が殺人の免責事由になるのは、法廷に出てそれを証明できた場合だ。でも、きみのよく知ってる誰かさんと同じで、おれたちは裁判でだらだらと闘うつもりはない。だから記録の上では殺人のままになる」

「レイプと殺人を同列にはあつかえないでしょ」

「ああ、とくにマガンハルトは誰もレイプしてないし、おれたちは――法的には――たしかに殺人を犯してるからね。でも、おれたちは正体を知られてない。それは大きなちがいだ。マガンハルトは知られてる」

「あなたたちのことも知られちゃうんじゃない？」

わたしは肩をすくめた。「結局は知られるかもしれない。でも、むこうが何も証明できないかぎりは、だいじょうぶなはずだ。パリのガンマンがふたり殺されたぐらいで、大騒ぎになったりはしないさ。警察に事件を解決しろという圧力はそんなにかからない」

ウェイターが彼女のコーヒーとわたしのパスティスを運んできたので、行きたい方向とはほぼ正反対にあるヴァル・レ・バン行きのバスの時刻を尋ねた。思ったとおり、数時間に一本しかないという。わたしは電話をかけさせてくれと頼んだ。

つながるまでにしばらくかかり、ようやく男が出た。冷たくそっけない年老いた声だった。

「ピネル葡萄園《クロ・ピネル》です」

「伯爵夫人をお願いしたいんですが《エティル・ポシーブル・ド・パルレ・ア・マダム・ラ・コンテス》」

「どちらさんです？《キ・エ・ア・ラパレイユ》」

いまさらなんと名乗るべきだろうかと迷った。そのとき、その声の主を思い出した。

「あんたか《セ・ヴ》、モーリス？」てっきりもう死んだか、退職して年金暮らしでもしているだろうと思っていたのだ。「キャントンだ《イシ・キャントン》」とわたしは言った。

こんどはむこうが迷った。ふたたび口をひらいたときには、口調がいくぶん温かくなっていた。「ムシュー・キャントン？　ちょっとお待ちを《アン・モマン》……」

一瞬ののち、女の声がした。「ルイス、本当にあなたなの？」

「ジネット？　そう、あいにくとおれなんだよ」

「ちょっとルイス、いつからそんなによそよそしくなったの、あなたらしくもない。いまから会いにきてくれるの？」ジネットの英語は非の打ちどころがなかった。アクセントだけが、長らくイギリスでは話していないことを明かしていたが、わたしはアクセントなど聞いていなかった。聞いているのはそのハスキーで穏やかな声そのものだった。

「ジネット――あいにくと面倒に巻きこまれてるんだ。四人連れで。こんなことは頼みたくないんだが――助けてくれないか？　おれたちを拾って、少しばかり運んでほしいんだ。きみはどういうことなのか知らなくていい」

「そう、あたしは知らなくていいわけ？」面白がっていると同時に責めている口ぶりでもあった。「ひどい言い草ね。いまどこにいるの？」

わたしは村の名前を伝えた。

口調がきびきびしたものになった。「うちの名前を書いた灰色のシトロエンのバンが、一時間半後に迎えにいくから。それに乗ってここへ来て」

「いやいや、館《シャトー》を巻きこむ必要はないんだ。ローヌ川のそっち側まで連れてってもらえれば――」

「ここはまだ隠れ家よ、ルイス。あなたにとっては」

わたしは折れた。手配をしてくれる相手に逆らうのは不躾《ぶしつけ》なだけでなく――愚かでもある。とりわけその相手が、こちらと同じくらいよくゲームを知っている場合には。

「村を抜けたところにいるよ。南の道に」わたしは言った。

彼女は電話を切った。わたしはテーブルに戻った。「うまくいったよ」腕時計を見た。「十一時半に迎えが来る」

ミス・ジャーマンはうなずいた。「その館はどこにあるの？」

「ローヌ川のちょうど対岸だ」

「どういう人たちがいるの？」

「ド・マリス伯爵という男のものだった。レジスタンス時代の知り合いだ。でも、三年前に溺死した。新聞によると、ヨットの事故だったらしい」

「伯爵夫人を残して？　その女《ひと》が、さっき言っていた個人的な問題なの？」

わたしはパスティスの中に煙を吐いた。「どうしてそう思うんだ？」

「理由はかならずしもないけれど、最初にそう思うのはたしかね」にこやかに言った。

わたしは彼女をにらんだ。「なら、そういうことにしとこうじゃないか」

だが、彼女はやめなかった。「その人もレジスタンスに関わっていたんでしょう？　当時から伯爵夫人だったの？」

「いや」とわたしは低い声で答えた。

「つまり、あなたじゃなくて伯爵と結婚したわけ。まあ、誰でもそうするわよね――相手が称号と葡萄畑を持っていれば」

わたしは顔をしかめた。考えたくない意見だった。

彼女は考えこみながら言った。「でも、それだけじゃなかったと思うの。若いころのあなたって、相当に可愛げがなかったはずだし――当時のあなたはかなり若かったはずだもの。だからキャントンなんて呼ばれていたの？――家鴨の子なんて。それともたんにケインのもじり？」

突然タイヤの鳴る音がし、北の道から憲兵隊のジープが猛然とはいってきて、広場に停まった。

わたしはすばやく言った。「そのまま座って、何ごとかという顔をするんだ。そのほうが自然だ」彼女は眼を丸くしてわたしを見てから、体をひねってジープを見つめた。へこみだらけの青い車で、キャンバス地の幌と透明アクリルのドアがついている。軍曹があわただしくおりてきて、カフェへ駆けこんできた。後ろからさらに三人が飛びおりた。ひとりが小走りで広場の奥へ行った。あとのふたりはせかせかとあたりを見まわしてから、煙草に火をつけた。

わたしは小声で言った。「どうやら、あのつぶれたルノーを誰かが見つけたようだな。それに死体も最低ひとつは。衝突事故ぐらいであんなに走ったりはしないだろう」

青磁色の眼がこわばり、大きくなった。「あなた、銃を持ってる？　どうする？」

「いや、持ってない――よかったよ。こういう出会いの場にはちょっとでかすぎる。このまま様子を見よう」

「いつまで？」

「おれたちが逃亡中の人間には見えなくなるまで」

軍曹と店主がカフェから出てきた。どちらも早口でしゃべっていて、相手の話を聞いていない。わたしは身を乗り出して声をかけた。「どうしたんです《ケス・キ・ス・パス》？」

軍曹はわたしたちを一瞥したが、おそらく性別すらわかっていなかっただろう。店主に最後の言葉を投げると、大声で部下を呼びながらさっさとジープへ戻っていった。

店主がやってきて、今朝ほど山の中で山賊どうしの撃ち合いがあったのだと説明しはじめた。車が一台穴だらけになり、少なくともひとりが死んだという。〝少なくとも〟を強調して、未発見の死体がまだごろごろしているらしいとほのめかした。

わたしは感嘆の声をあげ、パリの外ではすごい事件が起こるものだと言った。店主は身ぶりひとつで、パリなど話にならないと伝えた。知ってますか、この十年、パリじゃこれといって大きな犯罪が起きていないのを？　人間がやわになってるんですな。首なし女の事件なんか、あなた……

広場の奥にいた憲兵が走ってきて乗りこむと、ジープは南の道へ出ていった――わたしたちが来た道だ。そこを三十メートルほど行くと、また全員が飛びおりて、棘《とげ》のはえた鉄球を路面にまきはじめた。検問を突破しようとする車をパンクさせるためのものだ。それがすむとサブマシンガンを二挺引っぱり出し、ジープに寄りかかってまた煙草に火をつけた。

わたしはコーヒーとパスティスをもう一杯ずつ注文した。店主が立ち去ると、ミス・ジャーマンが言った。「これからどうするの？」

「もっと様子を見るんだ」

「でも、道路を封鎖してるじゃない。マガンハルトさんのところへ帰れなくなっちゃう――」

「わかってる。おれが村の裏手をまわって、ふたりを北の道へ連れてくる。そこでピネルの車を停めるんだ。大したことにはならないさ。あの憲兵たちはあまり真剣にやってない」

「そうお？」彼女は納得していない顔でわたしを見た。

「あいつらが立ってるのは納税者から見えるところであって、効果のあるところじゃない。あの道をやってくる人間には、あいつらの銃の射程の倍も遠くから姿が見える。あいつらはまだ自分たちの捜してるのは地元の山賊で、どのみちこの一帯から逃げだしたりはしないと考えてるんだ。あの検問はただの見せかけだよ。問題が起こるとしたら、誰かが〝マガンハルト〟という名前を口にしはじめたときさ」

銃声が二発聞こえた。遠くではあるが、ひどく遠くもない。乾いた短い音は、明らかに拳銃だ。

ミス・ジャーマンが眉をあげてみせた。「でなければ、お友達のハーヴィーさんが撃ちはじめたときよね」

13

わたしはさっと検問のほうを見た。憲兵たちはもうジープの後ろにぴたりと隠れ、そこから道の南のほうをのぞいていた。何も見えなかった。後ろから店主がばたばたと外に出てくる音がした。

やがて軍曹が駆けもどってきて、電話を貸せとわめいた。心配しているというより驚いているようだった。

女が言った。「どうするのかしら?」

「わからない。だが、どうせ応援を呼ぶはずだ。移動したほうがいいかもな」わたしは心配げな表情をこしらえはじめた。それは難しくなかった。

店主と軍曹がふたたび外に出てくると、わたしはぱっと立ちあがり、警察の保護を要求しはじめた。ぼくらは山賊と関わりになるためにこんなところへ来たわけじゃない。この村はどう見ても包囲されそうじゃないか。安全な場所はどこだ?

軍曹は冷笑し、ここにいればだいじょうぶですよと言った。わたしは、ほんの三十メートル先であんたの部下が身を隠してるじゃないかと指摘した——なのに屋外に座ってろと言うのか？　あっちに山賊はいるのか、と北を指さした。

いない、と軍曹は答えた。あっちへ行きたければ、とっとと行ってくれるとありがたい。

そう言うとジープへ走っていった。

わたしはすばやく勘定を払うと、ミス・ジャーマンの腕を取り、北へ向かって足早に広場を出た。最後に振り返ってみると、二名の憲兵がジープから走ってきて、カフェのこちらの横丁を小川のほうへ曲がっていった。ひとりはサブマシンガンを手にしている。側面にまわろうというのだ。

わたしたちは足を速めた。

村の外に出ると、石垣が牧草地を横切って小川のほうへ延びていた。わたしは彼女にそこにいろと命じた。「バンが来るまであと三十分ぐらいある。来たら停めるんだ。村へ入れないでくれ」

そう言うと、石垣の陰に隠れ、腰をかがめて走りだした。

数分後、腰をかがめたまま走るには歳を取りすぎたことを痛感した。一本の木の陰で荒い息をしながら腰を伸ばすと、こんどはもっとゆっくり進んだ。小川までは合計で四百メートル近くあった。そこまで行けば、まちがいなく農地を出たことになるし——自分の位置もわかる。

徒渉して林へはいると、左に向きを変えて対岸を南へ走った。木々のあいだから、斜面のすぐ上にのぞく教会の尖塔に絶えず注意していた。教会とならぶまでは安全だが、そのあとは二名の憲兵に気をつけなければならない。

尖塔が真横に来ると、わたしは足をゆるめた。小川のむこうには、厚い石垣で区切られた牧草地が青々と広がっている。ハーヴィーとマガンハルトのいる森は、さらに四百メートルほど行ったところから始まっていた。憲兵が小川を渡ってきているとは思わないが、対岸までは来ているだろうと思った。どう見てもそこが捜索区域の自然な境界だ。

だが、捜索はしていないかもしれない――腰をおろして見張っているだけかもしれない。応援を待ちながら。わたしはさらに歩速を落とし、少しずつ小川から離れて林の奥へはいっていった。

流れの中でバシャッという音がした。わたしは木の陰にぴたりと体を押しつけた。それからそっと片眼でのぞいてみた。

憲兵のひとりが、濡れた片足を腹立たしげに振っていた。まもなくこちらの岸にあがってきて腰をおろし、ブーツの水をあけた。それがすむとサブマシンガンを拾いあげ、湿った斜面を注意深く見渡して足跡を探しはじめた。

わたしとの距離は三十メートルほどで、下生えもあまりないので、見つからずに移動するのは無理だった。

そいつはたっぷり時間をかけた。なおも地面を見つめながら数メートル岸を歩いたあと、こんどはもっと楽に渡れる場所を探しはじめた。ようやく対岸に戻って牧草地へあがると、森と道路のほうへ斜めに、ゆっくりと歩み去った。わたしは大きく息を吸って走りだした。

数分後、対岸の森の真横まで来たので、車を捨ててきたわたしたちが最初に徒渉した場所を捜しはじめた。すると、前方の木々のあいだで何かが光った。わたしは立木づたいにそろそろと近づいていった。徐々に見えてきたのは、低い樅の若木の枝に埋もれかけた淡いグリーンの小さな車——あのルノー4Lだった。

そういえばカフェの店主は、車が一台穴だらけになったと言っていた……もっとしっかり聞いているべきだった。逃げた三人目の男がもう一台に乗って、あとを尾けてきたのだ。それは難しくなかっただろう——姿を見失わないようにする必要はないのだから。わたしたちの残してきた油圧オイルの血痕をたどるだけでいい。

するとさきほどの銃声は、そいつがハーヴィーとマガンハルトに追いついたときのものだったのか……

わたしはゆがんだドアを引きあけた。ひょっとしたら予備の銃が転がっているかもしれないと思ったのだが、もちろんなかった。

小川へおりて渡り、道路のほうへのぼりはじめた。このあたりは流れがかなり道に近づいている。距離は二百メートルほどだろう。ハーヴィーとマガンハルトを残してきた場所はわかっていたが——銃撃が起こった時点でふたりは移動したはずだ。どこへ行ったのか？ そもそもまだ生きているのか？ 銃声は二発しか聞こえなかったし、拳銃弾二発で人間ふたりを確実に殺すのはほぼ不可能だ。となると一発はそいつのもので、もう一発はハーヴィーの応射にちがいない。けれども最初の一発でハーヴィーが殺られてしまい、二発目でマガンハルトがゆっくりと狙いをつけられて射殺されたのだとしたら……

わたしは足を止め、一本の木のかたわらにしゃがみこんだ。考えているうちに頭が混乱してきたのだ。たしかなのは、自分が銃も持たずに撃ち合いのなかへはいっていこうとしているということだけだった。なんだってモーゼルを持ってこなかったんだ？ でかすぎるからだ。ならどうしてベルナールの銃を拾っておかなかった？ チャンスはあったのに——あれなら身につけていられたはずだぞ。わたしは答えられなかった。ふたたび腰をかがめて移動しはじめた。

道路まであと百メートルほどになった。下生えはあいかわらず少なく、身を隠す役にはあまり立たなかったが、地面が湿っているので足音だけはしなかった。木から木へと慎重に進んだ。

あと五十メートル。木々のむこうに明るい空が見えるようになり、そこで森が終わっているのがわかった。草や茨の茂みにひとつひとつ眼をこらし、様子をうかがった。伏せている人影、手の動き、銃身のきらめき。そういうものがいくつも見えたが、どれも本物ではなかった。

　ハーヴィーに声をかけるべきなのかもしれないし、黙っているべきなのかもしれない。頭を吹っ飛ばされたくなければ。

　そのとき何かが見えた。まっすぐ前方に何かの形が。ひらけた地面に転がったまま動かない……鞄だった。わたしは詰めていた息を吐いた。だが、声をかけるならいまだった。でなければいつまでも黙っているしかない。木の根方にそっとしゃがみ、小声で言った。

「ハーヴィー——ケインだ」

　右手の茨の茂みで何かが動いた。わたしはさっと伏せた。銃声がし、木屑がまわりに飛び散った。あわてて眼の前の藪に身を投げたが、もう遅かった。藪から何者かが体を起こすのが見えた。

　銃火が顔を焦がし、耳ががんがんした。わたしは身を伏せたまま、おれは死んだのだろうかと考えた。

　ハーヴィーが言った。「デイヴィー・クロケットさんかな？　ようこそアラモへ。待ってたんだよ、あんたが来てあいつをおびき出してくれるのを」

「お安いご用だ」わたしは藪から出ようとした。数メートル右側の茨の茂みから、男が体を半分出して倒れていた。ハーヴィーはそいつのところへ行った。歩きがぎくしゃくしている。見ると、上着の左の脇腹に染みができていた。わたしは藪から体をもぎ離してあとを追った。

「怪我はひどいのか？」

「大したことはない」男を足でひっくりかえそうとして顔をゆがめた。死んでいるのがわかると、どさりと落とした。

「身を隠したまま二十分ぐらい、こいつが動きだすのを待ってたんだ。どうなった？」

「怪我を見せてくれ」わたしは血に染まったシャツの穴をびりびりと広げた。「迎えが来てくれることになったが、憲兵が村に検問を設けた。銃声を聞いて牧草地に出てきてる」と後ろへ頭を振ってみせた。「ただのかすり傷だな──でも、このまま走らなきゃならないぞ。できるか？」

彼はうなずいた。

「じゃ、村をまわりこんで道路へ出ろ」とわたしは言った。

後ろからマガンハルトが、鼠の死骸でも運ぶような手つきでモーゼルを持ってきた。わたしはそれをひったくった。

ハーヴィーがマガンハルトに、「リヒテンシュタインはあっちだ」と言って小川を指さした。「鞄を持って走れ」

「鞄などどうでもいい」とマガンハルトは言った。

「どうでもよくないんだよ。ここにあんたがいた証拠になるんだ」

マガンハルトは鞄を取りにいった。ハーヴィーが後ろから声をかけた。「あんたが救おうとしてるのは自分の会社なんだぞ――忘れるな！」それから死んだ男を見た。「しかし、こいつも立派な証拠だな。まさか自殺だと思っちゃもらえないだろうし」

牧草地で叫ぶ声がした。「おい《アイ》！　行くぞ《アロンジ》！」

わたしは言った。「おれがあいつらを少しばかりだませるかもしれない。むこうへ渡って、流れから離れてくれ。あいつらは岸の足跡を探すからな。何が聞こえても、おれを捜しに戻ってくるなよ」

彼は片眉を吊りあげた。「燃える甲板にひとりだけ残ろうってんじゃないだろうな？」

マガンハルトがふたつの鞄を持って、よたよたと通り過ぎていった。「すぐにあとを追うよ」とわたしは言った。

ハーヴィーは行こうとしてから、またこちらを向いた。「撃たれたのは初めてだぜ」としみじみ言った。「後ろから近づいてきて、不意を衝きやがった」

「そんなことだろうと思ったよ」

彼は聞いていないようだった。「だけど、それは言い訳にならない。後ろから近づいてきたやつに、不意を衝かれちゃまずいんだ。おれの商売は」そう言うと、左の肘を脇腹に押しつけたまま、エールフランスの鞄を手に小川へ駆けおりていった。

わたしは深呼吸をひとつしたが、それはここまで跳んだり走ったりしてきたからだけではなかった。それからモーゼルのホルスターを見つけ、銃把に取りつけて銃床にすると、死体のところへ行った。

黒っぽい髪を長く伸ばした小柄な男で、みすぼらしい灰色のダブルのスーツを着ていた。銃は米軍用のコルト四五口径オートマチックだった。それをポケットに入れると、男をかついでよたよたと、森の中を牧草地のほうへ運んだ。

森のはずれ近くまで来ると男をそっとおろし、コルトを取り出して弾倉を抜き、弾を数えた。わたしの計画には多すぎたので、三発だけ男に残した。それから牧草地の端までそろそろと進んだ。

百メートルほどむこうに、憲兵のひとりが丸見えで立っていた。腿のなかばまである長い草の中で、森をじっと見つめている。もうひとりは見えなかった。わたしは引き返し、膝をついて道まで這っていった。

これまでの四発の銃声に説明がつくようにする必要があった――銃声と死体に。モーゼルを肩につけ、村のいちばん手前の家を狙って慎重に二発撃った。四百メートルほどあったが、壁からぱっと埃が舞うのが見えた。これでむこうの憲兵たちは自分たちが狙われたのだとわかる。ことによると、さきほどの銃声もそうだったのだと思ってくれるかもしれない。

死体のところまで這いもどった。例の憲兵はまだ牧草地のまんなかにいた。そこなら確実に拳銃の射程外だと考えているのだ。銃床をつけたモーゼルで狙えば、眉をそぎ落としてやることもできるのだが。というより、それがほぼわたしのやろうとしていることだった。だが、その前に相棒の居どころを知りたかった。

一本の木の陰にそろそろと身を寄せて、そいつに叫んだ。度胸があるならかかってきやがれ。おまえら憲兵隊は親父と兄貴を殺したんだ。こんどはおれを殺してみろ。おまえを道連れにして死んでやる。

錯乱していると思われるようにした。そういう印象をあたえられれば、多少のおかしな点は曖昧になる。わたしが叫びだすと、そいつは中腰になったが、それでも身は隠さなかった。頭のそばを狙って一発撃ち、本気だぞと教えてやると、こんどは身を伏せた。

突然、相棒がそばの草の中から起きあがり、わたしのほうへサブマシンガンをぶっぱなした。樅の小枝や球果が頭に降りそそいだ。もう充分だった。わたしは断末魔の悲鳴を長々とあげ、最後に少しばかりごろごろと苦しげに喉を鳴らした。

それからモーゼルの空薬莢を牧草地に放り、「憲兵を撃つからこんなことになるんだぞ」と死体の肩をたたいて言うと、アタッシェケースをつかんで駆けだした。

追いついたとき、ふたりはちょうど道路のほうへ小川を渡ろうとしているところだった。わたしの駆け足はもう、小走り程度のものになっていた。

ハーヴィーが陰気な笑みを見せて言った。「アイデアは気に入ったが、連中を長いことごまかせると思うか?」わたしのささやかな演技をすべて聞いていたようだ。

「それなりには、たぶん」

「遅かれ早かれ、あいつを撃ったのは連中のサブマシンガンじゃなくて、三八口径だとばれるぞ」

「何があったのかわかっていると思えば、むこうは急いで検死をしたりはしないさ」

わたしたちはばしゃばしゃと小川を渡り、道路へつづく石垣の陰に隠れた。時計を見ると、ミス・ジャーマンと別れてから三十分あまりたっていた。あれから四回も足を濡らしたのだと、足元を見て思い出した。わたしたちはよたよたと進んだ。

牧草地のはずれの門の前に、車体の外板を波形プレスした灰色のシトロエンのバンが駐まっていた。後ろのドアに〝クロ・ピネル〟と書いてある。ミス・ジャーマンともうひとりが、前輪の脇に膝を突いてタイヤを見ているふりをしていた。

わたしたちがへばった馬のようにあえぎながら近づいていくと、そのもうひとりが立ちあがって、すばやくバンの後ろへやってきた。こざっぱりした灰色のスカートに、染みのついた古いスエードの上着といういでたちの――ジネットだった。

最後に会った十二年前より老けてはいるが、十二年もたったようには見えない。暗色の眼には気怠さが、表情には緩慢さと落ち着きが表われてはいるが、栗色の髪は昔のままだ。日射しに触れたことがないような柔らかな白い肌も、忘れようにも忘れられない痛ましげで面白がるような笑みも。

彼女はわたしの腕に手をかけた。「こんにちは、ルイス。ちっとも変わってないわね」

わたしの脚は膝まで濡れ、上着とシャツは腐葉土と松葉にまみれていた。髪の半分は顔にかかり、森の半分がくっついている。そして手には、ばかでかいモーゼルを持っていた。

わたしはうなずいた。「変わるべきだよな」わたしたちはバンの後ろへ乗りこんだ。

14

ふたたびドアがひらくと、そこは館のすぐ前の砂利敷きの私道だった。イギリス人の眼には、いかにもフランスの館らしく見える館だ。だからこそ何代か前の伯爵は、こんな建物を建てたのだろう。自家のワインラベルに、絵になるものが欲しかったのだ。

この土地の造りではなかった。ロワール川流域のものからアイデアを拝借したのだ。いんちきゴシック様式の重厚な建物で、窓が高く、両端に丸い塔があり、魔女の帽子のような青いスレートのとんがり屋根がのっている。南部産の温かなピンクの石材で造られた建物自体とはなじまないが、もちろんそれは、ラベルのみごとな銅版画からはわからない。

あとの三人も降りてきた。わたしはジネットのほうを向いた。「よくわからないけど、紹介してほしければ……」

彼女は興味深げにマガンハルトを見ていた。「してもらったほうがいいと思う」

「こちらはマガンハルトさん」とわたしは言った。「こちらはジネット。ド・マリス伯爵夫人です」マガンハルトの名を聞いて彼女の眉がこころもち持ちあがった。マガンハルトは彼女の手を取り、背筋を伸ばしてわずかに会釈した。

ミス・ジャーマンとハーヴィーも紹介した。ハーヴィーは絶好調には見えなかった。皺は深くなっていないが、顔全体が凍りついている。

ジネットが言った。「怪我をしているようね。中へはいったら、モーリスに手当てしてもらいましょう」見ると窓の前のテラスに、白い上着を着た白髪頭の男が目立たないように立っていた。近づいていって握手すると、老人の気むずかしい褐色の顔に、くしゃくしゃと大きな笑みが浮かんだ。わたしたちはたがいに、調子はどうかと尋ね、まあこんなものだろうと言い合った。それからモーリスは、まるで昔に戻ったみたいだと言ってにやりとまた笑い、ハーヴィーを中へ連れていった。

あとの面々もテラスにあがってきた。マガンハルトが言った。「ケイン君、いつまでここにいるんだ？　今日はまだ百キロも来ていないと思うが」

「いまその話はよしましょう」とジネットが言った。「ルイス、マガンハルトさんに飲み物をさしあげてくれる？」それからミス・ジャーマンのほうを向き、「お部屋にご案内するわ」と言うと、いくぶん青ざめている彼女を連れて中へはいっていった。

館の内部はほとんど変わっていないようだった。百年かけて集めた家具でいっぱいの屋敷を持っていれば、変える理由もない。はいってすぐの右手の部屋はいまでもオフィスの客間のようなもので、酒はいまでも窓の向かいのどっしりしたルイ十三世様式の暗色の戸棚にしまいこまれていた。

わたしは戸棚をのぞいた。「何を飲みます？」

「シェリーを頼む」マガンハルトは言った。

「残念ながら、フランス人はそんなものを飲まないんです」

「ならば、薄いウィスキー・ソーダを」

スコッチを出して、一杯つくってやった。自分にはそれをストレートで指三本分ついだ。

マガンハルトはひと口飲んだ。「これからどうするつもりだ？」

「明日の早朝、ジュネーヴにはいろうと思います——夜明けの直前に」

「夜明け？　もっと前ではだめなのか？」

わたしはいくぶんつぶれたジタンの箱を見つけ、一本に火をつけた。「越境は違法に行なうしかありません——もうパスポートを見せるわけにはいきませんから。夜まで待つ必要があります。ただし、暗くなってすぐに越境すれば、ジュネーヴでひと晩じゅう身動きが取れなくなります——車を借りるには遅すぎるし、夜行列車は避けたいので。スイス人はあまり使いませんから、目立ちすぎます。

でも、夜明けの直前に越境すれば、人眼につくところでぐずぐずしなくてすみます。道はまだ混んでいませんから、速やかに移動できます」

マガンハルトは難しい顔でグラスをのぞいた。「メルラン君はたしかジュネーヴにいると言っていたはずだ。いま彼に電話すれば、車を用意して待っていてもらえるだろう。それなら暗くなってすぐに国境を越えられるはずだ」

わたしはうんざりして首を振った。これから言うことは、マガンハルトの気に入らないはずだ。それどころか、理解もできないだろう。「昨日メルランと話してから事情が変わったんですよ。何者かがおれたちの足取りをつかんでるんです。それができたのは、メルランの電話を盗聴してたからでしょう。とすれば、ジュネーヴでもきっと同じまねをするんじゃないですかね」

「警察が大物弁護士にそんなまねをするはずはないと、きみは言ったじゃないか」

「それは警察の場合です——もう一方の側なんですよ、おれたちの足取りをつかんでるのは」

彼は渋い顔をした。「電話というのはそんなに簡単に盗聴できるものなのか？」

「いいえ——都会じゃとてつもなく難しい。だから昨日はそんなものを心配してなかったんです。でも、今朝の一件でもう少し、そいつらのことがわかりました。ベルナールのような男を雇えるほど事情に通じてるのであれば、何を知っていてもおかしくありません」

「ラヴェル君はディナダンの連中がわれわれを裏切ったと考えているぞ」

「ええ。でも、あいつは充分に考えたわけじゃありません。メリオ夫妻は警察以外におれたちを売る相手を知らなかったはずです。あの夫婦に前もって接触できた人間はいません。おれたちがあそこへいくことは誰も知らなかったんですから」

彼はウィスキーをひと口飲んでそれについて考えた。それから、「メルラン君にはリヒテンシュタインに一緒に来てもらわないと困る」と言った。

「わかりました——でも、メルランに電話するのはスイスにはいってからです。ここからは誰にもかけないこと。あの電話はいっさい使用禁止にします」わたしはスコッチをひと息で飲みほした。

それから慎重に言った。「もちろん、ゆうべかけられた電話はもう一本あります」

マガンハルトがこちらをにらんでいるのがわかった。「秘書がリヒテンシュタインにいるわたしの共同経営者に電話したんだ」硬い口調でそう言った。

「本人によればね」

一瞬の間があった。「ジャーマン君が誰かほかの人間に電話したというのか？　そんなことはありえん」

「盗み聞きしていたわけじゃないんで、おれにはわかりません。でも、もしおれがあなたを殺したいとしたら、誰より味方にしたいのは、あなたの秘書です」そう言うと、こんどはこちらが見つめ返した。

ドアがあいて、ルイ十三世様式の表情をしっかりと浮かべたモーリスが、こう告げた。

「お食事の用意ができました《メッシュー・ソン・セルヴィ》」

集まったのはジネットと、マガンハルトと、わたしの三人だけだった。ハーヴィーは見るからに食欲がなさそうだったし、ミス・ジャーマンはそのまま眠ってしまったらしい。

ジネットはいくぶん険しい顔でわたしを見た。「あの娘《こ》をどんな目に遭わせたの、ルイス？」

わたしは肩をすくめた。「そばで何人か殺したからかな」

「今朝？」

わたしはうなずいた。「襲われたんだ、ディナダンの近くで」そこで大きく息を吸った。

「ひとりはベルナールだった」ジネットは戦争中ベルナールと知り合いだった。

だが、彼女はそのまま自分のスープ・オ・ピストゥ（バジル・スープ）をかきまわしつづけた。

「ベルナールとアランはそういう——そういう仕事をするようになったという話だもの。誰に殺されてもしかたないと思う」

やったのはわたしではなくハーヴィーなんだと言おうとしたが、そんなことは見当がついているだろうと思いなおした。戦争中ジネットはわたしを尊敬していたが——ベルナールに勝てるとは考えていなかった。

あまり陽気なおしゃべりとは言えなかった。春のファッションや、最近のお手軽離婚や、あんな男に誰が投票したんだ、といった話題にはなりようがない。わたしたちは末期患者療養所のお通夜のような雰囲気のなかでスープを飲みおえ、オムレット・オ・フィーヌ・ゼルブ（ハーブ入りオムレツ）に取りかかった。

モーリスがグリルした鱒《ます》を運んできたときにはもう、わたしは何かふざけたことを言うか、ガスオーブンに頭を突っこんでさっさと死ぬか、どちらかしかないという気分になっていた。

「ああよかった、魚だ。これでピネルを飲まずにすむ」

ジネットは体を引いて、とがめるようにわたしを見た。「あなたが昔、鱒だけは贅沢なソースが要らない魚だと言ってたから。それでこれを頼んだのよ」

「いまだって言うさ。鱒をごてごてと料理するやつは、墓を荒らすやつであり、子供にいたずらをするやつであり、カードでいんちきをするやつでもある。だけど、いまは二重に歓迎する。このまずいワインを飲まずにすむことになるんだから」

彼女は上品にお手あげだという仕草をして、マガンハルトを見た。マガンハルトは用心深く会話には加わらず、鱒に外科手術をほどこしている――ゆうべ自分がピネルを〝評判ほどのワインじゃない〟と言ったことを思い出しているはずだ。

彼女は言った。「とっても興味深いですわね、イギリス人が自分たちの知りもしないことに意見を述べるというのは。いかにももっともらしくて」

マガンハルトは鱒をひと切れすばやく口に押しこんだ。

わたしは言った。「イギリス人てのはもともとひかえめな人間でね。正しいことを言おうとするのは傲慢だってことを昔からよくわかってる。だから、正しそうなことを言うのに専念するんだ。そこにこそイギリス上流階級の、パブリックスクールの、亡き大英帝国の礎《いしずえ》があるのさ」

モーリスがわたしの肩越しに身を乗り出して、笑みをかみ殺しながら新しいグラスに白ワインを注いだ。あまりしゃべろうとはしないが、英語はかなりわかるのだ。

「じゃあイギリス人は、理論と外交におけるフランス人の名声についてはどう思うの?」

ジネットは言った。

わたしはフォークを振った。「我慢ならない傲慢さだね。そもそもイギリス人はそんな評判を信じてない」

彼女は溜息をついた。「そうよね。いまだにフランス人のことを、車をぶつけたり葡萄を足で踏みつぶしたりする野蛮で感情的な人種だと思ってるんだから。でもね、ルイス――」とまったく伯爵夫人らしからぬ仕草でわたしにナイフを向けた。「いまのあなたがたには、アメリカ人というライバルがいるのよ。あっちもすごく正しそうなことを言えるんだから」

「たしかにね」わたしは注がれたワインを飲んでみた。冷たくきりりとした白のブルゴーニュだ。「だけど、あいつらはそれをやるのに、百万ドルの調査プログラムを立ちあげる。そこまですれば、正しそうなことを言うのは簡単さ。おれたちのやり方は、もっとずっと金がかからない。まあ、核物理学についちゃ、正しそうなことを言うのは諦めざるをえなかったが——しかし、ワインについての意見は倍増させてる。何百万ドルつぎこもうと、おれたちがまちがってることは証明できない。ロンドンへ行ってみろよ、最近のイギリス人がワインについてどれほど正しそうなことを言えるか、びっくりするぜ」

わたしはマガンハルトに眼をやった。鱒に陰気な笑みをそそいでいた。

ジネットは乱暴にナイフを置いた。「ああ——いつものあれね。イギリス人のやりくち。ものごとがうまくいかなくなると、きまってフランスの粗《あら》探しをするんだから。あたしたちにはおなじみの話よ。で、こんどはワインの造り方を教えてくれるわけ。それはそれは興味深いこと。つづけて、ルイス——教えて」

「いやはや、ジネット——おれが正直者だったら、ワインなんか造るのはやめろと言うだろうな——あの丘でキャベツを作れと」と、わたしは家の裏手に広がる葡萄畑のほうへ頭をかしげてみせた。「しかるに百年前、ド・マリス家の人々はピネルをいいワインにするのは不可能だと悟り、かわりにそれを有名にすることに力を注いだ。だからきみたちはいま、市場一高価なキャベツスープを売ってる。それはつまり来客のためにもっとずっといいワインを買えるということだ」

彼女は黙ってわたしに微笑むと、自分の皿の脇にあるベルを鳴らした。モーリスが現われてみなの皿をさげ、チーズボードを食卓に置いた——一本のピネルとともに。わたしは顔をしかめた。

彼女は瓶をまわしてわたしにラベルを見せた。「うちの新しいラベルよ。どう?」

館の絵がなくなっていた。カッパープレート書体の文字が、通常より細長い白地のラベルに印刷されているだけ。紙は厚手だが、透かし模様を入れた良質の紙のように、ほとんど透けて見える。

彼女は穏やかに言った。「なんだかわからない?」

わたしは自信なく首を振った。どことなく見憶えはあったが……

彼女はにやりとした。「イギリスの旧五ポンド紙幣。大きさも文字の配置も同じ。あんなきれいなお札を造るのをやめちゃうなんて、わけがわからない」

わたしは厳めしく言った。「あまりにも偽造しやすかったからだそうだ。これでよくわかったよ」それからマガンハルトのほうを向いた。「ジネットはレジスタンスで偽造を担当してましてね。おれたちに通行証や配給カードを作ってくれてたんです。いいものですよね、戦時中の修練が平時に活かされるのを見るというのは」

彼はふっと小さく微笑んでみせた。「きみもその信念にもとづいてわたしのために働いてくれているんだろうな、ケイン君」それから腰を浮かして言った。「失礼ですが、伯爵夫人、わたしはこれで休ませていただきます。考えねばならないことがいろいろとあるもので」

「待ってください」とわたしは言った。

マガンハルトは腰を浮かせてぶざまに前かがみになったまま、動きを止めた。

「リヒテンシュタインへ行く理由を、もう少しくわしく聞かせてもらう時機が来たように思うんですが」わたしは言った。

「その必要があるとは思えんね」だが、彼はまた腰をおろした。

「じゃあ、ひとつはっきりさせておきましょう。今朝の事件で、おれたちはみんな死んでいてもおかしくなかった。ベルナールはハーヴィー・ラヴェルより優秀なガンマンだとされていたし——一緒にいた連中もおれよりはるかに優れたやつらだったはずですから。幸運にも、事態はそう教科書どおりにいきませんでしたが——あの連中を雇ったということは、相手は本気であなたを殺そうとしてるということです。まずこれが一点。

もう一点は、むこうはあなたが何をしようとしてるか知ってるのに——おれは知らないということです。そのふたつがあいまって、相手に大きな余裕をあたえてます。おれたちはすでに二度も先を読まれてるんですよ。こんど読まれたら……」わたしは肩をすくめた。

マガンハルトは無言のまま、あの鋼の彫像のまなざしをわたしに向けていた。やがて

「何を知りたいんだ?」と言った。

「何もかもです」

15

マガンハルトは渋い顔をしてジネットに眼をやった。わたしは言った。「彼女のことは保証しますよ。おれと同じで用心深い人間です」

マガンハルトはまた渋い顔をしたが、そこで彼女がもし用心深くなければ、自分はどのみちもう終わりなのだと気づいたようだった。

ジネットはよそよそしく微笑んで、チーズボードをマガンハルトのほうへ押し出した。

マガンハルトはそっけなく首を振ると、わたしのほうを向いた。「カスパル・アクツィエンゲゼルシャフトについて何を知ってる?」

「持株会社と販売会社を兼ねた会社で、リヒテンシュタインに登記されていて、西欧の電子機器メーカーをたくさん支配している。そのぐらいです。それと、あなたと関係があるということも」

「そのとおりだ——そこまではな。わたしはその会社の三十三パーセントを所有している」

「三分の一ですね」

「ちがう」マガンハルトは思いきって二パーセントの笑みを浮かべた――彼にしてみれば大声で笑うに等しい。「リヒテンシュタインに会社を登記するもうひとつの利点を知っているか？――税金面の利点以外に」

わたしは肩をすくめた。「所有者の匿名性ですかね」

彼は悠然とうなずいた。「そのとおり。誰が会社を所有しているのか、誰にも知らせる必要はないんだ。説明するとだな、わたしの持ち分は三十三パーセントで、株式は三十三、三十三、三十四に分けられているんだよ」

マガンハルトはいまやわたしの無知を暴くのを楽しみはじめていた。

わたしは言った。「つまりその三十四パーセントは、投票であなたに勝てるわけですね。ないしはもうひとりの人物には。でも、両方には勝てないと。で、そのふたりは誰なんです？」

「三十三パーセントを所有するもうひとりは、リヒテンシュタイン在住のフレッツ君という男だ。彼は日常業務を取りしきり、そのような会社の重役にはリヒテンシュタイン在住者をひとり置かねばならないとする最近の法律に、会社を適合させている」その口ぶりからすると、フレッツ氏の価値はもっぱら会社をその法律に適合させることにあるようだった。

マガンハルトがそこで口を閉じたので、わたしは言った。「で――三十四パーセントは誰が持ってるんです?」

「困ったことに、それがはっきりしないんだよ」

わたしは自分のために注がれていたピネルをひと口飲んだ。悪くはないが、それ以上でもない。

それから首を振った。「すみませんが――よくわからないな。あなたは大口株主なんですから、〈カスパル〉の帳簿を見れば、誰が株を持ってるのか調べられるでしょう」そこでふと別の考えが浮かんだ。「それとも、それは無記名株なんですか?」

マガンハルトは重々しくうなずいた。「そのとおりだ」

「驚いたな。そんなものはスリッパからシャンパンを飲むコーラスガールと同じで、とうに姿を消したもんだと思ってましたよ。それじゃさぞかし、いろいろとお困りでしょう」

彼は少しばかりむっとした。「秘密保持のためだったんだ。どこの会社にも、ある程度のものごとを処理する人間が必要だ。そういう人間が妻や友人にしゃべるかもしれん。無記名株なら――」

「それはよく知ってます」無記名株。どこそこの会社の株をいくらいくら所有していると証明する紙切れ――すなわち株券――だが、券面にも会社の帳簿にも所有者の名前はない。

たまたま手にしている人物のものになる——別の人物がそれはちがうと証明できないかぎり。所有者の記録はなく、持ち主が変わっても印紙税はかからない。だから他人のポケットからくすねたものだとしても、それを証明する手立てはおそらくない。

わたしはうなずいた。「じゃ、こう言いましょうか——その三十四パーセントは誰が持ってるはずなんです？」

マガンハルトは軽く溜息をついた。「無記名を誰より望んだ男。マックス・ハイリガーだ」

その名は聞いたことがあった。ジネットを見ると、彼女もこちらを見ていた。謎めいた伝説的背景を持つ人物のひとりで、甥たちは——もっぱらハイリガーの甥だという理由で——ゴシップ・コラムを賑わせている。が、本人のことは一切のらない。たとえ何かを知ることができても、自分の勤める新聞社を所有しているのがハイリガーだという事実もついでに知ることになるだけだ。

そこでわたしはふと、そのハイリガーでさえ秘密にしておけなかったことがあるのを思い出した。

「ハイリガーは死んだはずです。一週間ほど前に、アルプスで自家用機が墜落して」

笑みは小さく陰気だった。「困っているのはそれなんだよ、ケイン君。マックスが死んでから数日後、マックスの株券を持った男がリヒテンシュタインに現われて、ヘカスパル〉の業務に関して重要な変更をひとつ求めてきたんだ。きみも理解しているとおり、その三十四パーセントでその男は、フレッツ君の三十三パーセントに勝てるんだ——わたしがその場にいなければな」

無記名株の場合、代理人による投票はありえない。自分が株主だという証拠は、その場で株券を見せられるかどうかだけなのだから。

マガンハルトは話をつづけた。「会社の規約により、株主は深夜零時から深夜零時までを一日としてきっちり七日以上前に通知をすれば、リヒテンシュタインで会議を招集できることになっている」

「通知の期限はいつなんです？」

「むこうは可及的速やかな開催を求めている。会議は明日の深夜零時一分過ぎに始めなくてはならん。あと三十六時間少々だ」

わたしはうなずいた。「それだけあれば充分でしょう。しかし充分でなかったとしても——七日後にまた会議を招集して、決定を元に戻すことはできないんですか？」

「むこうの提案はな、〈カスパル〉の持株をすべて売却しようというものなんだ。売却したら絶対に取りもどせない」

わたしはまたグラスに口をつけた。「会社を現金化して、とんずらしたいわけですか。合法的な相続人とは思えませんね。何者なんです？」

「フレッツ君の話じゃ、ブリュッセルに住むギャレロンというベルギー人らしい。聞いたことのない男だ」

ジネットを見ると、彼女は首を振った。やはり聞いたことがないようだ。

マガンハルトは冷たく言った。「それにたとえ裁判所が彼をこの株券の正当な所有者でないと判断しても、それで〈カスパル〉の持株が戻ってくるわけでもない」

わたしは訊いた。「〈カスパル〉の持株は時価でどのくらいになるんです？」

彼は肩を持ちあげてみせた。「われわれの支配する会社の価値はまったく低い——利益はすべて〈カスパル〉にはいるんだから当然だな。しかし、売却することになるのは株だけではない。そういう会社の支配権もだ。そうなると価値は現状の十倍にはなるだろう。ざっと見積もって——三千万ポンドというところかな」

しばらくののち、わたしはなるほど、とうなずいてみせた。もちろん理解していたわけではない。三千万などという金額は理解できるようなものではない。マガンハルトやハイリガーやフレッツにしても、本当には理解していなかったのではあるまいか。そんな金を薄暗いところでもてあそぶようになったら、どんな人間に出くわしてもおかしくない。

「なるほど。その三十四パーセントがあれば、年金がおりるまでビールと煙草には不自由しませんね」

マガンハルトは立ちあがった。「これだけわかれば、リヒテンシュタインまでわたしを無事に送り届けてくれるかな?」

「それが厳しいことだけはわかってきましたよ」

マガンハルトはジネットに会釈すると、わたしをにらみつけて出ていった。

ジネットは椅子を押しさげて、わたしのほうへ体を向けた。「で、ルイス?」

「うん?」

「あなた信じる? いまの——おとぎ話を」

「マガンハルトの説明か?——まず本当だろうな。あの男にそんな想像力があれば、こういう問題が生じるのも予見できたはずだ」

「でも、そのギャレロンというベルギー人に、そんなことができる?」

「無記名株の場合は、ほとんどなんでもできる。立証責任を他人に転嫁するわけだから。自分がそれを持ってることを証明する必要はなく——持ってないことを誰かが証明しなきゃならないんだ。まったく呆れるよ、わざわざ手間をかけて自分を困らせてるだけなんだから」

彼女はわけがわからず、首をかしげてみせた。

わたしは言った。「ハイリガーやマガンハルトのような人間さ。連中は自分の金を、無記名株だの、リヒテンシュタインの会社だの、スイスの銀行の番号口座だので隠すことに人生を費やす——そうやって税金を逃れる。そのあげくに、ひょっこり死ぬ——するともう誰もそれを見つけられない。誰も相続できない。大半は銀行が持ちつづける。スイスの銀行がどうしてあんなに金持ちになったと思う？　いまだにゲシュタポの資金を預かってるのに、それを明かすのを拒んでる銀行だってある。ゲシュタポのためにそれを持ってると思うか？　とんでもない。ただ持ってるんだ」

「あなたが金融操作にそんなくわしいとは知らなかったな。じゃあ、きっといまはもう大金持ちよね？」と、わたしに微笑みかけた。「コニャックをもらえるかしら——イギリス人ならどうやって造るという講釈はなしで」

わたしは彼女をちょっとにらむと、モーリスがサイドボードに置いていった盆のところへ行った。ずんぐりした埃っぽい酒瓶のなかから、一九一四年もののクロアーゼを見つけて注ごうとしたが、数滴しか残っていなかった。

「残念でした」とわたしは言った。わたしも残念だった。自分でも一杯飲みたかったのだ。甘口の現代的なブランデーはあまり好きではないが、一九一四年ものなら文句はない。

彼女は怪訝《けげん》な顔をした。「それは一週間前にあけたばかりなのに。毎日一杯ぐらいしか飲んでいないはずよ」

「モーリスが味見をしたのかもな」

彼女はベルを鳴らした。しばらくしてモーリスがはいってきた。わたしは会話を聞かずに、まばゆい日射しの射しこむフレンチドアの前へ行って、谷を見おろした。砂利敷きの前庭の下は、短く刈り込んだ粗い芝の急斜面で、斜面のはずれに茂る月桂樹と松の木立が道路を隠している。そのむこうにはローヌ川の対岸の山々が、いとも静かに泰然として青く霞んでいる。こちら側からは死体も、つぶれた車も見えないし、走りまわってはたがいの尻尾に嚙みついたり、電話口で悪態をついたりしている警察の姿も見えない。

ジネットが言った。「謎が解けたわよ、ルイス。モーリスがお友達のラヴェルさんに一杯さしあげたら、何杯かご自分で注いだんだって」

わたしは日射しの中に立ちながら、死体の爪先のように冷たくなった。彼女はにこにこ笑っていた。

「ついに来たか。ついに」わたしはつぶやいた。

16

見たところは、陽のあたるテラスに座ってミス・ジャーマンとおしゃべりをしながら、ときおりグラスからウィスキーをちびりちびりと飲んでいる男でしかなかった。そう見えていけない理由があるだろうか？　暗い奥の部屋で酒をらっぱ飲みしていなければならない理由が。ぐいぐい飲まなくてもいいのだ。継続的であれば。ちびちびといつまでも飲みつづけて、しまいには酔いつぶれる。

だが、ちがうのはそこだけだ。

表情はすっかりくつろぎ、傷も痛まないようだった。黒いウールのシャツに着替えて包帯を隠している。ミス・ジャーマンのほうも、オレンジ色の絹のブラウスと高価な薄茶色のツイードのスカートに着替えて、白い鉄のガーデンチェアに座っていた。

わたしたちが近づいていくと、ハーヴィーは立ちあがった。バランスの取れた滑らかな動きだった。

「禁酒は終わりというわけか」わたしは言った。

「長旅でくたびれたからな」ゆがんだ笑みを浮かべ、ジネットに椅子を勧めた。ジネットは首を振って、ギリシャ風の壺の形をした植木鉢に寄りかかった。

わたしは言った。「ああ、長旅だ。旅はまだ終わってない。夜中の零時に出発するぞ」

ハーヴィーは眉を斜めにした。「泊まらないでか？」

「夜明けとともにジュネーヴにはいりたい。それで出発できるのか？」

ミス・ジャーマンが怪訝そうな顔でわたしを見ていた。「怪我をしてるんだから、休むべきだと思うの？　わたしもそう思う」

ハーヴィーが穏やかに言った。「そういう意味じゃないと思うぜ」

彼女はまた怪訝な顔をした。「じゃあ、どういう意味だったの、ケインさん？」

「教えてくれよ、ケイン」ハーヴィーはあいかわらずゆがんだ笑みを浮かべて言った。

「この男はアル中だってことだ！」とわたしは言いはなった。「零時になるころにはへべれけで、〝かわいいネリー・ディーン〟でも歌ってるはずだ！」

心理学的なアプローチだ、もちろん。

ミス・ジャーマンはバネのように椅子から立ちあがった。「誰からそんなこと言われたの？　どうして一杯ぐらい飲んじゃいけないわけ？　撃たれたのよ、この人は！」

意外な反応だった。彼女がハーヴィーの弁護をするとは思いもしなかった。わたしは少し冷静になった。「わかったよ。たしかにその男は撃たれた。でも、二十四時間無休の酒飲みであることに変わりはない」

ミス・ジャーマンは彼のほうを向いた。「本当なの、ハーヴィー？」

ハーヴィーは肩をすくめてにやりとした。「どうかな。精神分析はこのケイン先生にしか受けたことがないんで」

彼女はわたしのほうへ向きなおった。「どうして、どうしてそんなに確信があるわけ？」

わたしはうんざりして首を振った。「自分で分析してみることだな。こいつは零時までには、おもちゃのピストルを持った子供と変わらなくなってるはずだ」

ハーヴィーが身震いをしたように見えたとたん――あの小型リボルバーがわたしの腹を狙っていた。左手のグラスは微動だにしなかった。一九一四年もののブランデーをボトル半分あけたうえにスコッチを飲んでいるのだから、動きは多少鈍くなっていたはずだが、アルコールへの耐性はまだあり、ほんの二杯で成層圏までぶっ飛べるところまでは行っていない。

わたしは長々と溜息をついて銃を見つめた。「そういうまねは、おれが仲間から銃を突きつけられるのを予測してるときにやれよ」

ハーヴィーは喉の奥で笑った。「夜中の零時とか？」

銃をベルトのホルスターに戻して、シャツの裾をおろした。

そこで沈黙に気づいた。

しばらくは誰も口をきかなかった。やがてジネットが背中にまわしていた手を前に出して、園芸用の小さなハンドフォークを花壇にひょいと放った。フォークは先端からずさっと地面に突き刺さった。

ジネットは静かに言った。ハーヴィーはほんの少し眼《みは》を瞠った。「この手のいたずらなら、あたしはあなたより昔からやっているの、ラヴェルさん――いまよりずっと大ごとだったころから」

ハーヴィーは用心深くひとりひとりを見まわした。ミス・ジャーマンは眉をこころもち寄せ、当惑して彼を見つめていた。ハーヴィーはすばやくグラスを空《から》にして、うなずいた。「わかったよ。ケイン先生は意外に鋭かったのかもな。で――先生、これからどうする？夜中までおれを見張ってるか？」

「睡眠薬を服んでベッドにはいれ」

「おれにくっついて番犬のまねをしなくていいのか？」

わたしは首を振った。ミス・ジャーマンが言った。「ハーヴィー――本当なの？」

彼は鉄のテーブルにグラスをかつんと置いた。「先生がそう言うんならな」言い捨てると、フレンチドアから中へはいっていった。その顔は仮面に戻っていた。

またしても沈黙があった。ジネットが植木鉢の壺から体を起こし、手を差し出した。

「煙草をちょうだい、ルイス」

わたしは一本渡し、自分にも一本火をつけた。ジネットは芝生の斜面へゆっくりとおりていった。ミス・ジャーマンはあとに残り、ハーヴィーがはいっていったフレンチドアをにらんでいる。

「誰かが行ってあの人を——見張っていたほうがよくない？」自信なさそうに言った。

わたしは肩をすくめた。「おれは止めないよ。でも、それこそあいつの思う壺だぞ——あいつはそばにいて自分を非難してくれる相手が欲しいんだ。責任を転嫁できる相手、銃を突きつけられる相手、敵になってくれる相手が。敵と戦うのは自分ひとりだということを思い出したくないんだ」

「〝プロフェッサー・ケイン——あなたのお悩み、たちどころに解決いたします〟」彼女は棒読み口調で言った。

「解決じゃない。ただの診断だよ。リューマチ患者に、鼠はリューマチにかからないから鼠になれと言った医者と同じでね、細かいことは気にしないのさ」

次の質問が爆弾のようにひゅうと落ちてくるのが聞こえた。わたしがまちがえていたのは方角だけだった。訊いてきたのはジネットだった。

「どうやってあの人を治すの？」

わたしは煙草を深く吸った。それからおもむろに、「人生を粉砕するんだ」と答えた。「ぶち壊すんだ——過去も、仕事も、何もかも、ゆっくりと。もちろん、もう少し洒落た名前がついてはいるが――やることはそれだ」「なぜそんなことをする必要があるの？」ジネットの口調はやけに穏やかで、舞台袖にいるプロンプターのようだった。

「ペストが発生した家を燃やすみたいなもんさ。そこのどこかに病原菌がいるんだ。だからすべてを燃やす。家具も、敷物も、ベッドも、何もかも。アル中もそれと同じだ。人生の何かがそいつを酒飲みにしたんだ。だからそいつの人生を粉砕する。そうすれば最後には、もう酒を飲まなくなるかもしれない」

ミス・ジャーマンが冷ややかに言った。「そんなこと信じられない」

わたしは肩をすくめて、またひと口煙草を吸ってから、月桂樹の木立に放りこんだ。

「いまはもっといい方法があるはずよ」彼女は言った。

「現代医学の奇跡か？　数年前ならたいがいの医者は、あいつを道徳的に落伍者だと見なして、立ち直りたまえと言い――それで今日はいい仕事をしたと思っただろう。いまはまったくちがう。原因はたいていの場合、まだわからないが。家を焼き払えばいいということまではわかってる。大進歩だ」

ジネットが言った。「それで治ったと言えるの？」

「いや。そこは医者もさすがだ――治ったとは言わない。治ったのなら、昼めしにビールを一杯飲み、六時にマティーニを一杯やって――それでやめられるはずだ。でも、そこまではできない。できるのは本人を酒から引き離すことだけ、酒を飲むのを永久にやめさせることだけだ。それを治ったとは医者も言わない」

ミス・ジャーマンがつぶやいた。「それしかできないの？」それからジネットのほうを向いた。「本当？」

「あのねえ」とジネットはもったいぶった口調で言った。「この男が本当のことを言っているかどうかわかったら、わたしは十五年前にこの男と結婚していたかもしれないの」

わたしはジネットをじろりとにらんでから、ミス・ジャーマンに言った。「でも、忘れちゃならないのは、ハーヴィーのために粉砕するのがどんな人生なのかだ。あいつはボディガードだ。それをつづけるかぎりは、素面だろうが酔っていようが、どのみちベッドの上じゃ死ねそうにない」

彼女は食いついた。「それがあの人の抱えている問題？」

「どうかな。いま言ったように――たいていの場合、問題は誰にもわからない。本格的な精神分析でも受ければ別だが。個人的にはそれもまた、別の形で家を焼き払うことでしかないと思ってる。しかし、どうしても原因に見当をつけたいというのなら、こう言っておこう。ハーヴィーは現役時代にたくさん人を殺してるし――これからもっと殺すことになるのも、自分でわかってる。みんながみんな、そんなことと簡単に折り合いをつけられるわけじゃない。それはそうと――」と、わたしは通常レベルの気配りを取りもどした。

「なんだってきみが心配するんだ？」

ミス・ジャーマンは顎をあげた。「あの人が好きだからよ」

「昨日はそうじゃなかったぞ。おれたちをハリウッドのギャングみたいに思ってた」

「考えを改めたの――あの人についてはね」そこで不安げな眼つきになった。「嘘よ、ごめんなさい。どちらのことも誤解してた。でも、あなたはハーヴィーのことをよくわかっているでしょう――助けてあげられない？」

わたしは首を振った。「おれはあいつの古い人生の一部だ。二日前まで会ったこともなかったが、それでもやっぱり一部なんだ。あいつはおれを銃と結びつけてる。銃を遠ざけろというのなら、おれも離れなきゃならない」

彼女はしばらくそこに立ったまま両腕で自分をしっかり抱きしめて、長い芝生をぼんやり見つめていた。それから突然、腕をほどいた。「中へ行って――あの人と話してくる」

と、行こうとした。

わたしはすかさず言った。「こんなことはあいつ自身も全部わかってる。いままで三日間飲んでなかったのは、銃と酒が両立しないのがわかってるからだ。自分をごまかしてるわけじゃない。やめる方法は本人もわかってるのさ。必要なのはそれを実行する充分な理由だけだ。殺しをやめるだけじゃたぶん不充分なんだよ」

「どういうこと？」

「アル中になる理由なんか、かならずしも問題じゃない。アルコールそのものが原因になるんだから。あいつは飲むのをやめる積極的な理由を必要としてるんだ——飲みつづける理由がなくなるだけじゃなくて」

彼女はわたしの顔をじっと見つめた。それからゆっくりとうなずくと、館へはいっていった。

17

ジネットはその後ろ姿を見送った。「あなた、あの娘にその理由になれと言おうとしてたわけ?」

わたしは肩をすくめた。「教会のパンフレットと一杯のココアじゃ、人は酒をやめないと言ってただけさ」

「で、あれは本当なの? 治らないというのは」

「百人にひとり、それだけは普通の人間のような飲み方に戻せるそうだ。でも、理由も方法もわからないらしい。そう言ったほうがよかったか?」

ジネットは考えこみながら首を振った。「いいえ。あなたの言うことなんか、あの娘はどのみち信じなかったと思う。若いから奇跡を信じてるのよ。ことによると奇跡をなしとげるかもしれない」そこでわたしを見た。「で、彼はその百人にひとりなの?」

「あいつはすでに数百万人にひとりだ。どのくらいの人間がボディガードになり——しかもあれほど優秀になれる? パリじゃ上から三番目だと目されてるんだぜ」そこで思い出した。「いや、二番目か、ベルナールが死んだから」

ジネットは鋭い眼でわたしを見た。「本人がそれを思い出したら、自分のためにならないかもね」

わたしは黙ってうなずいた。たしかにそのとおりだ。が、ハーヴィーがそんなことを忘れるとは思えない。

ジネットは粗い芝の縁を歩きはじめた。わたしは横にならんだ。

「で、近頃のあなたは何番目だと目されてるの？」

「おれはガンマンじゃない」そっけなく答えた。

「ああ――そうよね。いまはもう鉄砲をかついだただの兵隊じゃなくて、大将なんだもんね。どこで撃ち合いをするか指示するのよね。同じ戦いだとは思っていないんでしょ――最後には自分もその戦いに呑みこまれるんだとは。

ね？　この頃じゃあたしもガンマンの考え方がわかるようになったの。自分は絶対に負けないと思っているんでしょ。戦闘機のパイロットみたいに。鎧をつけた騎士みたいに。つねに次のドラゴンを求めているんでしょ。つねに――最後のドラゴンに出くわすまで。でも、最後のドラゴンはかならずいる。ランベールにも――あなたにも」

「おれはガンマンじゃないんだってば」

「ランベールもガンマンじゃなかった。ランベールがどうして死んだか知ってる？」

「新聞で読んだよ。スペイン近海でセイリング中に事故に遭ったんだろ？」

「それを信じたの？」

わたしは肩をすくめた。おかしいとは思ったが、ほかに信じるべきものもなかったのだ。

「あたしたち、モンペリエの近くにヨットを持っていたの——あなたとランベールが昔、ジブラルタルや北アフリカからフェラッカ船で運ばれてくる銃を受け取ってたところにね。それであの人は年にいっぺんぐらい、昔の仲間たちと出かけていって、ちょっとした密輸をやっていたわけ。タンジールあたりから煙草を、コーヒーやエンジンの部品をスペインへ、というふうに。儲けようというより、おとなしく歳をとらないようにするためよ。ところがあのときは、スペインの沿岸警備隊がやけに眼を光らせていてね。ヨットに機関銃を撃ちこんだの。ひどい話だけれど——誰もあの人が遊びでやっているんだと、警備隊に教えてやらなかったんでしょうね」

わたしは意味もなくうなずいた。

彼女は静かに言った。「新聞では、嵐に遭ったことになっていた。もちろんあの人が伯爵だったし、レジスタンスの英雄でもあったから、嵐ということにしてくれたわけ。情け深くも。とにかく、あの人にも最後のドラゴンはいたの」

ややあって、わたしは言った。「おれは遊びでやってるわけじゃない」

「そう——じゃあ、なぜやってるの？」

「そのために雇われたからさ。仕事だよ」

「あなたのいまの仕事ってなあに？　弁護士にはならなかったの？」

「ああ、結局ね。戦後はパリの大使館に勤務したあと――」

「そこのイギリス課報部にいたんでしょ」軽くとがめるように言った。「誰でも知ってる」

「い、い、おれだって、きみらが知ってたのは知ってるさ。ちぇ。だから結局辞めたんだよ」

「でもね、ルイス、あたしたちロンドンにすごおく感謝してるのよ――みんなに知られていて、みんなに好かれるスパイを送りこんでくれたことを」そつのない笑み。「失礼――つづけてちょうだい」

「もう大してないよ。おれはこっちにいろいろとコネがあった。ヨーロッパの法律にもわりとくわしかったし、商務官のふりをしてたんで、商売上の問題ですでに頼まれごとをしたりもしてた。だから実務代理人みたいなことを始めたんだ。誰かのために誰かと連絡をとったり、助言をしたり、法律業務《リーガル・ワーク》をしたり」

「それに若干の違法な業務《イリーガル・ワーク》も？」

「いや」わたしは煙草に火をつけ、思い出して彼女にも一本勧めたが、彼女は首を振った。「いや――そんなことはしなくたっていいんだ。助力や助言には、弁護士ができないものや、しようとしないものがまだまだたくさんある――違法なことはしなくていいのさ。それどころか、自分を殺そうとする相手を殺すのだって、ヨーロッパじゃどこでも合法だ。なのにこっちの人間は、そんなことまで弁護士にやらせようとする」

「そこで弁護士は、ムシュー・ケインとムシュー・ラヴェルを呼ぶわけ？」

「もっとましなのが見つからなければね」

彼女はふっと悲しげな笑みを浮かべた。「マガンハルトさんならナンバーワンしか戦いに使わないはずだものね」

わたしはぴたりと立ちどまり、ゆっくりと慎重にこう言った。「ジネット——ハーヴィーとおれはマガンハルトを生かしておくために雇われてるんだ。でも、ベルナールは殺すために雇われた。このふたつはちがう。全然ちがう」

「マガンハルトみたいな男が相手でも？」

わたしはむっとして首を振った。「きみはマガンハルトが好きじゃないんだ。それはそれでいい——おれだってあんまり好きじゃない。でも今回の場合は、マガンハルトが正しい。あいつは誰も殺そうとしてない——誰かがあいつを殺そうとしてるんだ。ハーヴィーとおれがついてなかったら、いまごろはもう殺されてたはずだ。これはちょっとした決断だぜ」

「あなたはそんな決断をしていない」

「どうかな」とわたしはゆっくりと言った。「したんじゃないかな。ハーヴィーとおれであの男を無事に送り届けられると思ったのなら、こうも思ったんじゃないかな。おれたちが行かないと、あいつは無事にたどりつけないはずだと。いったんおれみたいな人間になったら、黙って見送ることはできない。それがそのまま決断なんだよ」

「そうね」と彼女はわたしを見ずに、谷のむこう側を見つめながら静かに言った。「そう——あなたは自分が、自分だけが、そのドラゴンと戦えると思いこんだ。次のドラゴンも。その次も。そうやって絶対に見送らない。そしてある日、最後のドラゴンに出くわす」

わたしは冷酷に言った。「おれはプロだ。そのヨットで出かけたときのランベールはアマチュアだった——十五年も葡萄なんか育ててたんだからさ。おれがそのヨットに乗ってたら、そもそも出港しなかったか、沈められたりしなかったか、どちらかだ」

「たしかにね」彼女はぼんやりとうなずいた。「たしかに、あの人はアマチュアになっていた。もうちょっとアマチュアになっていれば、見送れたのに。行かずにすんだのに」

そこで彼女はわたしを見て、またふっと悲しげな笑みを浮かべた。「あたしがランベールを殺したのよ」

「ばか言うな」わたしは言った。

「ばかじゃない。あの人が行くのを止められたんだもの。なのにあたし、自分のしているのが——口出しをしないのが女の務めだと思いこんでた。今回は決してあの人の身にそんなことは起こらないと信じてた。ひょっとしたら次回かもしれないけれど――次回なんて絶対にないと思ってたのかもしれない。ね？――あたしもガンマンみたいに考えられるのよ。ランベールを止められたのに、行かせてしまったんだもの――あの人はあたしが殺したの」

わたしはぎくしゃくと無意味な表情をいくつもこしらえた。

ジネットはゆっくりと言った。「だからあたしはまちがってた。だからもうひとつのところでもまちがってたのかもしれない……ランベールと結婚したのは、あの人と一緒なら戦争が終わると信じていたから。あなたのほうは――キャントンをやめるとすぐに諜報部へ行ってしまった。あなたの戦争は終わらなかった」

わたしは曖昧にうなずいた。そうかもしれない。

「当時のあたしには、戦争を終わらせるのは自分の役目だということがわかってなかった。だからあたし、ほんとはあなたと一緒に行って、あなたの戦争を終わらせるべきだった」

彼女はじっとわたしを見つめた。「そうしたかったのよ、ルイス。そうしたかったの」

顔が石像のようにこちこちになった気がした。自分が大切に思ったたったひとりの女から、ほかの男と結婚したのはまちがいだったと告げられることなど、めったにない――しかもまだ遅くないと言われているらしい。こんなことは、運がよくても一生に一日しかないだろう。なのにこちらはその日、税金も納めない富豪をリヒテンシュタインに連れていく予定がはいっている。

わたしは首を振った。「きみは正しかったんだよ、ジネット。おれと一緒になってたって――おれはマガンハルトみたいな人間を相手にばかをやりにいってただろう――」

「いいえ、絶対にそんなことはない」

わたしはさっと彼女を見た。まったく冷静で、自信を持っている。いささか持ちすぎかもしれない。

「もう十五年も前のことなんだぞ」

「そのあいだに自分がそんなに変わったと思うの？」

わたしは顔をしかめた。「わかったよ、おれはそんなに変わってないかもしれない。あいかわらずのキャントンだ。でも、それはいまさら変えられない。この歳じゃ、後戻りして勉強しなおすなんてことはできない。勉強しなおして弁護士になって、飲酒運転の映画スターを救ってやることなんか」

「後戻りなんかしなくていい。仕事はここにある。〈クロ・ピネル〉に支配人が欲しいの」

いきなりそんな。

庭は静かだった。南フランスではこれ以上ないところまで静まりかえっている。聞こえるのは、おたがいでさえ聞いているとは思えないけだるい蟬《せみ》の声だけだ。太陽はぎらぎらと白く輝きながら青い山々のほうへ移ろい、ほのかに焦げくさい夏のにおいを残している。わたしはひと言イエスと言えばよかった。

だが、山々は反対側にもある。しっとりと霧のかかるスイスの緑の山々が。わたしは三日前、その山々にイエスと言ってしまっていた。

「おれにも仕事があるんだよ、ジネット。おれの得意な仕事が」

「施しを申し出てるわけじゃないのよ。やるとしたらとっても大変な仕事なんだから」

「ピネルを好きにならなきゃいけないのか？」

「それはいまのあなたの仕事ほど違法じゃない」

わたしはゆっくりと首を振った。「おれにはやっぱり仕事がある」

「きっとあなたの得意な仕事よ」彼女はあわてて言った。「うちはあなたのコネが欲しいの。あなたの実務経験と法律知識が。いまではいろんなところに輸出してるんだから。ロンドンとか――」

「ジネット！」声に硬く脆い響きがあったのだ。ほかの人間の場合なら、わたしはそれを恐怖と呼んだだろう。

ジネットは身じろぎもせず、頭をあげて眼をきつく閉じていた。

一歩近づいて両腕をまわすと、身を硬くして震えながら体を預け、わたしのほうへ顔をあげた。

銃声が一発、館の中で轟いた。

18

わたしはしゃべっていた。「人を殺すのに一発しか撃たないやつはいない。かならず二発撃つ。それにハーヴィーが殺られたとしても、マガンハルトはいる。マガンハルトがハーヴィーを殺ったとしても、マガンハルトはいる。そうだと言ってくれよ——ジネット」

ジネットも芝生のはずれの月桂樹の根方にしゃがんでいた。身についた反応というのはなかなか消えないものだ。

「お友達のハーヴィーさんが酔っぱらって、大西部の酒場《サルーン》で酒瓶を撃ってるのよ」

わたしもそうだろうとは思ったが、だからといって気が楽にはならなかった。酒瓶だけでやめる理由があるだろうか？　おまけにわたしはこんどもモーゼルを身につけていない。しぶしぶ立ちあがり、砂利の上を玄関のほうへ歩いていった。玄関がやたらと広く思えた。

玄関ホールには三人の人間が、蠟人形の活人画のように身じろぎもせずに立っていた。ハーヴィーはわたしの右手の壁にもたれ、銃を曖昧に自分の足元へ向けていたが、だからといって安全には見えなかった。モーリスは反対側の壁ぎわに立って、飢えた禿鷹なみの愛想しかない眼でハーヴィーをにらんでいる。ミス・ジャーマンは呆然と立っているだけで、受話器がフックからはずれて床に転がっていた。

わたしがはいっていくと、銃がぴくりとこちらへ向いた。「そんなものを、こっちへ向けるな。何があったんだ？」

ハーヴィーが言った。「おれはどうも女を襲う男が嫌いでね——わかるだろ？」ゆっくりした慎重な口調だったが、いささかもったりしていて、言葉を一語一語選ばなければならないかのようだった。実際そうだったのだろう。

「なるほど、じゃあもういいぜ。自分の酒瓶へ戻れよ」わたしはモーリスのほうを向いた。

「どうして《ブルクワ》——」

ハーヴィーがまたゆっくりと言った。「悲鳴が聞こえたんで、出てきてみたら、その男が彼女と揉み合ってたんだ」

ミス・ジャーマンが言った。「わたしは電話をかけようとしていただけなのに——」

「誰に？」

彼女は眼を丸くして、びっくりしたようにわたしを見つめた。「誰にって……友達よ。だって——」

わたしは足早に近づいて受話器を拾いあげた。「どなたで《キ・エ》——」だが、電話はもう切れていた。受話器をフックにたたきつけた。

「この電話は安全のためにおれが使用禁止にしたんだ」とわたしは言った。「モーリスはそれをきみに伝えようとしてくれただけだ。誤解だったことにしておこう。で──誰に電話してたんだ？」

「友達」彼女は顎をあげ、女子寄宿学校式の表情を浮かべた。ラテン語の先生のベッドに蛙を入れたのが誰なのか、わたしは絶対に言いません。

「いいだろう」とわたしは言った。「だが、きみがおれたちを売ってるのなら、やつらがこれまで使ってきたやり口を忘れないことだ。弾を食らう可能性は、きみもみんなと同じぐらいあるんだぞ。いや、もっとかもしれない。最初の一発でおれがやられなければな」

ハーヴィーが壁から身を起こした。「そりゃまたいったいなんの話だ？」

わたしは振り向いた。この男にはもう心底うんざりだった。酒を飲みたがるのにも、まちがった相手にやたらと銃を向けるのにも。いまならこいつが銃をかまえる前に、手首をへし折ってやれるかもしれない……

ジネットの声がした。「ルイスに銃を渡して、さもないと撃つからね」

わたしもハーヴィーもそちらを見た。ジネットはホールの奥の暗がりに立って、しっかりと壁に寄りかかり、モーゼルを両手で体の前にかまえていた。

「連射になってるわよ、ラヴェルさん」そう付け加えた。

「そんなものをあんたはここでぶっぱなしたりしないさ」ハーヴィーは緩慢に言い、ジネットをじっくり観察した。彼女のかまえ方は、自分が何をかまえているか理解していることを示していた——彼にはそれがわかった。

ジネットはあざけるように言った。「だったら命を賭けてみれば」

ハーヴィーは長い溜息をついた。ガンマンというのは、自分は絶対に負けないと信じている——が、負けたときにははっきりわかる。彼女はモーゼルの反動を考慮に入れて、狙いを低くつけていた。どうあがいても、引き金を引かれたら三枚おろしにされる運命にある。

ハーヴィーはわたしに銃を放ってよこした。

ジネットが言った。「ありがとう。あたしの家で発砲していいのはあたしだけだということを忘れないでちょうだい。弾はどこへ飛んだの、モーリス？」

モーリスは電話機のそばの壁にあいた穴を示した。

ジネットがやってきて、わたしにモーゼルを差し出した。わたしは首を振った。「もう終わったよ。おれはこいつを寝かせてくる」そう言って、彼の銃をポケットに突っこんだ。

ハーヴィーは遠いまなざしでわたしを見つめながら、冷笑するように口の端をゆがめていた。「銃なんかなくたって、あんたぐらい殺れるぜ」と挑発した。

わたしは肩をすくめた。「かもな。おたがい格闘術学校を出てるんだ。なんの自慢にもなりはしない」

彼はうなずいて階段のほうへ歩きはじめた。わたしはミス・ジャーマンに言った。「あいつが飲んでた酒をなんでもいいから持ってきてくれ」

「もう充分に飲んだと思わないの？」まだお嬢さま学校の寄宿舎にいるらしい。

わたしはうんざりして首を振った。「きみやおれがどう思おうと関係ないんだ。いいから持ってきてくれ」

ハーヴィーのあとを追って二階へあがった。階段のてっぺんでマガンハルトに出くわした。ハーヴィーは彼に気づいた様子もなく、そのまま押しのけていった。マガンハルトは鋼のような眼でにらみつけたが、それはすぐさま懸念のまなざしに変わった。わたしのほうを向いて何か言いかけたが――わたしも彼を押しのけて通り過ぎた。

寝室にはいると、ハーヴィーは絹のベッドカバーを一気にはぎ取り、そのままうつぶせに倒れこんだ。ややあって、ごろりと仰向けになったが、そうなるまでがひと苦労だった。

「疲れてるのかな」どことなく驚いたような口調だった。

わたしの後ろから、ミス・ジャーマンが〈クイーン・アン〉ウィスキーの瓶とグラスを持ってはいってきた。わたしは瓶を受け取った。重さからすると、かなりせっせと空けたようだった。

「何をするつもりなの？」彼女は訊いた。

「明日の準備をさせるんだ」わたしはグラスに少し注いだ。

「それで？」

「この男はいつもこれで翌日の準備をするんだよ」わたしはグラスをハーヴィーに渡した。

彼女はハーヴィーを見つめ、次にわたしを見つめた。「あなた、人のことなんか本当は気にしてないんでしょう」

「誰に電話してたんだ？」

彼女はわたしをにらみつけた。「いつかわかるんじゃないかしら」そう言うと、ドアをたたきつけて出ていった。

ハーヴィーはわたしにグラスを掲げてみせると、ひと口飲んだ。「あんた、ほんとにあの娘がおれたちを売ってると思ってるのか？」

「誰かが売ってるんだ」

「あんまりそうは思いたくないな」と彼はしみじみ言った。「あの娘はいい娘だ」

「じゃ両想いだな。むこうもきみに治ってほしがってる」

「気づいてたよ」と、またひと口飲んだ。「だけど、あんたは人のことなんか気にしないんだろ？」からかうような小さな笑みを浮かべてわたしを見た。

「おれには関係ない。明日が終われば、きみとおれはもう会わないんだから。わかってるだろ」

「ああ」彼はグラスを空にした。「たぶん」

わたしは手を差し出してそれを受け取った。「もっとか？」

ハーヴィーは枕の上で肩をすくめた。

わたしは化粧テーブルに置いた酒瓶のところへ戻った。

「いい子になったら銃を返してくれるか？」彼は言った。

「すまん、忘れてた」実は催促してくれないかと思っていたのだ。小さなリボルバーをポケットから出すと、シリンダーを振り出して空薬莢を取り出した。「弾はまだあるか？」

「上着のポケットだ」

上着は椅子にかかっていた。彼に背を向けて両側のポケットを探った。片手で新しい弾薬を見つけ、反対の手で睡眠薬の瓶と思われるものを見つけた。弾を込めてシリンダーを閉じ、ベッドの裾に銃を放った。

ハーヴィーはそれに手を伸ばし、わたしの思ったとおり、他人に銃をいじられたあとはどんなガンマンでもかならずそうするように、ひととおり点検した。それがすむころには、わたしはグラスの底に錠剤を三つ入れていた。それがなんなのかも、何錠入れればいいのかもわからなかったが、アルコールと睡眠薬のように二種類の鎮静剤を混ぜるのがよくないことはわかっていた。だが、ハーヴィーが今夜その瓶を空《から》にして明日を迎えるよりは、危険が少ない。

その上からウィスキーを注ぐと、錠剤が溶ける時間を稼ぐために、流しのところまで行って自分にもグラスを取ってきた。多少の濁りはカットグラスのタンブラーを透かしては見えないだろうし、味覚ももはや麻痺しているはずだ。

自分にもウィスキーを注ぐと、彼の分を渡した。

「あんたは思いやりのある厭な野郎だ」ハーヴィーはのろのろと言った。「それとも、ただの厭な野郎かな。思いやりってのは、なんとも鼻持ちならない仕打ちだ」大儀そうに首をひねってこちらを見あげた。「それはそうと、あんたは精神分析の先生だし、おれはこうして寝椅子に横になってる。どんな夢を見るか聞かせてほしいか？」

わたしは彼の上着のかかっている椅子に腰をおろした。「おれの耐えられるような夢か？」

「たぶんな。面白くはないが、そのうち慣れる」

「毎朝の気分にも、そのうち慣れるのか？」

「いや。だけど、それがどんなにひどい気分だったのかは、まるで憶えてないんだ。でもまあ、明日のことも今日と同じくらい大切に思えば、人間、酒飲みになんかならないよな？」

「それは単純化しすぎだろう」とわたしは言った。「自分はものの見方が他人とは根本的にちがうんだと思いたがってるのさ。でも、そんなことはない。他人より余計に酒を飲むだけだ」

薬の瓶はもう上着のポケットに戻っていた。

ハーヴィーはにやりとした。「いい分析だな、先生。だけど最悪なのは何か、教えてやろうか。もう味がわからなくなるんだよ。それだけさ。とにかくわからなくなるんだ」彼はひと口飲むと、グラスを光に透かして見た。「憶えてるだけになるんだ――パリでどこかの店にはいったことを。本物のマティーニを作れる店にさ。正午ごろ、混みはじめる前に、そこへはいる。きちんと作ってもらえる時間のあるうちにな。むこうはそれが気に入る。うまい飲み物にこだわるやつが好きなんだ――だからそういう客には、きちんと対応してくれる。ゆっくり丁寧に作ってくれる。するとこっちも同じようにして飲む。それもまたむこうの気に入る。こっちにもう一杯注文させようなんてことは考えない。ときたまこういう客に出くわすのがいいんだ。自分たちに本物の仕事をさせてくれて、それをきちんと評価してくれるやつが。せつない連中なんだよ、バーテンてのは」

そこでがぶりとウィスキーを飲むと、また天井を見つめた。声は小さくて緩慢で、わたしに話しかけているわけではなかった。独り言でさえなかったかもしれない。とうの昔に閉まったドアに、話しかけていたのかもしれない。

「グラスが曇る程度に冷えてるんだ」と静かに言った。「きんきんにじゃない。きんきんに冷やせば、なんだってうまいような気がするのさ。それがアメリカをうまく支配する秘訣だぜ、ちなみに教えとくとな。それに、くだらないオリーブだのオニオンだのもはいってない。そこはかとない夏の香りがするだけなんだ」枕の上で頭を動かした。「マティーニなんて、もう長いこと飲んでないな。味がわからないからさ。いまはもう——次の一杯のことしか頭にない。ああくそ、それにしても疲れたな」

腕を伸ばしてベッド脇のテーブルにタンブラーを置こうとしたが、失敗して絨毯に落とし、わずかに残っていた酒がこぼれた。

わたしは立ちあがった。眼は閉じていた。自分のグラスを置くと、静かにドアのほうへ行った。ノブに手をかけたとき、ハーヴィーが言った。「悪かったな、ケイン。最後までもつと思ったんだよ」

「もったさ。仕事のほうが延びたんだ」

しばらく間があってから、彼は言った。「かもな……それに、撃たれなけりゃ……だけど、そうじゃないだろうな」そこで首をひねってこちらを見た。「さっきなんか言ってたな。おれは他人と根本的にちがっちゃいないとか。でも、おれは人を殺すんだぜ、先生」

「やめればいいんだ」

彼はひどく疲れたように緩慢に微笑んだ。「だけど、あしたまではだめなんだよな——だろ?」

さらにしばらく待ってから、わたしは部屋を出た。自分が絨毯にこぼれた酒と同じくらいみすぼらしく、どうしようもない人間に思えた。

階段のおり口にマガンハルトとジネットが立っていた。適当な社交辞令を見つけようとしつつも成功していないという顔をしている。わたしが歩いていくと、マガンハルトが振り返り、社交辞令などすっかり忘れてこう言った。

「ラヴェル君が酒飲みだということを黙っていたな」

「おれだって出発してから知ったんですよ」わたしは手すりにもたれて煙草を取り出した。

「ならば、メルラン君にこの件を伝える。下手をしたら、わたしは殺されていたかもしれないんだぞ――」

「黙れ、マガンハルト」わたしはうんざりして言った。「おれたちは昨日も今日も生き延びたんだぞ。それをすごいことだと思わないなら、あんたは何があったのかわかってないんだ。ほかの誰と組んだって、ここまではできなかったさ。もう寝ろよ」

「まだ夕食を食べていない」マガンハルトはむっとして言った。たしかにオーストリア人の血が流れているようだ。

ジネットが取りなすように言った。「すぐにモーリスに仕度させますわ。その前に、よろしければモーリスが飲み物をお持ちします」

マガンハルトは冷凍庫の奥から取り出したとっておきの視線をわたしに向けると、背筋をぴんと伸ばしたまま悠然と階段をおりていった。

わたしは手すりにもたれたまま、マッチを見つけて煙草に火をつけた。「夕食のことを忘れてたよ。今日はもう一日が終わったような気がしてた」

「〈ケイン・エイジェンシー〉じゃいつもあんなふうに顧客をあつかうの？」

「ああ、いつもさ。客を好きになる必要はないと言っただろ」

「うちの仕事を引き受けたほうがいいと思うな――すぐに」

わたしは彼女を見たが、彼女は眼を合わさなかった。わたしの横の手すりに肘をついて寄りかかっただけだった。それで、自分がまだモーゼルを手にしているのに気づいたようだった。

彼女はそれをしみじみとながめた。「憶えてる、ルイス？　こういうものがかつてわたしたちにとって何を意味していたか。解放……自由……そんな言葉を？」

「憶えてるよ」

「あれからいろんなことが変わっちゃったのね、たぶん」なにげなく下の階段に狙いをつけ、無意識に安全装置と、単射・連射の切り替えボタンを親指でなでた。モーゼルのあつかいは心得ているのだ。

「拳銃は変わってないぜ」

「あなた、レジスタンスはつねにただの拳銃だったと思ってるの？――言葉じゃなくて」

「ただの拳銃でしかないものなんかないさ。人は銃だけで死ぬわけじゃない。銃はいつだってその後ろに、自分たちは正しいことをしてるんだと言ってくれる言葉が必要なんだ」

ジネットがこちらを見た。わたしの口調がいささか苦々しく聞こえたのかもしれない。いや、わたし自身が実際に苦々しい気分だったのかもしれない。夜更けに北へ向かわなければならないことや、そのときのハーヴィーのありさまを考えて。こんなことをするのは、マガンハルトのような男を死や税金から救うためだけではないと、そう思いたかったのかもしれない。

それとも、老いてくたびれた気分だっただけなのだろうか。

「戦争中のあたしたちは、自分たちが正しいかどうかなんて尋ねもしなかった」ジネットはしみじみと言った。「答えは明白だったから。でも——ときにはまちがってることもあったかもしれない。ベルナールやアランみたいな男を作り出すのに手を貸しちゃったんだもの」そこで銃をおろした。「あなた、マガンハルトが正しいから、自分も正しいにちがいないと思ってるの？」

「まあそうかな」わたしは用心深く答えた。

だが、彼女はひとりでうなずいただけだった。やがてこう言った。「でも、次のマガンハルトはまちがってるかもしれない。それでも——あなたはその仕事を見送っていないかもしれない」

わたしには目新しい考えではなかった。心の奥に潜むなじみの幽霊だった。疲れて気分が沈んでくると現われるのだ。死んでいった仲間たちの顔を夢に見るような晩に。

マガンハルトのことにかぎれば、わたしは正しかった。メルランのことも、マガンハルト本人のことも、自分自身の判断も信用していた――わたしは正しかったのだ。だが、ある日、まちがうかもしれない。ある日、とんでもない悪党を顧客にしてしまい、待ち伏せをかけてくるのが私服警官になるかもしれない……

弁護士は顧客にだまされたと言えばいい。だがこちらは、熱くなったモーゼルを手にその場に立つことになる。

わたしはげんなりして首を振った。「かもしれないが、ジネット、今回はちがうよ。そして次回は次回だ」

「でも、次回は来る」彼女は悲しげな眼でわたしをじっと見つめた。栗色の髪に明かりがきらめいて、磨きこまれた古い木材のように見えた。

「ジネット――もう十五年になるんだ。きみはおれを愛しちゃいない」

「そうなのかな」と彼女はあっさりと言った。「あたしにできるのは思い出すことと、待つことと――それにたぶん、あなたが殺されないように面倒を見ることだけ」

「おれは殺されたりなんか――」口にしたとたん、まちがいだと気づいた。

けれどもジネットは言った。「そうね――そうだと言って。あなたが、あのキャントンが、そんなことになるはずはないと」抵抗は終わったのだ。わたしがあくまでこの仕事をつづけるのなら、わたしの身にそんなことが起こるはずはないと、信じたくなったのだ。ドラゴンはいるにしても、それは絶対に最後のドラゴンではないと、ガンマンのように考えたくなったのだ――もう一度。自分が前にもそれを信じて――まちがっていたことは忘れて。

わたしはたまらず顔をしかめた。戻ってきてはいけなかったのだ。わたしがここを離れていた十五年のあいだ、ジネットはこの静かな屋敷で戦争の終わりを見つけようと懸命に努力していた。それなのにわたしが戻ってきたのは、自分がまだ戦争をしているからにすぎなかった。

「ないとは言えないよ」わたしはゆっくりと言った。「結局、おれ次第なんだ」

「そうね」彼女はうなずいて優しく微笑んだ。「憶えておく」

階段に足音がした。モーリスが食事をのせた盆を持ってそろそろとあがってきた。柳細工の籠に寝かせたワインの瓶もある。

わたしは言った。「ハーヴィーは何も食べないぜ。もう眠ってるはずだ」

ジネットが猫のようにしなやかなけだるい動きで、手すりから体を起こした。「あたしがね、あなたとあたしの夕食はあたしの部屋へ運んでと頼んだの」

わたしは彼女を見つめ、口をひらこうとした。彼女は首を振った。「議論はおしまいよ、ルイス。あなたはいまの仕事をつづけ、あたしは了解する。以上」

拒む理由は山ほどあったが——突然、みんな忘れてしまった。ひさしぶりだということ以外は。

「帰ってくるよ」わたしはかすれ声で言った。

彼女はまたふっとあの悲しげな笑みを浮かべた。「約束なんかしないで。あたしが求めてるのは約束じゃない」

彼女はモーリスを追って廊下を歩いていった。一瞬ののち、わたしもあとを追った。

19

わたしたちは国道九二号線を北へ向かった。乗っているのは同じシトロエンの配達バンで、ジネットとわたしが交替で運転した。後ろのドアの前には瓶の箱を積みあげて、ドアをあけられても中の三人が見えないようにした。

ハーヴィーはほとんどかつぎこまなければならなかった。それまで睡眠薬でぐっすり眠っていたのだ。いまはまたその眠りへ戻っているはずだった。荷台には古いマットレスを二枚と毛布を何枚か放りこんであった。だが、マガンハルトはずっと眠れなかったらしく、わたしの頭の後ろの窓からいつものきんきん声をかけてきた。

「ケイン君、どうやってスイスにはいるんだ」

「ジェックスという町のそばまで北上します。ジュネーヴの北西数キロのところですから、そこで車を降りて、徒歩で空港のそばを越えます」

マガンハルトはそれを味わってみたが――案の定――口に合わなかったらしい。「車を借りられるような大都市に行かねばならないんだろう？　だったらエヴィアンまで行って、そこから船でローザンヌに渡ったらどうなんだ」

「それこそまさに、連中からすればおれたちが使いそうな手なんでね。ジュネーヴ近郊の国境がいちばんなんですよ。見張るのはほぼ不可能ですから。スイスへはいる道は二十本ぐらいあるし、国境のほとんどは農地なんで。ただ歩いていけばいいんです」

「戦時中は見張られていたはずだぞ」とマガンハルトは反論した。

「それはそうですが、当時でさえ、びっくりするほどの人間がそこを越えてたんです。スイスはそこに大きな収容所を造って、そういう連中を収容してました」

「ケイン君」と彼は冷ややかに言った。「着いた先がスイスの監獄じゃ、フランスの監獄にいるのと少しも変わらんぞ」

「フランスよりきっと清潔ですよ。でも、おれの読みじゃ、スイスの警察はまだおれたちを捜してません。フランス側から要請がなければ何もできないし――フランス側はおれたちを逃したかもしれないとは認めたくないでしょう。いまのところはまだ」

わたしはひそかに、ここで足跡を消せるかもしれないと期待していた。ふたたび波紋を追い越せるかもしれないと。姿を見られずに国境を越えて、憲兵隊にはまだフランス国内にいると思わせておければ、それができる。鍵になるのは、憲兵隊があのぶっ壊れたシトロエンDSをマガンハルトの車だと突きとめたかどうかだ。わたしの読みでは、いまごろはもう突きとめているはずだった。あの余計な発砲とルノーの残骸のせいで、あのあたりはわたしが当初考えた以上に徹底的に捜索されたはずだ。

ある意味では、もう突きとめられていてほしかった。そうするとパリからの北ルートは見当ちがいだとばれてしまうが、車を失って身動きが取れなくなったはずだ、どこかに潜んでいるはずだと、そう考えてもらえるかもしれない。レジスタンスの秘密ルートや〈クロ・ピネル〉のことは心配しなくてよかった。憲兵隊がそこに気づくはずはない——わたしの関与がばれないかぎりは。そしてわたしが思うには、それはまだばれていないはずだった。

ハーヴィーが車の掃除でへまをして、連中がわたしの指紋を見つけていれば話は別だが。しかし見つけたとしても、それがわたしの指紋だとは突きとめられないだろう——わたしはフランスで逮捕されたことはないのだから。だが、わたしが〝大使館員〟だったころに、フランス情報部がご苦労にもわたしの指紋を手に入れていれば、もちろん、わたしだと判明するだろう。わたしだと判明すれば、ジュネーヴ近郊で国境を越える昔のレジスタンスのルートのことにも気づかれるかもしれない……

わたしは首を振った。官憲というのは、あまり侮るわけにもいかないが、あまり買いかぶるわけにもいかない。こちらがすべてを考え合わせたうえで、むこうはXの情報を得たにちがいないから、Yの監視をやめるだろうと判断する。そしてYへ乗りつけてみると、そのまま連中の優しい腕に飛びこんでしまう——それというのも、Xに関する報告書が署長のデスクに三時間も置かれていたのに、誰もそれを本人に伝えなかったからにすぎないのだ。

それはルーレットと変わらない。ルーレット盤は耳を持たない。わたしはジュネーヴで国境を越えることに決めたのだ。わたしが金をかける数字は、やはりそこだった。

闇の中を走りつづけた。わたしの横ではジネットが大きな平たいハンドルをトラック運転手のように操り、ときおり対向車のヘッドライトがその顔を照らし出した。わたしは煙草に火をつけて、落ち着いた穏やかな表情を見つめた。車は険しい道をのぼってサヴォワ県にはいった。

「停められたら、どんな作り話をする？」わたしは訊いた。

「どのみちジュネーヴにワインを届けることになってるの。むこうのレストランが二軒、ピネルを入れてくれてるから。それにジェックスにも一軒、よさそうなお店があるの。朝食をすませたら、そこにまず少し売りこんでみるつもり」

「なぜこんなに早く行く必要があるのかね？」

「それはね、お巡りさん、昼食のあとすぐにピネルで人と会う約束があるからですわ」

「それはほんと？」

「モーリスに手配してと頼んである――安全な相手を」

「それでもまだ支配人が欲しいと思ってる？」

ジネットはうっすらと微笑んだ。「訪ねてくるレジスタンス時代の仲間の面倒を見ているあいだ、ワインの面倒を見てくれる人が欲しいの」

「まいった」

それからまもなく、わたしは眠りこんでしまった。眼が覚めると、車は自由地帯にはいっており、北西からジュネーヴに近づくために、国境線を右手一、二キロのところに置きつつ迂回しはじめていた。

起こしてくれればよかったのだ。わたしが運転する番だったのだから。だが、そんなことを口にするのは嘘くさく思えた。リヒテンシュタインまではまだ四百キロ近くある。長い一日になりそうだ。

「まもなくだと思う」ジネットが言った。

車はすでにジェックスの手前数キロのところを右折し、フェルネイ・ヴォルテール方面へ向かっていた。ほぼ国境にある街だ。

「近づきすぎるなよ」わたしは言った。憲兵は国境ばかりでなく、だいぶ手前をうろついているかもしれない。それに、近づいてきたバンが停まって、また去っていく音を怪しまれたくもなかった。

「じゃあ、ここで」と彼女はバンを停めた。エンジンはかけっぱなしにしている。わたしは飛びおりると、駆け足で後ろへまわってドアをあけた。誰かがワインの箱を脇へどけはじめた。マガンハルトが降りてきた。つづいてミス・ジャーマン、つづいてハーヴィー。ハーヴィーはまるで、爆撃された建物の瓦礫の下から助け出された男のようだった。ふらつき、よろめき、頭を振ったあと、やめておけばよかったという顔をした。ガンマンとしては、くたびれた子猫とわたりあえる程度にしか見えない。

わたしは静かにドアを閉めると、前へ戻った。「ありがとう、ジネット。それじゃ」

ジネットはこちら側の窓に手を伸ばしてきた。「気をつけてね――お願いだから」

「連絡するよ。たぶん今夜」

「そうして」

手を触れ合うと、彼女はバンを発進させて闇の中へ消えていった。わたしは路傍へ手を振った。「あっちへはいるんだ。急げ」

〝急げ〟というのは、この一行にはかなり無茶な要求だった。たっぷり一分かかって生垣をくぐりぬけ、露に濡れた長い草の中に脛《すね》まで脚を突っこんで立った。今回の仕事でひとつだけ確実なのは、十二時間おきに足を濡らすということだ。

手荷物はわたしのアタッシェケース以外すべてピネルに置いてこさせた――アタッシェケースを持ってきたのも、モーゼルと地図がはいっているからにすぎない。わたしは片手でそれを持ち、片手でハーヴィーの腕をつかんで、生垣沿いに歩きだした。

バンのエンジン音が遠くへ消えていった。夜は寒く、闇は濃く、星はなかった。ブルターニュで置き去りにした天気にまた追いつかれていたが、雨はもうすべて降らせてきたようだった。前方に光が点滅しているのが見えた。白と緑が交互に灯っては、垂れこめた雲に反射している。ジュネーヴ・コアントラン空港のビーコンだ。わたしはそちらへ向かった。

時刻は四時四十五分。夜明けまであと四十五分だ。

しばらくは誰も口をきかなかった。みなあまり静かに歩いてはいなかったが、音を立てるなと命じるだけでそうさせることはできない。練習が要る。だが、重く湿った空気のおかげで、音はそう遠くまで伝わるまい。

ミス・ジャーマンが小声で言った。「あれは何？」

わたしははっと首をめぐらせたが、〝あれ〟とは数百メートル離れた地平線上に黒々と見えるただの大きな屋敷だった。並木が一列そこまでつづいている。

「ヴォルテールの館だ」できれば自分で憶えていたかった。有用な目標物だ。

彼女は草むらから片足をあげて、しずくを振り払った。「ヴォルテールから含蓄ある引用はどう？」と穏やかながらも皮肉に言った。「〝すべての世界のなかでも最善のこの世界ではすべてが最善である〟とか」

「〝神はつねに大軍にくみす〟とか」

「あんまり勇気づけられる言葉じゃないわね」

「おい」とハーヴィーがしゃがれ声で言った。「おれたちゃ文学ツアーに来てんのか、それともこっそり国境を越えてんのか？」

「自分はちがいがわかってるつもりかよ」とわたしは言い、ふたたび歩きだした。

いまのハーヴィーは最良の相棒とは言えなかった。しゃっきりしていて二日酔いでなければ、彼にマガンハルトの面倒を見させておいて——動くべきときと、じっとしているべきときを教えさせ——わたしはミス・ジャーマンの面倒を見るだけですんだはずだった。ところが現実には、わたしが全員の心配をしなければならない——とくにハーヴィーがトラブルにどう反応するかを。下手をすると、朦朧とするあまり銃を抜いて憲兵を撃ちかねない。

前方の生垣だろうと思っていたものが、近づいていくと果樹園だった。背丈ほどしかないちんまりした林檎の木が植わり、ただの針金の柵がしてある。葉はまだ出ていなかった——このあたりはまだ遅い春を迎えたところだ——が、枝はからみあうように剪定されているし、土地を最大限に利用するために木々の間隔も狭い。夜ならば、人眼を避けるにはもってこいだ。

が、それも良し悪しだった。わたしが国境警備隊を指揮していたら、その林檎畑に一班を配置しておくだろう。散開させ、静かに身を潜めさせておけば、こちらは気づかないうちにそのまっただなかへ踏みこんでいるかもしれない。

だからわたしが本物の越境逃亡者たちを指揮していたら、果樹園など絶対に突っ切らせない。迂回させるはずだ。それも腹這いで。だが、実際に指揮しているのは——指揮という言葉があてはまればだが——中年の実業家と、シールスキンのコートをまとった女と、メガトン級の二日酔いに見舞われているガンマンなのだ。そのシールスキンのコートに、泥の中を這えと命じなければならないときが来るのが恐ろしかった。

林檎畑を突っ切ることにした。

わたしはミス・ジャーマンのほうを向いて優しく言った。「学校でキャプテンになったことはあるか？」

「いいえ」と、びっくりしたようなささやき声。「ホッケーもなんにも得意じゃなかったから」

「おめでとう。じゃ、きみはいまからこのふたりのキャプテンだ。おれの十メートル後ろから連れてきてくれ——木の列の先におれを見るようにして。おれが停まったら、きみも停まる。おれが曲がったら、きみもただちに曲がる——おれが曲がったところまで来るんじゃないぞ。言ってることはわかるか？」

「え、ええ。でもそれって、ハーヴィーが——」

「それはそうなんだが」とわたしは真顔で言った。「こんなていたらくなんで、きみにやってほしいんだ。いいか?」

彼女はうなずいた。わたしは一本の針金に足をかけ、もう一本を手で引っぱりあげた。三人が派手な交通事故程度の音しか立てずにそこをくぐり抜けると、わたしは先に立ち、整然とならんだ林檎の木のあいだを歩きはじめた。

二十メートル、三十メートル、四十メートルと進んだ。木々のあいだは思いのほか明るかった。振り返ってみると、ミス・ジャーマンはその明るさと自分の頭を使い、指定した十メートルよりもっと間隔をあけていた。

五十メートル進んだところで、そろそろ林檎畑の中ほどだろうと見当をつけた。前方の木々のあいだに次の柵を示すスカイラインを探したが、見えるのはビーコンの規則正しい光だけだった。

わたしは足を止めた。理由がわかるまで一瞬かかり、その一瞬のあいだに後ろの三人は野生の象が暴走するような足音を立てた。それから彼らも立ちどまり、わたしは自分が足を止めた理由に気づいた。かすかに煙草の煙のにおいがしたのだ。

もちろん軍曹には煙草を吸うなと命じられたはずだが、それはたぶん零時ごろだったはずだ。それから五時間。寒いし、じとじとするし、退屈だ。だから地面に横向きに寝ころんで上着の陰でマッチをする。火のついた煙草は草の中に隠したまま、かがみこんではひと口吸う。だが、においは隠せない。

どこから漂ってくるのか？ なめた指を立てて風向きを調べてみたが、例によってどちらへ向けてもひんやりする。息を吐いてみても、白く見えるほど寒くはない。わかるのは、風があまり吹いていないということと、木々のあいだはなおさらだということだけだ。

しからば次の手を。

オーヴェルニュのレジスタンスに小火器のあつかいを教えていた外人部隊の元軍曹の口調を思い出しながら、こう怒鳴った。「煙草を吸ってるばかがいるな《イリャ・アニディオ・キ・フュム》！ 酒場じゃないんだぞ《セ・コム・アン・ビストロ・イシ》！ どこのどいつだ《ウ・エテ・ヴ》？」

右手前方で、がさごそとあわてた物音がしたと思うと、あたりはしんと静まりかえった。わたしはそろそろと左へ遠ざかった。振り返ると、ミス・ジャーマンもふたりをわたしと平行に移動させていた。

わたしはもう一度、「煙草を吸ってるばかはどこだ《ウ・エ・リディオ・キ・フュム》？」と怒鳴った。こちらが遠ざかっていることがわかれば、絶対に返事をしたり捜しにきたりはしないだろうという読みだった。

林檎畑の端近くまで横へ移動してから、向きを変えてまた空港のビーコンのほうへ向かった。さらに四十メートル進むと、生垣が見えてきた。わたしは引き返して三人を止めた。

ミス・ジャーマンがささやいた。「こっちの物音を心配してたら——あなたの声がするじゃない」

「危うく憲兵たちの中へはいりこむところだったんだ。分隊長のふりが、合い言葉がわりになるのさ」わたしは生垣のほうへ顎をしゃくった。「あそこに道路があって、右へ行くとフランスの税関分署がある。まっすぐな道だが、そこを見つからずに渡らなきゃならない」わたしはハーヴィーのほうを向いた。「気分はどうだ？」

「死んだと思ったぜ。神はあんたが復活祭を早めたのを知ってるのか？」

わたしはにやりとし、自分でも少し気分がよくなった。ハーヴィーの声はまだしゃがれていたものの、だだっ子のようなところはなくなっていた。ふたたびものを考えはじめたのだ。わたしは先に立って生垣まで行った。

くぐり抜けられそうな場所を見つけ、首を突き出してみた。百メートルと離れていないところに、たしかに税関の分署があった。明かりの煌々ともる小さなバンガローで、車が二台駐まっていて、数人がぼんやり立っている。

この距離なら物音は聞こえないだろう。だが、その道を渡るとなると、もはや数百メートルしか離れていないビーコンの数千燭光の光の中へ、まっすぐにはいっていくことになる。しかもバンガローには、この道を見張るためだけにそこにいる者もいるはずだ。

わたしは頭を引っこめた。「すまん。もう少し戻ったところで渡ることにしよう」

後ろのほうから誰かがそっと声をかけてきた。「誰だ《キ・ヴァ・ラ》？」

ない。

ミス・ジャーマンがささやいた。「合い言葉の効き目が切れたみたいね」

たしかに。そろそろ連中は軍曹が自分たちをいっこうに見つけないことを不審に思っているはずだった。軍曹を捜しはじめたのだ。となると、わたしたちはここで道を渡るしかない。

道の左のほうから、すなわち税関とは逆の方向から、エンジンのうなりが聞こえてきた。ヘッドライトをきらめかせて車が猛然と走ってきて、わたしたちの前を通過した。ミス・ジャーマンが身をかがめた。ハーヴィーとわたしはぴたりと動きを止めた。マガンハルトはマガンハルトのままだった。

それが行ってしまうと、わたしは彼女をしかりつけた。「ライトを浴びたら動くな。動くものがいちばん眼につくんだ」

彼女はゆっくりと体を起こした。「で、少し静かになったら怒鳴ると。了解。だんだんルールがわかってきた」

ハーヴィーが言った。「いまのを見たか？　あんたのガールフレンドだぜ。〈クロ・ピネル〉のバンだ」

わたしはもう一度生垣から首を突き出した。バンが税関の前に停まり、駆け出してきた連中がちょうどドアをあけているところだった。

あのばか！　なんだってこんな危険を冒すんだ？　だが、理由はわかっていた。ジネットには予定のルートを話してあったので、彼女はこの道が危ないと気づいていた。だから どこかで待機していて、わたしたちがここに着いたころを見計らって突っこんできたのだ。

連中にしてみればジネットはいかにも怪しかった。四人を楽に乗せられるバンが、昨日の銃撃現場にほど近い土地から、妙な時刻に妙なルートでやってきたのだから。だが、そんなことはもちろんジネットも承知のうえだ。承知のうえで、それを利用して連中の注意をそらせているのだ。

「生垣をくぐれ！　早く！」とわたしは命じた。

ハーヴィーが何も訊かずに、まずくぐり抜けた。そのあとにわたしはミス・ジャーマンを行かせ、次にマガンハルト、自分とつづいた。ジネットが税関から解放されるずっと前に、わたしたちは何ごともなく反対側へ渡っていた。

そこにとどまって、ジネットが無事に通過するのを見届けたかったが、それでは彼女の行為を無にしかねない。進みつづけるしかなかった。それが昔からのルールだ。

わたしたちは身を低くしたまま、生垣沿いに空港を目指した。もはやビーコンがまともに顔を照らすようになっていた。高いフェンスまであとわずか二百メートルだ。

ミス・ジャーマンが言った。「このままだと空港にぶつかっちゃうんじゃない？」

「それが狙いさ。この空港は数年前、滑走路を延長するためにフランスの領土を租借したんだ。だからいま国境線はフェンスに沿って走ってる。空港にはいれば、スイスにはいったことになる」

ハーヴィーが言った。「空港のフェンスってのは、簡単に越えられるようなもんじゃないぞ」

「わかってる。だからジネットにワイヤーカッターを借りてきた」

二分後、フェンスにたどりついた。

鉄柱のあいだに高さ二メートル半近い頑丈な金網が張ってあった。アタッシェケースから長柄のワイヤーカッターを出し、針金を一本切断してみた。ばちんという大きな音がした。次の一本はもっと気をつけて切ってみたが、やはり音がした。時間のかかる作業になりそうだった。網目は幅五センチしかなく、一メートルぐらいは縦に切らないと、人がくぐれるほどめくれない。

突然、光が降ってきた。空中から――まさかの――サーチライトを向けられたのだ。わたしはぴたりと動きを止めた。すると光のむこうからひゅうっと、スロットルを戻したジェットエンジンの穏やかなうなりが聞こえてきた。進入してきた旅客機が着陸灯をつけたのだ。

わたしはじっとしていた。パイロットからは見えないにしても、背後の畑にいる連中からはシルエットがくっきり見えてしまう。

旅客機はタイヤを鳴らして着陸すると、突然ごおっとエンジンを逆噴射させてブレーキをかけた。その轟音のなかで、わたしはレースを切るようにすばやく静かにフェンスを切りおえた。

そしてマガンハルトのほうを向いた。「ようこそ、スイスへ」

そこからはいとも簡単だった。ジュネーヴ・コアントラン空港は長い滑走路が一本と、その両脇に細長い草地があるだけだ。空港ビルと作業場はすべて反対側にあった。こちら側にあるのは、建設資材の山や、築いたまま均《なら》していない土の山、電力やレーダーに関係する煉瓦造りの小屋ばかりで、身を隠すのには不自由しなかった。

滑走路とフェンスのあいだを七、八百メートル歩いていって、フェンスのむこう側もスイス領になると、ふたたびそこを切りひらいて外へ出た。金網はどちらも元どおりに押しもどしておいたので、数日は気づかれないかもしれない。気づかれたにしても、マガンハルトという男とのつながりは何も証明できないだろう。

出たところは郊外のマテニャンだった。新しい高層アパートが泥の海に建ちならんでいる。いずれは誰かがそこを緑の芝生に変えるのだろうが——もちろん先約がはいっていなければの話だ。雲と山々がなければ明るくなってくる時刻だったが、街路はまだがらんとしていた。

「どうやって市内まで行くんだ？」とマガンハルトが訊いた。

「空港の正門まで歩いていって、バスかタクシーに乗るんです」

マガンハルトはそれを検討してから言った。「空港内を横断することもできたぞ——そのほうが近道だろう！」

「近道ですよ。で、乗客のふりをするんですか？　パスポートを見せて、どうして機内で足をびしょ濡れにしたのか、説明するんですか？」

そのあとは、マガンハルトも黙って歩いた。

20

六時過ぎに、ぼんやりした夜明けの光の中で空港ビルにたどりついた。内部にはまだ明かりがついていたが、東の山の端から漏れてくる藤色の光の中では、やけに白々しく見えた。

正面玄関の向かいに乗用車が数台と、小さめのバスが一台、それが牽引する手荷物トレイラーとならんで駐まっていた。バスのライトは消えている。

「中で身繕いをしてこよう」とわたしは言った。「五分後に入口に集合だ」

ミス・ジャーマンは自分自身の行くほうへ去っていった。明るい光の中で見ても、バンの荷台で五時間近くも揺られたうえ、濡れた畑を三キロも歩いて生垣をくぐってきたようには見えない。生まれながらのつややかな肌には泥もくっつかないらしい。顔のあたりが少し青白く、足のあたりが濡れているだけだ。

マガンハルトのほうは、山猫との激しい戦いに敗れたばかりのように見えた。上品なブロンズ色のレインコートは汚れてくしゃくしゃになり、破れが二カ所ある。ズボンは濡れて泥だらけで、髪はぼさぼさだった。よれよれのまま不満そうにそこに突っ立っているだけで、頑としてよれよれのままでいるつもりらしい。自分が不必要につらいルートを引きまわされていると思っていて、なんとかしようという気はさらさらないのだ。

わたしたちは彼を両側から隠しながら洗面所へ引っ立てていった。ハーヴィーとわたしのほうはそれほどひどいざまではなかったが、それはもっぱらわたしたちの服がもともとさほど麗しいものではなかったからだ。ハーヴィーは青ざめ、眼が落ちくぼみ、顔の皺が深くなっているが、生きものらしくはなってきた。

わたしが身繕いを始めようとしたとたん、マガンハルトが言った。「メルラン君に電話する件を忘れちゃいないだろうな？」

もちろんきれいに忘れていたし、できれば忘れたままでいたかった。が、しょせんこちらは雇われの身だ。レインコートの汚れを払い、顔と手を洗ったあと、靴を拭いて髪をとかしつけると、四分以内に電話をすませるために出ていった。

メルランのホテルにかけ、重要な用件《トレ・アンポルタン》だと伝えると、ようやく本人につながった。

「モン・デュー！」とメルランは声をあげた。「どうしたんだ？　何の連絡もよこさないで――ディナダン以来じゃないか。まる一日以上だぞ！　こっちはラジオと新聞だけが頼りで――どれもオーヴェルニュのドンパチでもちきりだ！　いったい――」

「いいから聞け、アンリ」とわたしは言った。「いまこっちへ着いた。会いたければ、二十分後ぐらいにコルナヴァン駅にいる」

一瞬の間があってから、彼は言った。「そこで会おう」

「切符売り場を通り抜けてビュッフェまで来い」

隣の電話ボックスに人がはいってきた。わたしは何気なくガラス越しにそちらを見ると

――「じゃ、二十分後にコルナヴァンで」と早口で言い、がちゃんと電話を切った。

外へ出て隣のボックスにはいった。女がダイヤルしおわる前に、片手でフックをたたいて電話を切り、反対の手で彼女を引っぱり出した。

彼女はいかにも罪のなさそうな、子供っぽい驚きの表情をしてみせた。「なあに、どうして――」

「きみは国境では立派にやってくれた」わたしは険しい顔で言った。「それをここで台なしにするな。電話は禁止だと言ったはずだぞ」

「あの館ではね」

「かけていいか訊いてほしかったな」

わたしは彼女の肘に手をかけて、ふたり連れのような顔でホールを歩きはじめたが、どこからどう見ても新婚旅行のようには見えなかった。

彼女はかわいらしく言った。「だって、だめだと言われるかもしれないと思って」

わたしは無言でにらんだ。

わたしたちはハーヴィーとマガンハルトと同時に出口へ着いた。外へ出てみるとバスのライトはついていて、客がくたびれた様子で乗りこんでいた。顎鬚とギターの数からすると、パリかロンドンからの安い夜行便でやってきたらしい。できればもう少し高級な便のほうがよかった――気取りからではなく、カモフラージュの点から。いくらよれよれでも、マガンハルトはイースター休暇ではめをはずしにきた学生には見えない。

だが、まあ、学生は犯罪記事など読んだりしない。わたしたちは誰にも注目されることなくバスに乗りこんで、料金を払った。

わたしはミス・ジャーマンの隣に座り、ハーヴィーとマガンハルトはそのすぐ後ろに座った。わたしは首を後ろにかしげて言った。「駅でメルランに会えるかもしれません」

「駅？」とマガンハルトは問い返した。

「コルナヴァンという、この連絡バスの着く駅です。着いたら、ふた手に分かれましょう。ハーヴィーはわたしと組みます」

「だめだ」とハーヴィーが言った。ルールその一。ボディガードは対象から離れない。

「わかってる」わたしはうなずいた。「だが、駅でぶっぱなそうとするやつはいないだろう。まずいのは警官に気づかれることだ。おれと一緒に後ろにいて、マガンハルトさんを尾行しはじめるやつがいないのを確かめたり――先へ行って、待ちかまえてるやつがいないかチェックしたりしてほしいんだ」

ハーヴィーは納得した。「わかった。いいだろう」

「じゃ、われわれはどうするんだ？」マガンハルトが訊いた。

「ベルン行きの列車に乗ってください」

「車を借りるんじゃなかったのか？」

「いいえ、借りません——いまはまだ。ほかにもそう思っていた人間は、みんなまちがいです」

ミス・ジャーマンが冷ややかに言った。「わたしのことかしら」

「〝みんな〟だよ」

バスが混んできて客がそばに座りはじめたので、それ以上は安全に話ができなくなった。

早朝なので、バスはターミナルまで十分でぶっとばした。コルナヴァン駅に到着したのは六時半だった。

ほかの乗客はあわただしくギターを取りに降りていった。わたしはマガンハルトのほうを向いて言った。「ミス・ジャーマンと先に行ってもらいます。ベルンまで二等車の切符を二枚——彼女に買わせて、プラットフォームにあがってください。おれたちのことは知らないふりをしてくださいよ」

ミス・ジャーマンが言った。「切符を買うのなら、スイスのお金が必要ですけど」

「もう持ってるだろう。電話をかけようとしてたんだから、忘れたのか？」

彼女はわたしをにらむと、さっさとバスを降りていった。

ハーヴィーとわたしはふたりを十メートル先行させてから、ぶらぶらとあとをついていった。

切符売り場は天井の高い陰気なアールヌーヴォー様式のホールだった。いかにも煤けて寒々しく見える造りで、いくら掃除や暖房をしてもそれは変わらない。鉄道の駅の得意とするところだ。

ホールには郊外の現場へ向かう建設労働者が数人と、ロンドンやパリからの夜行寝台車でやってきた家族連れが何組かいたが、みな一様に、強制収容所の写真で見るようなあの目的も希望もない表情をしていた。朝のこの時間なら、鏡で自分の顔を見ても誰なのか思い出せないだろう。手配中の男の顔などわかるはずもない。

ハーヴィーはわたしとすばやくそこを一周すると、小さく首を振ってみせた。わたしも同感だった。私服刑事くさいやつはいない。

切符売り場の窓口はひとつしかあいていなかった。マガンハルトは後ろにひかえ、ミス・ジャーマンがそこへ歩いていった。ハーヴィーはわたしがうなずいてみせると、プラットホームへつづくトンネル状の薄暗く長いスロープをのぼっていった。駅を見張るつもりなら、スロープをのぼりきったところにある軽食カウンターで待ち受けているはずだ。そこなら誰もが通らなければならないし、突っ立ったまま人通りをながめていても不審に思われない。

わたしは自分たちの切符を買うためにミス・ジャーマンの後ろにならんだ。彼女は振り向いて窓口を離れる際にも、まったくわたしに眼をくれなかった。

眼の隅で見ていると、マガンハルトと一緒になってふたりでスロープのほうへ歩きだした。だが、すぐに足を止めた。わたしは切符をつかんで振り向いた。

ホールの向こうから白いゴムボールのように軽やかに、粋なレインコートを着たアンリ・メルランがやってきたのだ。メルランはマガンハルトを見ており、わたしには気づいていない。わたしは習慣から彼の後ろを見た。

薄汚いトレンチコートの男が入口のドアを押してはいってきた。痩せぎすで、鍔《つば》の細い緑色の中折れ帽をかぶっている。男はいったん足を速めかけたが、すぐに立ちどまり、あわてて時刻表のほうを向いた。まずい！

電話でわたしはメルランに、尾けられていないのを確認しろ、わたしが再確認するまでは誰にも話しかけるな――そう伝えるつもりだった。だが、その時間がなかった。あのばか女が電話をかけようとしたせいで！

メルランとマガンハルトは早口でしゃべっていた。わたしは背を向けると、トレンチコートの男から眼を離さずに入口のほうへそっと移動した。トレンチコートは振り返って、朝の六時四十五分にしてはぎらぎらしすぎの眼をふたりに向けた。

なんとかしなければならなかった。トレンチコートがマガンハルトの正体に気づく前に、マガンハルトを引き離さなければ。だが、たぶんもう見当はついているはずだった。見ていると、突然ポケットから折りたたんだ新聞を引っぱり出して広げ、何かを探すようにページをあわただしくめくった。

わたしは引き返し、まだスロープの下に立っているメルランたちの横を通り過ぎた。スロープを数メートルのぼると、三人にはわたしが見えても、トレンチコートからは見えなくなった。わたしはがむしゃらに手を振った。

ミス・ジャーマンがわたしのところへやってきた。「メルランは尾行されてる」わたしは早口で言った。「マガンハルトを連れてホームへあがれ。ただし、おれとハーヴィーのことは知らないふりをつづけろよ。いいな?」

彼女はうなずいた。わたしはスロープをのぼっていった。明るく照らされた軽食カウンターのまわりでコーヒーを飲んでいる小さな人混みから、ハーヴィーがふらりと現われた。

「上も問題なしだ」

わたしはスロープのほうへ首を振ってみせた。「メルランが来たが、尾行を連れてる。ふたりに離れろと言っておいた」

ハーヴィーは「くそ！」とつぶやくと、下へおりていこうとした。ボディガードの居場所は対象の横だ。わたしはそれを止めた。「刑事ならもう手遅れだし、刑事じゃないなら下でぶっぱなしたりは、まだしないだろう。とにかく、マガンハルトだとばれたかどうか確かめよう」とハーヴィーをカウンターの人混みのほうへ押しもどした。彼はわたしをじっと見つめてから肩をすくめ、抵抗をやめた。

マガンハルトとミス・ジャーマンがスロープをのぼってきた。軽食カウンターの前を通り過ぎて、時刻表の前へ行った。その後ろからトレンチコートの男がそっとあがってきた。ふたりが立ちどまったのを見ると、曖昧に足を止めた。

指さす必要はなかった。男がそこまでぼんくらだったとは思えないから、たんに不運だっただけだろう。生ける死人のように歩いている連中の中で、きびきびと歩く人間を尾行しなければならないのだ。しかし、男を探している者からすれば、その歩調の変化は夜更けの悲鳴と変わらなかった。

ハーヴィーがぶっきらぼうに言った。「じゃ、ばれたわけだ。となると列車はまずいぜ」

「いや、乗らなきゃならないんだよ。あいつも一緒に乗ってくれれば、少なくとも電話はどこにもかけられない」

「なるほど」

マガンハルトとミス・ジャーマンが向きを変えて、三番ホームへの階段をのぼっていった。トレンチコートもあとを追った。ハーヴィーはその数メートル後ろにさりげなくついた。

わたしがスロープをおりようとすると、メルランがあがってきた。こんどはあまり軽やかではない。わたしの姿を見ると、近づくのはわたしに任せた。わたしはおりていった。

「キャントン——どうしたんだ？」太った顔は青ざめて不安げだった。

「あんたが尾行されてたんだよ、ばか野郎。いまそいつはマガンハルトを尾けてる」

「まさか！《パ・ポシブル》」彼は情けなさそうに顔をゆがめた。「なんてまぬけなんだ、わたしは！忘れてしまったことが多すぎる。どうしたらいい？」そこで決断した。「わたしも一緒に行くよ。そいつを始末するのを手伝う」

いまにも列車の下に放りこんでやる、という口ぶりだった。わたしはあわてて言った。

「いやいや、それだけはやめてくれ。これ以上のトラブルはまずい。それより何か役に立つ情報はないか？ギャレロンというベルギー人のことを何か知らないか？おれたちを狙ってるのはそいつらしい」

「もうあたってみたよ。ブリュッセルの知人たちに。しかし——」と微妙に肩をすくめた。「——誰も知らなかった。本名じゃないと思う。無記名株にはそもそも名前など必要ないわけだし」

わたしは暗い気分でうなずいた。「案の定だな。やることはちゃんと心得てるわけだ」

頭上にごとんごとんと列車がはいってきた。「今夜リヒテンシュタインで会おう。むこうまで尾けられるなよ」

わたしは階段のほうへ駆けだした。メルランは自責と苦悩と絶望にまみれて、いつまでも手を振っていた。フランスの弁護士の得意芸だ。

21

はいってきたのはわたしたちの乗る列車ではなかった。三番ホームにあがってみると、曇りガラスの天井からぼんやりと水中光のように射しこんでくる光の中に、二十人ほどの乗客が黙りこくって立っていた。ハーヴィーは階段のそばに、マガンハルトたちは二十メートル先にいて、トレンチコートの男はそのあいだで《ジュルナル・ド・ジュネーヴ》紙を広げていた。

「列車は何時だ？」とわたしは訊いた。

「もう来るはずだ」ハーヴィーはトレンチコートのほうへ首を振った。「何者だと思う？」

「刑事だろうな。もう一方の連中には、すべての駅と空港を見張れるほどの人手はない」

「刑事だとすると、相棒はどこだ？」

いいところを衝いていた。警官というのは、群れで行動できないときにはふたり組で行動する。尾行をするのでさえ、本来ならふたりか三人は必要だ。こんな朝っぱらからメルランが動きだしたので、あわてたのかもしれない。夜間はホテルの見張りをひとりしか残していなかったのだろうか。

わたしは肩をすくめた——さあな。ローザンヌ＝ベルン行きの列車がはいってきた。マガンハルトたちが一輛に乗りこみ、トレンチコートがその後ろの車輛に乗りこんだ。ハーヴィーとわたしは、近づいていって男のあとから乗りこんだ。

結局、全員が同じ二等の禁煙車輛に腰を落ち着けた。喫煙車輛に乗れとマガンハルトに伝えておけばよかった。向かい合わせになった座席が通路の両側にならんでいる車輛だった。座席の背が高いので、腰を浮かさないと反対側が見えない。

マガンハルトとミス・ジャーマンは向かい合って座った。ふたりがそこを選んだら、トレンチコートがどこに座るかはもうはっきりわかった。案の定、同じ側のひとつ後ろの席を選んだ。そこならふたりからは見えないが、ふたりが立てば座席の背越しにそれが見える。

ハーヴィーとわたしは反対側の二列後ろに座った。列車が走りだすと、「で——どうするんだ?」とハーヴィーが言った。

自分でもよくわからなかった。さっきも言ったように、列車に乗っているかぎり、男は外部へ電話をして噂を広めることはできない——となると、長く乗っているにこしたことはないのかもしれない。しかし男が本当に刑事だとすると、検札係に伝言を渡したり、停車駅でメモを放ったりするかもしれない。となると、早めに男をまいてしまうにこしたことはないのかもしれない。

「ローザンヌで降りたいな」とわたしは考えながら言った。「それをマガンハルトに伝えられれば」

ハーヴィーはむっつりとわたしを見つめた。「なんの計画もないわけか。たんに反撃してやろうというだけだ。そうだろ」

「もっとろくでもない計画もある。これは少なくとも柔軟性はある」

ハーヴィーはまたわたしを見つめてから、ゆっくりと力を抜いた。トラブルのにおいですっかり眼が覚めたのだ。気分は地獄の灰のようだったかもしれないが――というか、そうにちがいないが――彼はアル中である以前に、やはりガンマンだった。

だが、それは長くはつづかない。二日酔いが治まるにつれて、こんどはまた飲みたくなってくる。二日酔いがいつまでも治まらなければ、アル中などこの世からいなくなる。

列車のほうもまだ眼が覚めていないようだった。レマン湖のほとりをのろのろと走り、停まる機会があればかならず停まった。初めはほかに五、六人がわたしたちの車輌に乗っていたが、ニヨンに着くころにはあらかた降りていた。

膝のあたりに現金鞄をぶらさげた検札係がまわってきて、マガンハルトの切符を見ると、「ベルンですね？」と大声で言った。わたしにしてみれば好都合だった。計画を変更したのだから。

トレンチコートは切符を買わなければならなかった。金と一緒に伝言を託されるとまずいので、わたしは耳を凝らしていたが、だいじょうぶだった。

ニョンを出てまもなく、マガンハルトがやってきて後ろのトイレへ行った。彼がトイレにはいっているあいだに、わたしはメモを走り書きした。〝後ろの席の男に尾行されている。大声で話さぬこと。ローザンヌで降りよ。他の客が降りるまで待て〟

マガンハルトが戻ってくると、わたしは黙ってそれを差し出した。彼は立ちどまって文句を言ったりせずにそれを受け取り、立ちどまって読んだりもせずに席へ戻った。あとは彼が指示に従うかどうか、結果を待つだけだった。

それからまた客が乗ってくるようになった。あまり多くならないことを祈った。見物人は要らない。

列車が最後のカーブを曲がってローザンヌにはいると、車輌のほとんどの客が立ちあがった。ハーヴィーが小声で言った。「街じゅう逃げまわって、あいつをまくつもりか？」

「いや」

彼はうなずいた。「おれはお巡りを撃とうと言ってるわけじゃなくて――」

「わかってる」

彼はにやりとした。「どっちがやる？」

「おれだ。きみは人眼をさえぎってくれ」

列車は静かに停まった。乗客がいっせいに出口へ向かった。冷や汗が出てきた。マガンハルトが早く降りすぎてしまえば、すべておじゃんになる。列車は数分間停車するのだと、忘れずに伝えておけばよかった。

だが、マガンハルトはうまくやってくれた。最後の客が降り、新たに数人が乗ってきて腰をおろした。そこで乗降口が空いた。マガンハルトは立ちあがって大股で出ていき、ミス・ジャーマンも数歩後ろからそれにつづいた。ハーヴィーがわたしのアタッシェケースを手にし、わたしたちも動きだした。

トレンチコートがいきなり前に割りこんでくると、「失礼《ジュ・メクスキューズ》」とこちらを見もせずに言い、あわてて通路を歩いていった。わたしは足早にあとを追い、トレンチコートがガラスドアを出て降り口の手前の、トイレの横の狭い空間にはいったところで背後についた。ミス・ジャーマンはそいつのすぐ前にいた。

最後の瞬間にやっと、そいつの頭は出来事に追いついたのだろう――マガンハルトが突然列車を降りたということは、尾行されているのに気づいたということだ。とすると、後ろのふたりもいまごろ降りようとしているのはなんなのか？　トレンチコートは歩をゆるめ、身を硬くしてこちらを向こうとした。

わたしは人差し指の関節だけを突き出した拳を、アルパイン帽の鍔の下にたたきこんだ。トレンチコートはひゅっと息を漏らしてくずおれてきた。それを受けとめてわたしはトイレのドアにもたれかかった。掛け金がかかっていた。

ハーヴィーの手が、わたしの肘の下をくぐって把手をひねった。とたんにトレンチコートとわたしは中へ倒れこみ、後ろからドアがばたんと閉まった。

顔はろくに見もしなかった。見たところで何もわかりはしない。便座に座らせると、コートの前を引きあけた。ショルダーホルスターに小型のワルサーPPK、内と外の胸ポケットに各種の書類と通行証、尻のポケットに札入れと小銭入れ、それに鍵がいくつかはいっていた。十秒あまりでそれをすべてかっさらった。ホルスターを残していかなければならないのが残念だった。

別に恨みがあったわけでも、金に飢えていたわけでもない。一フランも持ち合わせのない男のほうが、札束をちらつかせて助力を乞える男より、哀れな身の上話を信じてもらうのに時間がかかるからだ。

マガンハルトが降りてから二十秒とたたないうちに、わたしたちも列車を降りた。

わたしは先に立ってホームからおりると、通路を通って一番ホームにあがり、駅のビュッフェにはいった。列車で移動しているあいだはあくまでふた手に分かれていたかったが、いまはマガンハルトたちに状況を説明するほうが大切だった。

わたしたちはマガンハルトが人々に背を向けていられる隅のテーブルにつくと、コーヒーとロールパンを注文した。

「何者だったんだ、あの男は？」マガンハルトが知りたがった。

「まだわかりません」わたしはポケットの書類を一枚ずつ出して調べ、しまってから次の書類を出した。

ミス・ジャーマンが「こんどは殺したの？」と訊いてきた。

「いや」

ハーヴィーがくつくつ笑った。「だといいがな。あんたがカラテなんか知ってるとは思わなかったぜ――あんなナックルパンチを」

「なに、カラテって？」と彼女が言った。

「汚いジュージツさ」

ようやくそれなりのものが見つかった。フランスの身分証カードだ。「名前はグリフレ、ロベール・グリフレ。警官だ」

ハーヴィーが眉を寄せた。「フランスの？」

「国家警察だ。そんなところだと思ったよ――ひとりだったしな。こいつで説明がつくと思う」それは〝関係諸官へ〟式の手紙で、所持者が国家警察の職員であることを明かし、関係の諸官にはできるかぎりの助力をたまわりたいと要請していた。文面は慇懃だが、あの男の腋の下の拳銃を見てしまったわたしには、さほど効き目がなかった。

わたしはその手紙を三人にまわした。あとはフランスの運転免許証と、国際運転免許証、それにありふれたごみのたぐいだった。どんな任務についていたのか、わかるものは何もなかった。

ウェイターがコーヒーを運んできた。マガンハルトが手紙を読んで、なにやらうなると、返してよこした。わたしはそれをポケットにしまい、こう言った。「さて、これでロベール・グリフレなる警察官のエピソードはたぶん終わりでしょう。運がよければ、あいつはベルンまで眼を覚まさないかもしれない。しかしそうなるとこちらは、残念ながらまたルートを変更せざるをえません。もうベルンを通過する列車に乗るわけにはいきませんから」

「列車にはもう乗りたくないね」とマガンハルトはかたくなに言った。「乗ればまた面倒に巻きこまれそうだ。ここで車を借りようじゃないか」

わたしは首を振った。「ローザンヌでは何もしないほうがいい。あのグリフレという男が、いずれ眼を覚まして噂を広めはじめます――それを忘れないでください。あいつがおれたちを最後に見たのはローザンヌなんですから。ここからおれたちの足取りを追おうとするでしょう。だめです――列車でモントルーまでまわって、そこから出発しましょう」

みな乗り気ではないようだった。マガンハルトが言った。「わたしはガイドつきの周遊旅行に参加してるわけじゃないんだぞ、ケイン君。ジュネーヴからまだ六十キロしか来ていないし、モントルーは行き止まりだ。レマン湖のむこう端だ。たとえそこで車を借りたとしても、幹線道路まで引き返さなければならん」

「たしかに。だからむこうも、おれたちがそんなところへ行くほどばかだとは思わないでしょう。それに、ちょっと会いたい人物がいるんです」

「わたしはきみの社交のために来たわけでもない！」

「ここまで来られたのも、ひとえにおれの社交のおかげですよ。モントルーへ行きます」

22

モントルーに着いたときにはもう九時を過ぎていた。列車の便がよくなかったのだ。四月のモントルーに来たことがあれば、その理由がわかる。ここで冬を過ごす人種は列車など使わない。ロールスロイスの調子が悪くなれば、恥を忍んでメルセデスを借りあげる。

モントルーはイギリスの金持ちが死ににくる場所のひとつだ。バーミューダやナッソーは俗でアメリカっぽいうえ、現地人が生意気になっている――そう考える人種にここは向いている。モントルーの現地人は決して生意気にならない。九月から五月まで、ホテルはローストビーフとカレーしか出さないし、それもうまく料理しすぎないように細心の注意を払っている。ダイニングルームは品のいい老婦人であふれ、こちらのシェル石油株の最後の半ダースまでむしり取るような冷たい眼を向けてくる。顎鬚をはやしたりギターを持ったりしていたら、正午に車椅子の大軍に轢かれて処刑される。

こういったことも、ここへ来た理由のひとつだった。《タイムズ》紙の空輸版にわたしたちのことがのっていなければ、誰もわたしたちの噂など聞いていそうにない。

まだかなり人眼のある場所にいたので、ハーヴィーをまたわたしと組ませ、マガンハルトたちを十五メートル後ろから監視した。わたしの読みでは、わたしたちはかなり安全だった。スイス警察はジュネーヴ駅を監視していなかったから、まだマガンハルトを逮捕してほしいと要請されていないようだった。グリフレが眼を覚ませば、それもぶち壊しになるはずだが、指示が伝わるまでには時間がかかる。

マガンハルトはわたしの指示どおり、駅の二百メートル先にあるカフェに腰をおろした。ハーヴィーとわたしはそばの席に座り、わたしは駅で買ってきたいくつかの新聞に眼を通した。

のっていたのは《ジュルナル・ド・ジュネーヴ》だった。ロベール・グリフレがページをめくって探していたのはこれだろう。警察がついに見つけ出してきたのは、八年前のマガンハルトの写真だった。どう見てもパスポート写真だが、マガンハルトはどのみちパスポート写真のような男だったし、この八年であまり変わってもいなかった。四角い顔も、四角い眼鏡も、後ろへとかしつけた豊かな黒い髪も、いまと同じだった。電子機器産業に一千万ポンド相当の株を持ち、大西洋にヨットを浮かべている人間は、あまり老けないのだ。

写真の横の記事を読んで、わたしは少し安心した。それはジュネーヴ国境のフランス警察が発表したものだった。国境は封鎖されており、鼠一匹通れないので、ジュネーヴ市民は安心してほしい。この強姦魔はフランス国家警察が目下全力で行方を追っており、スイス国境に近づくことはまずないであろう。警察はそう述べていた。

だが、マガンハルトと一緒にいるのは誰かと質問されると、担当官の言葉は正直にも歯切れの悪いものになった。自分にわかるのは、自分はそいつらを恐れていないということだけです。そのあと記事は、記者の体験した国境警備所の見学ツアーと、そこでした質問の報告に変わっていた。

ハーヴィーが言った。「あの男も気に食わないな」

わたしはさっと顔をあげた。向かいの壁ぎわのテーブルからちょうど、年輩の男が新聞を手に立ちあがったところだった。出口で立ちどまって新聞をいじり、それで目立たなくなったつもりになって、マガンハルトにサーチライトのような鋭い視線を向けた。

腰の曲がりはじめた六十がらみの、ずんぐりしたいかつい男だった。黒っぽい眼をして、白髪まじりの長い生姜色の口髭をたくわえている。呆れたのはその服装だった。爪先から眉までは完全にお抱え運転手だった。ぴかぴかの黒革のゲートル、黒のレインコート、黒のネクタイに糊をきかせた襟。だが、それに加えてばかでかいオレンジ色の毛羽だったツイードの鳥打ち帽をかぶっている。

本人の頭の中ではそれで普段着になり、目立たなくなったつもりなのだろう。が、空港のビーコンさながらに目立っていた。

男は急に見つめるのをやめると、また新聞をいじり、それから決然たる軍人風の足取りで出ていった。だが、その歩きぶりも、本人とともに年老いて恐竜のように鈍重になっている。

ハーヴィーとわたしは顔を見合わせた。「ま、あれはプロじゃないな」とわたしは言った。

「マガンハルトを知ってるなら、なんだろうと面倒だぜ」

わたしはうなずいた。「ふたりをここから連れ出して、こっち側の次のカフェへ行っててくれ。そうすれば居どころがわかる」立ちあがって十フラン札をテーブルに放った。「それとマガンハルトに眼鏡をはずさせて、髪型も変えさせてくれ」例の写真のところをひらいた《ジュルナル》を渡すと、わたしはそっとカフェを出た。

モントルー以外の都市なら、いまごろ通りは時計づくりや財産づくりに奔走するスイス人であふれていただろう。だが、ここはちがう。ここの連中は二杯めの中国茶を飲みおわり、朝食のゆで卵をひとつにしようかふたつにしようかと思案しているところだ。通りに人けはほとんどなく、男の姿はすぐに眼にはいった。左側の五十メートル先を、街の奥へはいっていく。

わたしは道を渡った。脇道へ飛びこまれても、道を渡りなおすのが難しくなるほどの交通量はなかったし、男は道の反対側から尾行されることもあるとは考えないタイプに見えた。途中で二度、立ちどまって振り返り、きびしい下士官の眼で後ろにいる人間をにらんだ。浴槽にまぎれこんだ鰐のように目立ったが、本人は盗賊団に尾行されていないことに安心したようだった。

わたしは歩調をゆるめて距離を保ち、なおもあとを尾けた。

モントルーはレマン湖の東端にひらけた段丘の連なりで、幹線道路と鉄道はその中段でもつれあっている。男は商業地区を抜けて中心部を出ると、湖岸に建ちならぶ大型ホテル群のはずれへ向かった。あいかわらず寒くてどんよりしていて、ロールスロイスと膝掛けにくるまれた婆さん連中も、さすがにまだ出てこない。建物がまばらになってくると、わたしはさらに間隔をあけた。

男は最後にもう一度まがまがしい視線を背後に向けてから、道をこちら側へ渡り、フルール通りの上の脇道へはいりこんだ。そしてエクセルシオール・ホテルの前を過ぎ、ヴィクトリア・ホテルにはいった。

わたしは足を速めてドアに近づいた。制服のボーイがドアをあけてくれ、わたしの年齢が七十未満なのに気づいたときにはもう、鷹揚《おうよう》にうなずいてロビーをエレベーターのほうへ向かっていた。

建物の内装は、葬儀屋のホールがミルクスタンドに思えるほど陰気だった。暗色の羽目板でおおわれた太い角柱、茶とクリーム色の絨毯、窓に忍びよって光を閉め出そうとしている大きなゴムの木と暗いオリーブ色のカーテン。わたしは足を速めた。こういうホテルのエレベーターはひっきりなしに動いている。動かざるをえない。誰も階段を使えるほど若くないのだから。

男のすぐあとから、暗色の鏡板張りのエレベーターに滑りこんだ。エレベーターボーイがドアを閉め、わたしに何階かと尋ねた。わたしが年長者を立てるように男に会釈してみせると、男は「サーンク」と言った。それが英語訛りの〝五階《サンク》〟なのだと気づくまでに一瞬かかり、わたしはかろうじて間をあけずに「四階《キャトル》」と言った。

男は警戒を怠らず、わたしの眼をとらえようとしたが、わたしは眼を合わせなかった。尾行相手の眼をまっすぐに見るものではない。

四階で降ろされると、エレベーターボーイの眼をごまかすためにすたすたと歩きだし、ドアが閉まるやいなや引き返した。エレベーターがふたたび停まったときには、階段の次の角から目玉を半分だけのぞかせていた。黒いレインコートがてっぺんを横切っていくと、忍び足で階段の残りをあがった。

廊下は長くて、天井が高く、クリーム色に塗られた壁は煤けた茶色に変色していた。男は二十メートルほど歩いていって、左側のドアの前で立ちどまった。わたしはさっと体を引いて階段を一段おりた。そいつの行動はもう充分に見ていたので、ドアをあける前にいま来たほうを振り向くはずだとわかっていたのだ。

二十秒待ってから、男のあとを追った。部屋は五一〇号室で、廊下にはほかに誰もいなかった。わたしはドアをたたいた。

しばらく間があってから、震える声がした。「誰だ？」

わたしは明るく自信に満ちた調子で、「ボーイです《セルヴィス・ムシュー》」と声を張りあげた。

ふたたび間があった。まもなくドアが十五センチほどあき、生姜色の口髭が用心深くのぞいた。

グリフレのワルサーPPKをそいつの黒ネクタイの胸元に押しつけて、わたしは部屋に押しいった。

23

そこは細長い部屋で、湖を一望するバルコニーに面した大きな窓があった。その窓はこの半年間、あけられたことがなかったらしい。蒸し風呂なみの室温だった。あとは深紅の絨毯と、ホテルのものとは思えない数々の高価な家具――それに男がもうひとり。

わたしは足でドアを閉め、そこに寄りかかった。レインコートの男はさらに二、三歩あとずさりして、片手でネクタイを直した。わたしはもうひとりのほうへ銃を向けた。暖炉のそばの椅子に座っていた。

そいつが穏やかに言った。「だいじょうぶだ、軍曹、早まったことはするな」それからわたしを見た。「で、誰なんだ、きさまは？」

「すぐにおびえる人間です」とわたしは言い、改めて男をよく見た。

老人だった――あまりに年老いているので、見ても年齢が想像できないほどの。顔は細く、ひからびた仮面のようにしなび、肉の成れの果てが顎の下に垂れさがっている。大きな鼻の下に大きな白い口髭をたくわえているが、ぼろぼろの壁の亀裂にしがみつく枯れ草さながらに、かさかさで脆《もろ》そうだ。耳は腐って二枚の白い葉っぱになり、頭皮には忘れられた白髪がちょろちょろと生えているだけ。乾ききった墓に半年はいっていたような顔だ——ただし、眼だけは別だった。じくじくと潤み、盲目なのではないかと思うほど色が薄い。たるんだまぶたが閉じてしまわないようにするのに、体力の半分を費やしているように思えた。

その顔に息を吹きかけたら崩れて埃になり、白い頭蓋骨だけが残るのではあるまいか。そんな気味の悪さを覚えた。

金と黒の部屋着をまとい、病人用の小卓を膝の上に引きよせて、そこにコーヒーポットと、カップと、書類をひと束のせている。

老人はおもむろに口をひらいた。臨終の喉鳴りのような乾いた声だったが、即答を求めるようなきびきびしたところが残っていた。「おれを殺しにきたのなら、ただじゃすまんぞ——そうだな、軍曹？」

「はっ、ただではすみません」とレインコートの男が言った。そいつのしゃべり方にはどこのものかわからない訛りというか、リズムのようなものがあった。あまりに場ちがいなので思い出せなかったが、そこでわかった。ウェールズだ。

「な？」と老人は言った。「ただじゃすまんぞ」

それはもうわかった。ただじゃすまない。わたしは老人を横眼で見た。「殺しにきたわけじゃないかもしれませんよ」

「きさまは拳銃を持っている」と老人は指摘した。「たとえそれがワルサーPPKなどという豆鉄砲だとしても。強いのは銃を手にしてるほうだ——そうだな、軍曹？」

「はっ。銃を手にしているほうであります」軍曹はきびきびと答えた。

「な？」と炉端の男は言った。「銃を手にしてるほうだ」

わたしはインフルエンザの熱に浮かされたときや、税法を理解しようとしているときのように、頭がくらくらしてきた。手探りで椅子をつかんだ。「わかりましたよ、わたしが強いことにしておきましょう」

老人は喉から笑いのようにも聞こえるかすれた音を漏らした。「なあ、軍曹——こいつはおれが何者か知らんのではないかな」

わたしは腰をおろした。「いまぴんときましたよ。フェイ将軍ですね」わたしがモントルーまで会いにきた当人だった。

わたしの稼業では将軍は昔から伝説の人だったが、どのくらい昔からなのかはわたしにもわからなかった。第一次世界大戦の生き残りで、いつのまにか経済界の情報網を運営するようになったのだ。ある会社が破産するかどうか、乗っ取りの機は熟しているかどうか、新たに株式資本を調達するかどうか、そういうことを知りたければ将軍がかわりに調べてくれる——有料で。その料金もまた伝説だった。だからわたしはこれまで将軍と取引きをしたことがない。だが、それを支払えるなら——支払える人間はモントルーにはたくさんいる——将軍はそれに見合うだけのことをしてくれる、と伝説はいう。

将軍はまたかすれた笑いを漏らした。「いかにも。そしてこの男はモーガン軍曹、おれ《ミー》の運転手だ」将軍の声にこもる強烈な老いに慣れてしまうと、こんどはイギリス上流階級の時代遅れの言葉づかいに気づく。〝マイ〟を〝ミー〟と言うたぐいだ。「で、きさまは何者だ？」

モーガン軍曹が言った。「こいつはマガンハルト氏のいたカフェから自分を尾けてきたんだと思います」両手を背中にまわし、堅苦しい〝休め〟の姿勢でわたしをにらみつけている。わたしを愛せるようになるまでにはだいぶ苦労しそうだし、いまのところは努力さえしていない。

「ああ」半眼に閉じた将軍の眼がふたたびわたしを見つめた。「すると、あのマガンハルトの大ばかと関係があるわけだな？　何者なんだ、きさまは？」

「キャントンと呼んでください」

「ああ——それなら聞いたことがある。特殊作戦執行部だったか？　優秀で、タフで、油断のならん連中だ。ただの軍人ではあるまいと思ったよ——ただの軍人ならおれみたいな年寄りに銃を向ける度胸はなかろうからな。こないだの戦争じゃ、婆さんみたいな腰抜けばかりだった——そうだな、軍曹？」

モーガンはきびきびと答えた。「はっ、さようであります」

「腰抜けばかりだ。知ってるか、損耗率が二割にもならんのに連隊を戦線から引きあげていたんだぞ？　おれたちのころは八割だった」

わたしは曖昧にうなずいた。掛け合い漫才でまた頭がくらくらしてきたのだ。ジャングルなみの室温がそれに輪をかけている。レインコートも上着もシャツも脱いでしまいたかった。それでも汗は止まりそうになかったが、わたしはもう将軍に銃を向けていたし、勝手に腰もおろしていた。いくら特殊作戦執行部でも、素っ裸になることは許されない。その場に女性がいないかぎりは。

わたしは頭を振って、少しでも現実に戻ろうとした。だが、将軍がかわりにやってくれた。「まあいい。つまりきさまは、軍曹がマガンハルトに気づいたのを見て、あとを尾けてきたわけだ。難しくはない。モーガンはその手の微妙なスパイごっこが、からきしだめだからな。よかろう。きさまの付け値は？」

「なんのです？」

「警察に通報しないことへのだよ、ぼんくらめ」

わたしは呆然とした顔をしていたはずだ。思いきり現実へ引きもどされていた。こんどは恐喝屋が現われたわけだ。将軍がヴィクトリア・ホテルに自前の家具をならべたスイートをいつまでも借りていられるわけが、ようやくわかってきた――わたしを最初、自分を殺しにきた相手だと思ったわけも。

わたしは時間を稼いだ。「警察はマガンハルトを見つけてほしいと要請されてるんですか？」

将軍は半眼でわたしをじっと見つめた。それからかすれ声で言った。「いい質問だ。こいつはばかじゃない。警察は外国当局からの公式な依頼がないかぎり、逮捕も引き渡しもできん。《ジュルナル・ド・ジュネーヴ》の記事だけじゃ行動できんのだ。ただし――」と、まぶたがさらにさがった。「――そいつが不法入国した場合は別だ。そうなるとスイスの法を犯したことになる。そうだろう？」

「それが証明できれば」

「思った以上に鈍いな、きさまは。不法入国したに決まっているだろう。マガンハルトはつい昨日、フランスで姿を見られているんだ」

「まだ生きてる人間に、ということですか？」

将軍は黙ってわたしを見た――〝にらむ〟というほどには、その潤んだ淡い眼に力はなかったが、揺るがないまっすぐな視線だった。それからうなった。「ふん。昨日のオーヴェルニュの撃ち合いには、やはりきさまがからんでいたのか。だろうと思ったよ。きさまは人殺しだが、ばかじゃない。軍曹！　請求書から〝不法入国〟を消しておけ。そっちは無料《ただ》にしといてやる。最初の話に戻ろう——はたしてスイス警察は公式な要請を受けているのか？　軍曹！」

　モーガンが暖炉の反対側にある白い電話機のほうへのっそりと歩きかけた。

「待て」とわたしは言った。

　モーガンは立ちどまった。ふたりともわたしを見た。

　わたしは言った。「立場をはっきりさせておきましょう。おれはその情報が欲しいし、それには金を払う用意もあります。でも、おれが言うとおりにしなかったらマガンハルトを警察に売る、という考えは捨ててもらいましょう」

　沈黙があった。将軍が静かに言った。「なぜ捨てなきゃならん？　情報を売るのがおれの商売だ。言ってみりゃ、おれはきさまに警察と競争入札するチャンスをくれてやってるんだぞ。ビジネスマンだからな」

「おれもです。マガンハルトをリヒテンシュタインに送り届けるという仕事を有料で請け負ってるんですから。それは実行するつもりです」

「きさまの金じゃないんだぞ。マガンハルトが払うんだ。モントルーを通るには特別料金がかかると、やつに伝えろ」

　わたしは大きく息を吸って言った。「わかってませんね、将軍。この旅を仕切ってるのはマガンハルトじゃなくて、おれです。この件についてはマガンハルトに決断を求めるつもりはありません。決断はおれの仕事ですから。おれはもう決断してます——軍曹がその電話に手をかけて警察に余計なことをしゃべったら、ふたりとも殺すと」

またしても沈黙があった。やがて将軍が言った。「おれみたいな年寄りを脅したってむだだぞ。どのみち老い先短いんだ。明日にもぽっくりいくかもしれん。失うものはろくにない」

わたしは穏やかにうなずいた。「ほかのみんなと同じく、残りの命だけです。それの長さなんか、おれにはどうでもいい」

沈黙は長く濃密になり、ねっとりとした室内の熱気が、ちくちくする濡れた足で背中を這いのぼりはじめた。だが、わたしは我慢してそこに座り、〝命〟と呼ばれる会社の最後の株を数えている顔の成れの果てを見つめ、その奥にある老獪な考えを見抜かなければならなかった。

自分が勝つのはわかっていた。若者に銃を向ければ、そいつは自分が死ぬということがぴんとこないので、飛びかかってくる。だが、年寄りは自分の死について考えている。ドアが徐々にひらいて隙間風が吹きこんでくるようになったのを感じている。

わたしは頭を振り、小型の拳銃でいらいらと膝をたたいた。「で？」

将軍はゆっくりと顔をあげて、淡い瞳でわたしの眼を見すえた。「ふざけやがって。よかろう——マガンハルトはおまえにやる」

そこで口の端がぴくりぴくりとゆっくり持ちあがって、かすかな笑みらしきものが浮かんだ。「ふざけやがって」と、かすれ声でまた言った。「特殊作戦執行部のやつらは、さぞきさまが誇らしいことだろう」

わたしは将軍を横眼で力なくにらんだ。自分では少しも誇らしくなかった。

将軍は電話のそばにいる男のほうへ顔を向けた。「軍曹！　クリュッグを一本持ってこい。おれは客人と話し合うことがある」

モーガンは自分の時計を見た。「ですが――」

「チベット海軍ならもう飲みはじめる時刻だ」と将軍はわめいた。「いいからシャンパンを持ってこい」

モーガンは不満げに首を振ると、「かしこまりました」と言って隣の部屋へはいっていった。

妙に手慣れたやりとりだった。毎日この時間に繰りかえしているささやかな日課のように聞こえた。実際そのとおりだったのだろう。

将軍はゆっくりとこちらへ向きなおった。「おまえさんがいつも朝からシャンパンを飲むといいんだが」

「朝がいちばんです」

「まったくだ。昼めしのあとはもう、お嬢ちゃんがたの飲み物だからな」将軍はゆっくりと眼を閉じ、またひらいた。「おれが昼めしのあと、お嬢ちゃんがたにうつつをぬかしていたというわけじゃないぞ。さすがにそれは早すぎる」

わたしは適当にうなずいて立ちあがると、レインコートと上着を脱いでシャツの襟をくつろげ、改めて部屋を見まわした。奥に楕円形の大きなダイニングテーブルがあり、いかにも値の張りそうなアンティークの椅子がまわりに置いてある。小さな書き物机と背の高い真鍮の電気スタンドがいくつかあり、暖炉の上には一ダースほどのアンティークのピストルがかかっていた。

アンティークのピストルなど、買う金もないし掛けるような壁もないので、くわしくはないが、そこにあるのが名品ぞろいだということはわたしにもわかった。木と鉄のような安いものでできてはいても、真珠母をはじめ、金銀や真鍮、彫刻をほどこした鋼のプレートなどで美しくおおわれている。一挺などは、銃把がローマ兵の頭部を模した象牙で、撃鉄は皇帝の鷲をかたどっていた。そのほかもそれに劣らぬ代物だった。

「この規模としちゃ世界一のコレクションだろうな」将軍が満足げに言った。「一八世紀のフリントロック式ピストルだ、知ってるだろうが」わたしは黙ってまたうなずいた。何も知らなかった。将軍はつづけた。「ゲイゼズもあるし、ブーテもあるし――」

モーガンがシャンパンの瓶とチューリップ形のグラスをふたつ、銀盆にのせて運んできた。

レインコートを脱いで、黒無地の軍服姿になっていた。第一次大戦中の略綬がずらりとならんでいる。シャンパンを注ぐために腰をかがめると、尻のポケットにごつごつしたふくらみがくっきりと浮かんだ。将軍のピストルのコレクションは一八世紀にとどまらないと見える。わたしはそのままにしておくことにした。取りあげてもほかの銃を見つけて、もっと巧妙に隠すだけだろう。

モーガンはグラスを渡してよこした。将軍は自分のグラスを金のマドラーでかきまぜ、こう言い訳した。「近頃はこの皺腹が泡を受けつけんのでな。おまえさんの健康に」

わたしも乾杯し、いいシャンパンですねと言わないように気をつけた。将軍の時代には誰もが最上のものしか出さなかったので、感想を口にすると、もっとよくないものが出てくると思っていたことになってしまう。

かわりにこう言った。「どういう経緯でこの仕事をするようになったんです?」

「ふん」将軍は震える手で慎重にグラスを置いた。「教えてやるか、軍曹?　取引きをはじめる前に、おれたちの経歴と実績を聞かせてやるか?　腰を抜かすんではないかな、この男は」

モーガンはにやりと笑い返した。いかにもわたしが腰を抜かすところを見たそうだった。わたしがご主人様を脅したことを、脅された本人よりはるかに根に持っているのだ。

将軍は言った。「ま、かまわんか。おれたちがここへ来たのは一九一六年だ。それから一階級しか進級していない。当時は大佐と伍長だった。おれはヘイグ（ダグラス・ヘイグ元帥、英海外派遣軍司令官）の情報参謀で、おれたちは自前のスパイ団を作るためにここへ送りこまれたんだ。ヘイグは文官の課報員を信用してなかったんでな。あのばかは誰も信用してなかった——おれたちのことも、国境を越えたとたんに信用しなくなった。そうだな、軍曹？」

モーガンは重々しくうなずいた。

「ばかめ」と将軍はまた言った。軍曹のことではなく、まだヘイグ元帥のことを言っているのだろう。「おれはルーデンドルフ（エーリヒ・ルーデンドルフ独参謀本部次長）が一八年の大攻勢のためにまとめた砲撃計画も、選抜した突撃隊員を使うという考えも、あいつに伝えてやったってのに。耳を貸しやがらん。だから三月の攻勢で不意を衝かれたんだ。ところがあのばかたれは、おれの情報が正しかったのが許せなくてな、おれたちを進級させて放り出しやがった。復員したのはきっとおれたちが最初だろう、そうだな、軍曹？」

モーガンはまたにやりとした。「さようであります」

「ふん。そこでおれたちはそのまま、表向きの自分を演じつづけたわけさ——静かな暮しと優良な投資先を求めて引退した頑固者と、その運転手の役どころを。おれたちのこしらえたスパイ団を、経済界の情報用に転用してな」

将軍はシャンパンをふたたび手に取り、そろそろと慎重にひと口飲んだ。「さてと、ぼちぼち昼めしにしようじゃないか、軍曹。ピンクのカードが何枚か要ると思うぞ。どれかはわかるな？」

モーガンは「はっ」と答えると、のっそり出ていった。

将軍とわたしはシャンパン・グラス越しにたがいを見つめた。

しばらくするとモーガンは、煙草のパックの倍ぐらいの大きさのピンクのカードをひとつかみ持ってきた。卓上のカード収納棚に使うようなカードだ。

将軍はそれをトランプのひとり遊びのように小卓にならべると、金縁の鼻眼鏡をかけ、じっくりと眼を通しはじめた。モーガンがまたシャンパンを注いでくれた。

やがて将軍は顔をあげてこちらを見た。「おまえさんが何者かだけはこれでわかったぞ。ルイス・ケイン。戦時中の暗号名、キャントン」と一枚のカードを読みあげた。「ふん。おたがい似たような商売をしてるようだな」そのカードを脇へ押しやった。

わたしは顔をしかめた。何年も前に暗号名を漏らしていたにちがいない。

将軍はまたわたしを見た。「さて、ケイン君――何を買うか決めたか？」

電話が鳴った。

モーガンが受話器を取り、「はい？」と応じ、しばらく話を聞いていた。それから将軍のほうを向いてうなずいてみせた。将軍は椅子の横に手をおろして、もうひとつの受話器を取った。

いくつか完璧なフランス語を口にはしたが、もっぱら黙って聞いていた。やがて受話器をかけ、ゆっくりとわたしのほうへ向きなおった。「もっと早くに買わせておくんだったな。おまえさんの顧客のマガンハルトがたったいま逮捕されたぞ」

「ほんとですか？」というようなまぬけなことを訊こうかとも思ったが——そこでふと、この古狸が警察にマガンハルトを売ってどんな得があるのか考えてみた。何ひとつ思いつかなかった。地元警察はただの垂れこみに大金を払ったりはしないし、将軍のほうも警察にただで何かをくれてやる必要はない。善良かつ裕福な市民のためにのみ存在するこの町でも屈指の市民なのだから。

わたしは諦めてまともな質問をした。「警察はどこでマガンハルトを見つけたんです？」

「〈カフェ・デ・グロット〉だ。いまかけてきたのは店主だ」

モーガンが言った。「自分がマガンハルトを見かけた店ではありません」

「もしかして同じ側の、次のカフェじゃないか？」わたしは訊いた。

モーガンは考えた。「ああ、そうかもしれない」

わたしはうなずいた。「たしかにマガンハルトのようです」ハーヴィーはわたしの指示どおりにふたりを移動させはしたが、マガンハルトに髪型を変えさせるところまではできなかったのだろう。だからばれたのだ。

「これで疑問がひとつ解けたな」と将軍はうなるように言った。「警察はマガンハルトを逮捕してほしいと要請されていたのか？　しかり、要請されていた。惜しいことをしたよ、おまえさんにそれを突きとめてやって、ひと稼ぎしようと思ってたんだが」

「いまからでもできますよ」とわたしは言った。「警察は《ジュルナル・ド・ジュネーヴ》で知っただけかもしれない。突きとめられますか？——マガンハルトが捕まったのを知ってることを警察にばらさずに」

将軍は黙ってわたしを見てから、「軍曹」と言った。「こいつはおれが一九一六年からこの商売をしてると教えてやったのを、聞いてなかったらしいぞ」

わたしはにやりとした。「すみません。とにかくおれはそれを買います。店主はほかにも誰か逮捕されたと言ってましたか？」

「マガンハルトだけだ」

「わかりました。そのカフェへ行きます。むこうからまた電話しますよ」

将軍に値段交渉を始めるいとまをあたえず、わたしは部屋を飛び出した。

24

五分ほどで〈カフェ・デ・グロット〉に着いた。ハーヴィーとミス・ジャーマンはまだそこにいた。わたしはふたりのそばに腰をおろした。

ハーヴィーが言った。「万事休すだ、ケイン。マガンハルトが――」

「それは知ってる。いきさつを教えてくれ」

彼は肩をすくめた。「ふたりをここへ移した。あいつは頑として髪型を変えようとしなかったが、眼鏡だけははずさせた。屁の突っ張りにもならなかったが」

わたしはうなずいた。「それで？」

「おれはひとりで座って、アメリカ人観光客のふりをしてた。お巡りがはいってきて、ちょいとコーヒーを飲んでった。たぶんそこでマガンハルトに気づいたんだろう。そのあとヘレンが――」とミス・ジャーマンに顎をしゃくった。「――ちょっと買い物に出てった。十分後、そのお巡りが上司を連れて戻ってきて、マガンハルトを逮捕して連れてった」

「きみはどうしたんだ？」

ハーヴィーの顔はまったく無表情で、眼はわたしを見つめていたものの、見てはいなかった。

「何もしなかった」平然と言った。

言い訳をしないだけの自尊心と、わたしの知性への敬意は持ち合わせていた。

ミス・ジャーマンがわたしを見た。「あなたはずっとどこにいたのよ」

「モーニング・シャンパンを一杯やってたのさ。ちなみに、きみはどこへ行ってたんだ？」

「お忘れかもしれないけれど、ケインさん、わたしたちはあなたの指示で荷物を全部フランスに置いてきたのよ。だからいくつか買い物をしてきたの」

「ついでに、いくつか電話もかけてきたんじゃないのか？」

彼女はわたしをにらんだ。それから小さな声で、「かもね」と言った。

ハーヴィーが椅子の背にどさりともたれた。「一杯飲みたいな」と穏やかにだが、ひどくきっぱりと言った。ミス・ジャーマンがおびえた眼でさっとわたしを見た。

わたしは言った。「ここじゃよせ。ヴィクトリア・ホテルまで行け――フルール通りのすぐ上だ、わかるか？　五一〇号室へあがって、おれが寄こしたと言え。悪魔の祖父《じい》さんぐらい歳を取った、悪魔の倍ぐらい食えない年寄りがいる。フェイ将軍という爺さまだ。きみらが行くと伝えておく」

「自分はどうするんだ？」ハーヴィーは訊いた。

「マガンハルトを保釈させられるかどうかやってみる」

ふたりが出ていくと、わたしはカウンターへ行った。近づいていくと店主は、いま初めてわたしがはいってきたのに気づいたという芝居をしてみせた。それまでわたしたち三人を、怒ったコブラでも見るような眼で見ていたくせに。

わたしは百フラン札をカウンターに放った。「それは将軍からの感謝の印だ《セ・ド・ラ・パール・デュ・ジェネラル・アヴェク・セ・ルメルシマン》」

店主は唖然とした眼でわたしを見てから、飢えた眼で札を見た。わたしは安心させるように微笑んでみせたが、その笑みでは安心できないようだった。

わたしはカウンターの端の電話機のほうへ顎をしゃくって、「かまわないかな《ヴー・ペルメテ》……？」と尋ねた。

店主は笑顔でうなずいた。「どうぞ《ムシュー》……」

ヴィクトリア・ホテルの番号にかけ、フェイ将軍につないでくれと――大声ではっきりと――頼んだ。私用回線もあるにはちがいないが、情報の収集販売をなりわいとするからには、どんな電話も拒まないはずだ。

店主がこちらを見たので、内緒だという仕草をしてみせると、むこうも同じ仕草をしてみせた。ふたりで大きな秘密を共有したわけだが、それがなんなのかは、おたがいさっぱりわかっていなかった。

老いた声がきんきんと回線を伝わってきた。「おれも耄碌《もうろく》してきたようだ。おまえさんが出ていってから気づいたが、マガンハルトが豚箱にいるという情報は、おまえさんに売りつけりゃよかったんだな」

「ま、おれもお返しはしときましたよ。ここの店主に百フラン、心づけを渡しときました」

「多すぎる。返金はせんぞ。おれの調査結果を知りたいか？」

「ええ」

「いくらだ？」

「請求書につけといてください。ほかにもまだありますから」

「よかろう。マガンハルトを逮捕してほしいという公式な要請は、出されていない。つまり連中が勝手にやったわけだ。だからうまくすりゃこっちは——」

「それはおれがやります。あなたには十分後に当直警部に電話してほしいんです——マガンハルトが逮捕されたという噂があるが、本当かと。で、フランスからの要請がないのを知ってることを、さりげなく漏らしてください。告発は取りさげられたと聞いたと。むこうを不安にさせてやればいいんで。ちなみに、当直になっていそうな警部は誰です？」

「キャンベレかリュカンだ。全部つけておくぞ。何をするつもりだ？」

「大博打ですよ。そうそう、それと——ふたりばかりそちらへ行かせましたから。おれが戻るまで面倒を見てやってくれませんか」

「ばかをぬかせ。おれはホテルを住まいにしてるんであって、経営してるわけじゃない」

「ひとりは美人ですよ」

回線ががりがりと鳴ったのは、将軍の老いた笑いだったのかもしれない。「よかろう。では、十分後というのは――」と時計を見はじめたのだろう、言葉を切った。「――いまからだ」

「了解」とわたしも時計を見た。そこまで厳密にやるつもりはなかったのだが、おかげで時間割だけはできた。

電話を切って走りだした。

四分後、わたしは受付の巡査部長に、自分の用件はきわめて重要かつ、はなはだ他聞をはばかる、非常に繊細な、とてつもなく緊急のものだと伝えていた。そのぐらい言わなければ、いたずらだと思われて放り出されてしまう。それでようやく普通だと見なされるのだ。

それでもまだ、リュカン警部に――当直は彼だということがわかった――会わせてもらうという課題が残っていた。それも四分以内に。最後の二分は、将軍が電話してくる前にリュカンをたたいておくのに必要だ。

ひとつだけはっきりしているのは、リュカンがいそがしいとしたら、それはマガンハルトのせいでしかありえないということだった。いまはモントルーの閑散期だ。スキー・シーズンと夏の観光シーズンのはざまで交通渋滞はないし、隠れ蓑になる観光客もいないから、ホテルで仕事をする詐欺師や宝石泥棒もいない。

巡査部長は溜息をつき、受話器を取りあげ、わたしに名前を尋ねた。

「フランス国家警察のロベール・グリフレだ」わたしは言った。

リュカンは痩せた身だしなみのいい男だった。黒い口髭に、油でぺったりとかしつけた黒い髪、明るいきらきらした眼をしている。本来はずけずけした疑り深い男のようだったが、いまはモントルーの警察官のあるべき姿だと自分が考えるもの――のんびりとして、礼儀正しく、無表情な男を、懸命に演じようとしていた。

わたしとしてはその偽の人格のほうがありがたかった。ロベール・グリフレについてずけずけと疑い深くなられたら、これからの七年間をどこで過ごすか、選り好みできなくなりそうだった。

わたしは例の〝関係諸官へ〟の手紙を渡して、一気に攻めたてた。彼を守勢に立たせれば、身分証の提示を求めるのを忘れてくれるのではないかと思ったのだ。グリフレの写真はかなり古いもので、いまの本人にはあまり似ていないし――わたしにはなおさら似ていない。

マガンハルトを逮捕なさったとか――素晴らしい。うちの上司たちが引き渡しを求めるという決定をくだすまで、容疑を二つ三つ見つけて勾留しておけますか？　きっと求めると思いますので――いずれにしても最終的には。まあ、おそらく。

リュカンは疑わしげに眉を寄せたが、あわてて無表情な顔に戻った。それからレイプ容疑について質問してきた。まさか――

わたしはいかにも弱りはてているという顔で首を振った。告発を行なった女性を見つけ出そうとはしているのですが、どうも姿をくらましてしまったようで。そうなると、ことによると……という疑念も湧いてきますし、億万長者を逮捕するには、いくら慎重になってもなりすぎということはありませんからね。

リュカンは歯だけで微笑んでみせた。億万長者に対して慎重になることについては、知りつくしているのだ――モントルーの警官はみな。この三十分というもの、マガンハルトからも同じ台詞を聞かされていたのだろう。

自分にどうしてほしいのか、と尋ねた。

こっそり腕時計を見た。将軍が時間どおりにかけてくるとすれば、あと五十秒ある。わたしは答えた。マガンハルトを二日ほど勾留しておいてほしいだけです。適当な理由をつけて。スイスへの不法入国はどうです？――賭けてもいいですが、マガンハルトのパスポートには入国スタンプが押されていないはずです。

リュカンは冷ややかに、ヨーロッパの法廷はそんなものを証拠として採用しないことをわたしに思い出させた。パスポートにスタンプを押しもしない国境検問所はいくらもあります。しかも法的にはマガンハルトはスイスの住民ですからね、事情はさらに複雑です。

わたしは少しむっとしてみせた。では、あなたに容疑を考えてもらいましょうか。だいたい、逮捕したのはそちらであって、こちらではない。逮捕したからにはそれなりの理由があるのだろうと思っていましたが――

電話が鳴った。

彼は電話を見てから、わたしを見て、それから受話器を取り、「リュカンだ」と言った。

「アー、ボンジュール、モン・ジェネラル……」

わたしは椅子の上で体をそむけて、聞いていないふりをしているふりをした。

初めリュカンは「いえ《ノン》」と、慎重な「ええ《ウィ》」と、「たぶん《セ・ポシーブル》」ぐらいしか言わなかった。

やがて、マガンハルトが逮捕されたことを誰から聞いたのか、と尋ねた。

わたしはふりをやめて、小声で噛みついた。マガンハルトを連行したことは誰にも話してはならない――マガンハルトの弁護士に知られてしまう――そうなったらふたりともおしまいだ。

リュカンは手をあげてわたしを黙らせたが、少し青ざめたようだった。最後はかなりかたくなに、公式には何も申しあげられない、と言って電話を切った。将軍が最後に、いまからそのニュースを広めるぞ、と言ってくれているといいのだが。

わたしが説明を求めると、将軍の経歴と地位と名声についての簡単な説明が返ってきた。わたしは肩をすくめてそれを無視した。あなたは将軍もしょっぴいてくるべきだ。そうすれば事態は内密にしておける。

リュカンは露骨に笑った。

わたしはロベール・グリフレに癇癪《かんしゃく》を起こさせて、ありもしない切り札を切った。言うとおりにしなければ、こちらはフランス共和国の怒りをあんたの頭上に落として、あんたを南京虫みたいにたたきつぶすぞ。隣国の本物の警察官にやれと言われたら、モントルーのお巡りはすぐにやったほうがいい、さもないと……

本物のグリフレなら絶対に口にしないことだ。スイスの官憲は周囲の大国に少しでも脅されたと思えば、自動的に怒りを爆発させる。三分後、わたしを放り出し、マガンハルトも放り出した。高くつくミスを犯したことへのおびえと、わたしへのいやがらせと、どちらが理由として大きかったのか、それは訊かなかったし、考えもしなかった。

マガンハルトを五百メートルほど尾け、ほかに尾行がいないのを確かめると、彼に追いついて、五一〇号室へ行けと指示した――それと、こんどこそ髪のとかし方を変えろと。

マガンハルトは黙って言われたとおりにした。わたしは次のタクシーを停めてあとを追った。

25

わたしたちは五一〇号室にたどりついた。

ハーヴィーとミス・ジャーマンはすでにシャンパンにありついていて、暑さのあまり上着も脱いでいた。将軍はあいかわらず炉端の椅子に座っていた。モーガンは驚いたように眉をあげてわたしたちを中へ通したが、何も言わなかった。

ハーヴィーが立ちあがった。「なんだよ、おい、どうやってやったんだ？」

「〝お願いします〟と頼んだだけさ」

「いや、驚いたぜ」そこでふと、自分がシャンパンのグラスを手にしているのに気づいた。だが、わたしは心配していなかった――いまはまだ。ハーヴィーにとってシャンパンなど、イギリスのビールみたいなものだ。とはいえ、マガンハルトが戻ったのを見て、自分はまだ任務中なのだと思い出すのは悪いことではない。

わたしはマガンハルトのほうを振り返って、将軍に紹介しようとした。だが、すでに顔見知りだったらしい。溶接バーナーなみに親しげな眼つきで、しなびた細長い顔をにらみつけていた。

将軍が先に口をひらいた。「おまえがあの大ばか者のマガンハルトだな」

「年寄りの挨拶は気にしないでください」とわたしはマガンハルトを慰めた。「ご当人の頭の中じゃ、人間には二種類しかないんですよ――自分と大ばか者と」

マガンハルトはさっとわたしのほうを向いた。「こんな男をなんだって引っぱりこんだ？」

将軍が鼻を鳴らした。「御用聞きとつきあうのは気に食わんか、え？　おれはおまえの短い人生のなかで、いい仕事をしてやったはずだぞ。おまえと、あの大ばかのハイリガーとフレッツのために。あれは価値がなかったというのか？」

「あんたの提供してくれた情報はたしかに価値があったよ」とマガンハルトは言下に答えた。「いま心配しているのは、わたしについての情報からあんたがどんな価値を引き出すのかだ」

「いつでも自分で買っていいんだぞ」と将軍はもちかけた。

わたしは穏やかに言った。「将軍、その取引きはもうすんでますよ――憶えてるでしょう？」

将軍はゆっくりとこちらへ顔を向けた。「わかったわかった。憶えてるさ。ちょいと試してみただけだ。その大ばかなら払うかもしれん。どいつもこいつも大ばかだからな。そいつも、マックス・ハイリガーも、フレッツも。これまでの人生で気のきいたことを考えたのは、電子機器が戦後のビッグ・ビジネスになると踏んだときぐらいだ。あとはわけもわからずにリヒテンシュタインの会社だの無記名株だので、隠れんぼなんぞ始めやがった」

ピンクのカードを一枚手に取ると、鼻眼鏡をかざして読みはじめた。「カスパルAG。一九五〇年設立。発行ずみ資本、四万スイス・フラン」そこでマガンハルトのほうを向いた。「法律によって二万五千以上でなければならんし、五万を超えると監査役を置かねばならん。それが嫌だったわけだろう？　つねにこっそりやりたいわけだ」将軍はカードに眼を戻した。「フランス、ドイツ、オーストリアなどで十三の会社を支配し……」

マガンハルトが冷ややかにこちらをにらんでいた。「きみはわたしの事業のことをしゃべったのか？」

将軍が平然と言った。「おおかたの情報はリヒテンシュタインの公共登記所のファイルにのってるよ。あとは、知るのが商売なんで知ってるだけだ」

マガンハルトはまだわたしとの話を終えていなかった。「なんだって、こいつを引っぱりこんだ？　このままだと、こいつはわれわれの噂をヨーロッパじゅうに広めるぞ」

「それはまだ知らない人間がいるということですか？」

それでマガンハルトは沈黙した。

将軍は笑った。「若いもんの言うとおりだ、マガンハルト。そんなことをしても、おれはおまえから一サンチームも稼げん。ほかにも手はいろいろあるのではないかな」色の薄い半眼がわたしに向けられた。「おまえさんがそのばかを豚箱から出せたのは、フランス警察がまだ逮捕を要請してなかったからだろう。実際に要請してきたらどうなる？」

わたしは肩をすくめた。要請はいずれ来る——本物のグリフレが数フランを借りてフランスに電話をかければただちに。するとどうなるかといえば、まずリュカン警部が心臓発作を起こす。それから……わたしはまた肩をすくめた。

「そのころにはもう、おれたちは逃げ出してます」

「おまえさんも大ばかの仲間入りか。どうやって逃げるつもりだ？」

「それは機密あつかいにしておきます」

「やはりおまえさんも大ばかだったか。そんなものが売れると思うか？　誰も知りたがりやせん。おまえさんらがリヒテンシュタインに行こうとしてることは誰でも知ってる——それだけ知ってりゃ充分だ」将軍は気の抜けたシャンパンのグラスを取り、口髭の下にあてがってズズッとひと口飲むと、また慎重に置いた。「おまえさんはリヒテンシュタインの何を知ってる、ケイン？　ちっぽけな国だ。スイスとの国境は二十五キロしかない。何がその国境になってるか知ってるか？　ライン川の上流だ。では、リヒテンシュタインにはいる道がいくつあるか知ってるか？　六本だ。たったの六本。橋が五つと、南のマイエンフェルトからバルザースへはいる道が一本。警官が十八名もいればすべて監視できる。その前におまえさんらを捕まえようとして何百人もむだにする必要はない。むこうはそこで待ちかまえてるはずだ」

長い沈黙があった。

やがてハーヴィーが、淡い眉の下から不安げにわたしを見ながら立ちあがった。上着を脱いでいるので、ベルトの銃がまる見えだ。

「おれはリヒテンシュタインに行ったことがない」と、やがて言った。「あんたはあるのか、ケイン？　いまの話はほんとか？」

「あるよ。本当だ」わたしは答えた。

彼はどことなく当惑した顔つきでこちらへ首をひねった。「あんた、ずいぶん落ち着いてるな。そもそもその国境をどうするつもりでいたんだ？」

わたしは肩をすくめた。「つまらない騒ぎを起こさなければ、あっさり越えていたはずなんだ。普通ならその橋はどれも監視すらされていない」税関もなければ、警備兵もいない——何もない。リヒテンシュタインは関税に関してはスイスの一部だから、そこの国境は問題にもされない。実際の国境はオーストリアとリヒテンシュタインのあいだなのだ。そちらを越えるには、まずオーストリアにはいらなければならない。が、問題を倍に増やしたところで意味はない。

ハーヴィーが言った。「じゃ、警察は橋を封鎖できるわけだ。南の道はどうなんだ？近くまで行ってから、道を離れて徒歩で越えられるか？」

リヒテンシュタインの南にはライン川を越えてスイス領が広がっているので、南へ行けば国境検問所に出くわさずに川を越えられる。だがそうすると、北のリヒテンシュタインへ行く道は一本しかなくなる。

わたしは首を振った。「そこは要塞地帯だ。道を通るしかない」

谷がちょうどそこで幅一キロ半ほどにせばまり、屏風のようにそびえたつ山々にはさまれる。これがザンクト・ルツィシュタイク山峡で、ライン川筋を南へ攻めのぼってくる侵略者に対する天然の要害になっている。わたしからすれば、侵略者がそんなところをさかのぼる理由がわからない。そんなことをしても結局、手に入れられるものはサン・モリッツとクロスタースのスキーリゾートだけだし、そこの連中がふっかける料金だけでも充分に撃退できそうなものだ。

それにもかかわらず、ザンクト・ルツィシュタイクは二百年近くにわたり要塞化されてきた。リヒテンシュタイン国境までびっしりと。古い石積みの大半はいまやたんなる草の小山になっているが、三〇年代には、第一次世界大戦の映画のセットのようなものがいろいろとつけ加えられた。塹壕、トーチカ、対戦車障害物、砲座。それに鉄条網――コイル状の錆びた有刺鉄線が幾重にもならんでいる。全体は幅一・五キロ、奥行き数百メートル。

谷の隘路にきっちりとはまりこんだ巨大なコルクだ。

ハーヴィーはまだわたしを見ていた。あいかわらず不安そうな顔をしている。「なあ、ケイン——ここは何か策を練ったほうがいいかもな」

わたしはうなずいた。「おれもそう思ったんだが。困ったことに、なんの策も浮かばないんだ」

「嘘だろ」彼は空《から》のシャンパン・グラスを見おろした。「一杯やりたくなったぜ」モーガンのほうを見た。「もっと強い酒はあるか？」

「いまはシャンパンにしとけよ」とわたしは言った。

「あんた、やけに落ち着いてるんだな」

「そりゃそうさ。策なら将軍の頭にあるんだから。それをおれたちに売りつける腹だ」

ややあってから将軍が言った。「ほう、そうなのか？」

「ええ、そうですよ。あなたはまだおれたちから金を儲けてない。この話題を持ち出したのもあなただ。当然、策があるはずです」

「ふむ」将軍は小さく溜息をついた。「あるかもしれん。が、おまえさんらに払えるかな、え？」

わたしは肩をすくめた。「それはマガンハルトさん次第です。でも——マガンハルトさんはリヒテンシュタインをご存じですから。問題もおわかりですよ」

わたしは横眼でマガンハルトを見た。将軍をにらみつけていた。その眼つきからすると、二ペニヒぐらいならかまわないが――それ以上払うつもりはなさそうだった。

わたしはあわてて言った。「この策は必要だと思います。でも、支払いの大半は結果払いにできます――結局うまくいかないかもしれませんから」

マガンハルトは鉄やすりのような声で言った。「リヒテンシュタインまで送り届けてもらうために一定額を払うことはもう約束している。これ以上――」

「経費もです」わたしは言った。

「そのとおり。だが、経費はもう予定外に嵩んでいる。車を一台つぶしたし、ヨットはブレストに拘留されているし、手荷物はフランスのどこかに置いてきたし」と思い出しながら言った「そのうえまだ――」

「たしかにそうですが」とわたしはなだめるように言った。「そんなものはあなたの一千万ポンド相当の〈カスパル〉とは比べものにならないでしょう。おれは何もかも放り出して列車に乗って、コモ湖まで休日を過ごしに行ったっていいんですよ」

マガンハルトは鋼のような眼でわたしをにらんだ。「どうしてもその策が必要なのか？きみ自身にはなんの案もないのか？」

わたしは両手を広げてみせた。「あることはあります。なんならやってみてもかまいませんよ。でも、将軍のものにはおよばないでしょう」わたしは金額を抑えようとしていたにすぎない。将軍の策はなんとしても欲しかった。

マガンハルトは暖炉のそばに座った老人のほうを向いた。「いいだろう。いくらだ？ここで三分の一払う」

「一万フラン。ここで半額だ」将軍は言った。

「五千フランで、半額払う」とマガンハルト。

「一万だ。だが、三分の一にしてやる」

「七千の三分の一をいま払う。どんな策だ？」

「すごい策だぞ。九千の三分の一をいまもらおう」

わたしが口をはさんだ。「七千五百の三分の一をいま払ってください」

「六千の半分をいまもらおう」と将軍が言った。

マガンハルトがすかさず言った。「よし。いま三千、通過したらもう三千だ」

将軍はわずかにうなずくと、眼を閉じて溜息をついた。「おれも歳だな。よかろう。スイスの銀行の小切手で頼むぞ、現金払いにしてくれよ。軍曹！ライン川上流のファイルを持ってこい」

モーガンは隣の部屋へはいっていった。マガンハルトは内ポケットから小切手帳の束を引っぱり出して選り分けた。「ジュネーヴか？」と尋ね、将軍がうなずくと、小切手を書きはじめた。

ハーヴィーがもの問いたげにわたしを見ていた。わたしは片眼をつむってみせると、背を向けて、窓から吹きさらしの灰色の湖をながめた。

モーガンが緑色のフォルダーを持って戻ってくると、将軍は求めるものを探しはじめた。やがて、半分に畳まれた大判の紙を見つけた。それを広げてじっくり見ると、隅を一カ所、丁寧に破り取った。

マガンハルトは小切手を書きおえて将軍の小卓に放った。将軍は引き換えにその紙を渡した。

「ケインに見せろ。あいつならなんだかわかるかもしれん」

わかるとはとても思えなかった。何かの図面の大きな写真複写《フォトスタット》だった。多数の曲線がくねくねと這いまわり、その上に幾何学的な直線が重なっている――ジグザグ、小さな三角形の連なり、一センチおきにバツ印のならぶ線。そのすべてを縫うようにして、赤インクで一本の線が書きこまれている。

わたしはそれをにらんだ。すると突然、ぴんときた。現在のザンクト・ルツィシュタイク要塞の図面だ。くねくねした線は等高線で、幾何学的な線は塹壕、対戦車障害物、鉄条網だ。そして赤い線は――

将軍が言った。「どうだ？　わかったか？」

「たぶん。この赤い線をたどっていけば、虹のかなたへたどりつけるわけですね。でも、これはなんなんですか?」

「偵察路だ。偵察隊が外へ出るための」

わたしは首を振り、どことなく胡散くさそうな顔をしてみせた。「でも、これは二十年ぐらい昔の図面ですよね——」

「ばかめ。その手の要塞はこの二十年、変わっちゃいない。変える必要がどこにある?」

マガンハルトはわたしの肩越しに図面をのぞきこんでいた。「こんなものに価値があるのか?」と疑わしげに言った。

「いちおう本物でしょう。偽物を手元に置いといたりはしないはずですから。一九四〇年からずっとファイルに入れて、売りつける相手が現われるのを待ってたんでしょう」

将軍はかすれた笑いを漏らした。

マガンハルトは破り取られた隅を触った。「ここから何を破り取ったんだ?」

「それを入手した相手の名前だ」将軍は答えた。

わたしは図面を畳んでポケットに入れた。「わかりました」ときびきびと言った。「これで国境を越えることはできます。が、その前に、どうやってそこまで行ったらいいんです?」

将軍は椅子に背中をあずけて眼を閉じた。「料金は込みでいい。モーガンが乗せていってやる」

「へえ？　それのどこがそんなに素晴らしいんです？　車なんかこの先で借りられますよ」

将軍の眼は閉じたままだった。「で、自分たちがどんな車に乗ってるのか、警察に教えてやるのか？　連中はまっさきにそこを洗うぞ。だが、おれの車は絶対に停めん……お巡りはみんなあれを知ってる」

「さぞやすごい車なんだろうな」とハーヴィーが言った。疑わしげな顔をしている。マガンハルトも同じ顔をしていたが、これは生まれつきだ。

将軍は平然と言った。「たしかに〝すごい車〟だぞ」

わたしは彼を信じる気になっていた。たとえなれなくとも、彼の車のほうが、わたしたちの借りる車よりは見込みがある。スイスは狭い国だし、南部の峠の雪が解けないうちは、車で走れるところはさらに狭くなる。どうあがいても――フリブール、ベルン、ルツェルン、チューリヒといった――大都市の集中する中央低地を走ることになるし、そうなると選択肢は三本程度の幹線道路しかなくなる。

ハーヴィーがやがて言った。「なあ、おれはどうもその計画が気に入らないんだが――」

「計画はおれの担当だ」わたしはぴしりと言った。「黙ってピストルでもながめてろよ!」

ハーヴィーは顔をひっぱたかれたように口をつぐんだ。それからゆっくりと向きを変え、マントルピースの上に飾られた銃を見にもどっていった。

ミス・ジャーマンがわたしをにらみつけた。

マガンハルトが言った。「じゃあ、出発したほうがよくないか?」

わたしは腕時計を見た。まもなく正午だった。残りはあと三百キロ。およそ五時間のドライブだ。

「おれたちはそんなに急いじゃいません。国境を越えられるのは暗くなってから、八時半過ぎです。路上に出てる時間を長引かせたくもないし——ここに座ってるほうが安全です」

「なら一緒に昼めしをどうだ?」と将軍が言った。

マガンハルトが言った。「となるとリヒテンシュタインに着くのは早くても九時か?ずいぶんぎりぎりだな。車が故障したらどうする?」

「軍曹!」と将軍が声をかけた。「あの車が最後に故障したのはいつだ?」

モーガンはぴたりと動きを止めて考えだした。「一九五六年にマフラーの調子が悪くなりました。しかしあれは故障とは言えません。たしか最後は電気系統の故障で——四八年だったかと思います」

わたしはにやりとした。「わかりました。昼食はここで?」
「あたりまえだ」将軍は言った。

昼食は部屋の奥のダイニングテーブルに運ばれた。モーガンが戸口で盆を受け取り、食事を配ってまわった。おそらくウェイターたちにマガンハルトの姿を見られないようにするためだろう。わたしは最初、そのほうが余計に怪しまれるのではないかと思ったが、そこで将軍がこのホテルにもう四十年もいることを思い出した。四十年いるからといって、ウェイターが怪しまなくなるわけではもちろんないが、警察に事情を訊かれた際に物忘れがひどくなることはあるだろう。

鱒のクールブイヨン煮と、バターのように軟らかい仔牛の薄切り肉。将軍は明らかに、モントルーのイギリス人客ならたいてい支持する〝焼きすぎローストビーフ運動〟には与《くみ》していないようだった。彼はあいかわらず気の抜けたシャンパンを飲んでいたが、わたしたちはきりりと冷えたアイラー・ヘレンベルクを飲んだ。

将軍の食べる音をのぞけば、静かな食事だった。マガンハルトは時間のことを気にしていて、じっとしているのが得策だという意見にいらだっていた。ハーヴィーはむっつりと黙りこんでいた。ワインを一杯――だけ――飲んだが、それは三口で飲んでしまった。あとはしきりにグラスをいじりながら、次の一杯にありつけるまでの秒数を数えていた。

一時半になる少し前に、モーガンがコーヒーを注ぎはじめた。将軍がリキュールをどうかと尋ねたので、わたしはすかさず断わり、ハーヴィーにそれとなくヒントをあたえた。ハーヴィーはゆがんだ小さな笑みを投げてよこすと、ゆっくりと断わった。客は誰もリキュールを飲まなかった。

わたしは何か適当な話題を探しておしゃべりで時間を稼ごうとした。そうしないと将軍とマガンハルトがいがみあい、すべてを台なしにしかねない。

だが、わたしが話題を思いつく前に、将軍がハーヴィーのほうを見て言った。「おまえさんはボディガードだそうだが。おれのコレクションをどう思う?」

ハーヴィーはマントルピースの上の銃に眼をやった。「さぞ金がかかったろうな」

「世界でも指折りのコレクションだ。あの時代のものとしちゃ。しかし――」そこで老いた顔がゆがんで笑みの亡霊のようなものが浮かんだ。「――おまえさんなら別の価値を見出すかもしれんと思ったんだがな」

ハーヴィーは肩をすくめた。「あれが武器だというなら、石でも投げたほうがましだ。芸術だというなら、困ったことにあれは武器だ。ああいうがらくたが二百年も、銃の発達を妨げたんだ。芸術にもろくに寄与しなかったんじゃないかな」

わたしは言った。「待てよ。あんな細工を銃にほどこすのは、近頃じゃもう無理だぞ」

「そりゃよかった。天の助けだぜ」彼はコレクションのほうへ頭を振ってみせた。「あれをよく見ろよ。あんな彫り物があったんじゃ銃把は握りにくいし、まずほとんどは銃口のほうが重いはずだ。そりゃまあ、安もののほうにはましなものもある――決闘用ピストルなんかは、銃把もバランスもまともだろう。だけど一流の職人があんなものをこしらえてると、あとの連中もそれをまねようとする。だから二百年かけてさらに彫り物や金線を増やした。自分が何をすべきかわかってりゃ、もうちょい化学を勉強して、二百年前に雷管と弾薬筒を発明してたはずさ。

なのに無関心だった。それじゃ実用的すぎるからだ。あいつらは芸術家になりたかったんだよ。ピストルを造ってるってことを忘れたかったんだ」ハーヴィーは将軍のほうを見た。「だからあんたのコレクションを造ったんだよ。高価な壁紙みたいなもんだが――しょせんは壁の飾りだ」

わたしはハーヴィーが言葉を切ったとたん将軍が怒りを爆発させるだろうと思っていた。だが、将軍はひどくゆっくりとうなずいて、かすれ声でこう言っただけだった。「斬新な意見だな、若いの。なぜそんなにこだわる?」

ハーヴィーは肩をすくめ、眉を寄せて慎重に答えた。「ピストルってのは人を殺すためのもんだ。あくまでも。ほかに意味はない。おれはたぶん、それが洒落たドレスで包み隠されてるのが気に食わないんだろう」

将軍は喉の奥で小さく笑うと、潤んだ眼でハーヴィーをひたと見すえた。「おまえさん

「もおれの歳まで生きりゃ——といっても、その稼業じゃ無理だろうが——わかるだろう。人間てのは多かれ少なかれ、包み隠さなけりゃならんものさ。おまえさんだって隠してるはずだ」

ハーヴィーはぴたりと凍りついた。

わたしは立ちあがった。「これ以上稽古をすると、芝居がくさくなりそうだ。出かけよう」

モーガンがみなにコートを着せはじめた。将軍は座ったままで、わたしは立ったままだった。

「どうだ、ケイン」と将軍は小声で言った。「ラヴェル君のことはあたってたか？――彼が隠してるもののことは。グラスを持ってる様子からして……」

「あたってます」

「難儀なことだな、難儀な」老いた首が左右に揺れた。「で、おまえさんはどうやって隠してるんだ？」

「おれですか？　自分は正しいことをしてると信じて行動するんです」

「ふん。言っとくが――そいつはもっと難儀だろうな。化けの皮というのはいともたやすくはがれる」

わたしはうなずいた。「で、将軍《ジェネラル》、あなたはどうやってるんです？」

彼はそろそろと椅子にもたれて、ゆっくりと眼を閉じた。「ラヴェル君の言ったように、金線と洒落た飾りでさ。長持ちするんでな」

「するといいですがね、旅団長《ブリガディア》」

まぶたがすっとあいた。「おれのごまかしに気づいてたのか」

「大佐からひとつ進級すると、あなたの時代には准将《ブリガディア・ジェネラル》でしたが――二〇年代に〝将《ジェネラル》〟はつかなくなりました」

「たしかに。だが、おれがなったときにはまだ〝ジェネラル〟がついてたからな……」と、また眼を閉じた。「飾りには使える」

「では、失礼します、将軍」

答えはなかった。わたしはうなずいて、自分の上着とレインコートを手にすると、みなのあとから部屋を出た。モーガンが奥のエレベーターに案内した。わたしたちはまっすぐ地下の駐車場におりた。

26

車を見たとたんに、国境までは無事に行けることがわかった。こんな車を見忘れるようなばかな警官は、いくらなんでもいるはずがない。だいいち、警察はこの車をもう三十年あまりも知っているはずなのだ。

それは一九三〇年式のロールスロイス・ファントムII四〇‐五〇で、車体は七座席のリムジン・ド・ヴィルだった。そういう名前や数字をわたしが知っていたわけではない。モーガンが教えてくれたのだ。わたしにはシンプロン・オリエント急行を戦艦と合体させてタイヤを四つつけたような代物だということぐらいしかわからなかった。駐車場にはほかにも最近のロールスロイスが二台に、新型のメルセデス六〇〇と、ジャガー・マーク一〇と、キャデラックが一台ずつあったが、そのロールスロイスと比べたら、どれもただのがらくたにしか見えなかった。

もうひとつ、ささやかな特徴があった。全体が彫刻をほどこした銀でできているように見えるのだ。薄暗い地下で、これから訪れるクリスマスのようにきらきらしている。

よく見ると、ただのアルミニウムだった。塗装していないアルミニウムの表面を磨いて小さな円をたくさん浮き出させ、あらゆる角度からの光を反射するようにしてあるのだ。リベットの頭も削り落としてある。五分前のわたしなら、アルミニウムがロールスロイスにふさわしいとは思いもしなかっただろう。まちがいもはなはだしい。これこそロールスロイスにふさわしい素材だ。最高の戦闘機や、すぐれたライフルや、本物の宇宙船と同じく、いかにも高級で、あっさりして、頑丈そうに見える。

横でハーヴィーが「すげえ」とつぶやいた。それから後ろのドアのほうへ顎をしゃくった。「これでもまだ個性が足りないと思ったらしいぜ」

そこで初めてわたしも気づいた。ドアに手のひらほどの大きさの紋章が描いてある。最初はなんの紋章かわからなかったが、やがて気がついた。ヴォー州（モントルーのある州）の紋章である緑と白の盾の上に、情報部の紋章である薔薇と月桂樹の花冠——もっとがさつな兵科の連中からは、〝三色菫《ゲイ》の憩う月桂樹〟などと呼ばれていたもの——を組み合わせてあるのだ。わたしはにやりとした。この車で飾りといえばそれだけだった。将軍もこれを少しばかり包み隠すことにはあらがえなかったのだ。

モーガンが進み出てきてドアをあけた。こんどはあのオレンジ色の鳥打ち帽ではなく、黒の制帽をかぶっている。非の打ちどころのない運転手に見えた。

マガンハルトとミス・ジャーマンが乗りこんだ。乗りこむというより、のぼるといったほうが近い。床は地面よりかなり高く、天井はその床よりかなり高い。ステップに立たなければ反対側が見えない。

ハーヴィーが前へ歩いていって、角張った長いボンネットをたたいて声をかけた。「機関室、聞こえるか——こちら艦長だ。両舷最大速力で頼むぞ」戻ってくるとモーガンに、銃剣訓練の際にしかお眼にかかれないような眼つきで迎えられた。

ハーヴィーはうなずいてみせると、「機雷なんぞ気にするな」と南北戦争の英雄ファラガット将軍を気どって乗りこんだ。

わたしは訊いた。「途中で給油しなきゃならないか？」

モーガンはちょっと暗算をしてから答えた。「だいじょうぶだと思う。二十ガロンはいっているからな——それに必要ならもう二ガロン、トランクの缶にはいっているし」

それで安心した。あまりガソリンスタンドで顔を見せてまわりたくない。ハーヴィーのあとから乗りこむと、ドアがかちりと、小さなしっかりした音を立てて閉まった。

ロールスロイスはソレントへ向かうクイーン・メリー号のように、でなければ豪華な葬式へ向かう霊柩車のように、威風堂々と日射しの中へ滑り出た。

時刻は二時半だった。

北へ向かってモントルーの街をほぼ逆戻りしたあと、右折してつづら折りの山道をブロネーまで行き、さらに山裾を越えてフリブールへ行く幹線道路に出た。ハーヴィーとわたしは、運転席とのあいだの仕切りから倒した補助席にならんで座っていた。補助席は前向きだったので、座席の背でマガンハルトの脚が窮屈になりそうだったが、そうでもなかった――この車では。

走りだすとすぐに、ハーヴィーはわたしの右隣で車内を入念にチェックしはじめた。モーガンの頭とのあいだにある板ガラスの仕切り、天井、自分の横のドア。

後部席にいるのが将軍でないことが地元の住民に気づかれる心配はなかった。マガンハルトとミス・ジャーマンの座っているあたりは暗すぎて、自分の女房の顔でも見分けられない――たとえ見分けたくても。後ろのドアより後方に横窓はないし、車はそこから優に一メートルあまり後ろへ延びている。小さなリアウィンドウは濃い暗色ガラスで、後ろのドアの窓にも色がついている。車内はロンドンの高級クラブの喫煙室のような雰囲気で、内装もそれに準じていた。

シートは厚手の茶色の革と、傷のついた木材と、新品の真鍮以上に重厚に見える摩耗した真鍮でできている。床の絨毯と天井の絹張りは、くすんだ金色に統一されている。最新流行のものには見えないが、もともとそんな意図はない。使いこまれたように見えながらも、永久に摩滅しないように見えること、それが狙いなのだ。

やがてマガンハルトが言った。「将軍のような男が乗るには目立ちすぎじゃないのかね。

あの男には敵が大勢いるはずだ。わたしならもっと地味な車にするがな」シトロエンを選んだおのれの見識にうぬぼれているらしい。

それはわたしも最前から考えていて、答えが出たように思っていた。「これが防御なんですよ——一種の。誰かに本気で命を狙われるようになったら、毎月車を変えたところで、だましきれるものじゃありません。でも、こうすれば最大限の注目を集められる——プロの殺し屋はスポットライトを浴びてる男を撃ったりはしません。ひとつのホテルに四十年も住んでるのも同じ理由でしょう。どこにいるのかは誰でもわかりますが、本人の頭を吹っ飛ばしたあと、どうやって大ホテルの五階から逃げればいいのかがわからない。山の中の私邸だったら簡単にやれます」

「有名な政治的暗殺のなかには、人前で成功したものもあるように記憶しているがね」マガンハルトは言った。

「政治的暗殺を行なうのは狂信者で——犯人は捕まります。プロの殺し屋というのは勝ち目を計算できる人間で、勝ち目がなければ撃ちません」

「アマチュアってのは最悪だぜ」とハーヴィーがあいかわらず車内を見まわしながら上の空で言った。「プロが相手ならこっちも万全の計画を立てられる——おたがい同じルールでやってるんだからな。そこへアマチュアがはいりこんでくると、すべてがぶち壊しだ。おれたちの稼業ってのは困ったことに、あとからしか撃てない。自分が先に撃てりゃ頭を吹っ飛ばされてもかまわないという野郎が現われたら——こっちはどうすりゃいい？」わたしは暗い影になっているマガンハルトのほうを振り向いた。「ね？　あなたや将軍みたいな人を狙うのは狂信者じゃなく——プロの殺し屋です。よかったでしょう？」

「感謝の念を忘れんようにするよ」マガンハルトは言った。

ハーヴィーは何やらうなっただけで、ミス・ジャーマンの横のドアと自分の前の仕切りのチェックをつづけた。

車は急な山道をのぼっていたが、自分では気づいていないようだった。パワーアップしたメルセデスでも、わたしたちについてくるには何度もギアを切り替えなければならなかったはずだ。モーガンは二度だけギアをトップから落とした。だが、七リッターのエンジンにギアはほとんど必要ない。その回転は、〝一マイルに一回ずつ点火する〟という法螺話が生まれるほどのんびりしている。この時代のロールスは大した最高速度は——もともと——出ないが、垂直の坂でも導火線の火のように駆けのぼる。

モーガンはカーブでも減速しなかった。ばかでかい車体が最初にヘアピンカーブに突っこんだときには、これまでの人生がちらりと脳裡をかすめたが、車は何ごともなく曲がった。サスペンションは五日目の死体なみに硬かった。その真価がわかったのは、尾根を越えて反対側の直線をくだりはじめてからだった。実にしっかりとして安定感があった。ただし、路面の穴ぼこを拾うとたちまち尻に伝わってきた。

ハーヴィーが車内をひととおり調べおえ、だしぬけにわたしのほうを向いて言った。

「よし――この車は安全だ。マイクは仕込まれてないし、この仕切りは防音だ。あいつにはひと言も聞こえない」と分厚いガラスのすぐむこうに見えるモーガンの頭に顎をしゃくった。「だから教えてくれよ、ケイン。なんだっておれたちはこんな骨董品に乗ってるんだ？」

わたしはにこやかに微笑んだ。「いい車だからさ。それにあんたは無料《ただ》で乗せてもらってるんだし。楽しめよ」

ハーヴィーの眼は冷ややかで揺るがなかった。静かにこう言った。「チーズがひと切れ、それもでかいグリュイエール・チーズがひと切れ落ちてて――眼の見えない四匹の鼠が穴の中でうはうは言ってる。ちょうど腹が空いてるときにこんなものを落としていってくれるとは、ラッキー～と。なんだってこの車に乗ってるんだよ、ケイン？」

「ただで乗せてもらえるからさ」

ミス・ジャーマンが言った。「あなた、まさか将軍が――」

「ああ、そのまさかだと思ってる」ハーヴィーはまだわたしを見つめていた。「なあ、ケイン――ここまではあんたが正しかった。それはわかってる。だけど、ちょっと考えてみてくれ。この旅で初めておれたちは誰かに行く先を知られてるんだ。どこを通って国境を越えるかを、数十センチの範囲で正確に。こいつが罠だったら、とんでもなくすぐれた罠だぞ」

「わかってる」とわたしは言った。「でも、こう考えてみてくれ。こっちがむこうの待ちかまえてる場所を正確に知ってるんだと。それもまたこの旅で初めてだ」

「それはつまり罠だってことか？」左右の眉がまたあの微妙な傾斜を作った。

「ああ、もちろん罠さ。この業界、三千フランでほかに何が買えると思ってるんだ？」

マガンハルトがすっかり話に加わってきた。「じゃあフェイ将軍は——このギャレロンに雇われているのか？」

わたしは振り向いて笑いかけた。〝この〟ギャレロンという言い方がよかった。世界にはマガンハルトから一千万ポンド相当の〈カスパル〉株を盗もうとしているギャレロンがごまんといるが、盗める見込みのあるのはそいつだけだと、そう言っているように思えた。

「まあ、二十分前にはそうでなかったとしても、いまはもうギャレロンに雇われてるはずです」とわたしは答えた。「でも、最初からそうだったと思いますよ。可能性はあったでしょう？　将軍がどちらかに雇われていない大取引きなど、世界のこのあたりにはまずありません。なのに、あなたとフレッツさんは将軍を雇ってないんですから」

「こうなることを知ってたのか、きみは？」とマガンハルトは声を荒らげた。「それなのにわたしに三千フランも払わせたのか？」わたしに頭がふたつ生えていて、そのどちらもが気に食わないというように、こちらをにらんでいる。

「でも、おれは勧めたでしょう？　七千五百の三分の一を払うようにと」わたしはなだめた。「そうすれば五百は救えたんですよ。将軍は残金をもらえないのを承知のうえでしたが、拒んだりはできなかったはずですから」

マガンハルトはもちろん収まらなかった。「裏切られるのになぜ金を払わなきゃならないんだ？」

「おかげで豚箱から出られたし――金を払った分はちゃんとサービスを受けてるんです。警察に邪魔されずに国境まで行けるんですから。その点についちゃ、将軍は嘘を言ってません。警察に捕まってほしいのなら、あなたをモントルーの豚箱から出さなければすんだんです。そもそも敵は、おれたちに逮捕されてほしいわけじゃなくて、死んでほしいんです。それはもうあなたも気づいてるはずですよ」

「だから罠へ飛びこんでいくわけか」と、とげとげしく言った。

「というより、こう考えてください。おれたちは敵をだまして、ただで国境までお巡りに邪魔されず運んでもらっているうえに、敵がどこで襲撃してくるかも教えてもらったんだと」

ハーヴィーがまた眉を斜めにした。「あんた、こうなるように企んでたのか？」

わたしは肩をすくめた。「おれはコインをまわしてたのさ。ギャレロン側に雇われてないとすれば、将軍はおれたちに本物の援助を売りつけられるし、雇われてるとすれば、おれたちを罠へ導こうとするはずだ。コインが倒れたら、あとは表か裏かを知るだけでよかったんだ」

ミス・ジャーマンが訊いてきた。「どうやって知ったの？」

「将軍はおれたちからまだ充分な金を稼いでなかった。三千なんてのはこの勝負じゃ、はした金だ。マガンハルトさんを留置場から出した手数料の請求さえしなかった。そのうえ、要塞のことでおれたちをだまそうとした」

「じゃ、あの図面は偽物だってのか？」ハーヴィーが言った。

「いや。偽物なんかつかませてもしょうがない。だいいち、そんなものを将軍がなんで手元に置いとくんだ？――おれたちが来ることも知らなかったのに。そうじゃない――要塞地帯を通るという案におれがしぶってみせたとき、将軍はおれの不安を打ち消そうとしただろ。自分は要塞地帯のことを知りつくしてるが、おれは知らないと思ったんだ。こんどの戦争じゃあまり使われなかったからな。

実際には、要塞地帯というのはきわめて通り抜けやすい場所なんだ。塹壕なんてのは地下二メートルにできた通路網にすぎない。そこを伝って部隊が援軍に駆けつけたり、退却したりできるように造られてるんだ。ところがあの古狸は、塹壕を通るのは難しいと思わせたがった――そうすればおれたちを一ヵ所へ導けるからな。だからあの赤線を〝偵察路〟だなんて言ったんだ。そんなものはない。偵察隊は、最前線から出発しない場合には、交通壕を通るんだ」

「じゃ、あの赤線はなんなんだ？」

「戦車路だ。固定の塹壕線は反撃の際の基地にもなるから、戦車を送り出せるようにしとかなきゃならない。でも、戦車は塹壕を通れないから、専用の通路が必要になる。塹壕にかけた橋とか、そういうものが。だからあの爺さまは図面の隅を破り取ったんだよ。図面の題名を」

ハーヴィーはゆっくりとうなずいた。「で、図面のコピーがいま、列車でリヒテンシュタインへ向かってるというわけか」

「だと思う。敵はじっくりと、おれたちを迎える準備ができるはずだ」

「そりゃいい」ハーヴィーは座席に心地よく沈みこんだ。「てことは、それまでは襲ってこないわけだ」

「プロだからな」

彼は眼を閉じた。「それがわかるといつも安心するぜ」

27

モントルー在住者のなかでも、ホテル暮らしはしたくない連中や、しなければならないほどやましいところのない連中は、大きな鳩時計風の山荘《シャレー》を住まいにしている。そういう山荘の最後のひとつが過ぎ去ると、ひらけた農地に出た。道端で子供たちが野水仙を買わないかと花束を振ってみせるが、ロールスは猛然と通過した。この旅に花は要らない。ハーヴィーはわたしの横でうとうとしていた。彼らしくないが、短い夜と長い二日酔いのせいだろう。後ろのマガンハルトは、将軍の部屋から持ってきた《ジュルナル・ド・ジュネーヴ》を読んでおり、株価のことでミス・ジャーマンに何やらささやいていた。首を伸ばしてみると、彼女はそれを書きとめていた。大事なことだったのだろう。

三時半ごろ、フリブールの街はずれを通過し、大きな崖の上に旧市街をあおぎながら反対側へ走り抜けた。わたしはミシュランの地図帳を調べ、時計を見て、時間どおりなのを確認した。

車の揺れときしみにもかかわらず、眠気が襲ってきた。だが、眠ってしまっていいものか自信がなかったので、自分をこう説得しようとした。将軍はおれたちが彼の運転手とともに彼の車に乗ってるあいだに撃ち合いをしかけさせたりはしないさ、と。たしかに説得はされたが、そのころにはもう眠気は去っていた。

ベルンにはいる直前にハーヴィーが眼を覚ました。ゆっくりと、泥から這いあがるように。あと六時間は睡眠が必要なのに一時間で起きなければならない男のように。のろのろと煙草に火をつけ、何度か咳きこんだ。

それから「いまどこだ？」と訊いた。

「ベルン」

「あとどのくらいある？」

「四時間半ぐらいだ」

「やれやれ」ハーヴィーは顔をこすり、その手を見た。見まいとしたが、わたしも彼と同じくらい知りたかった——同じ理由で。指が震えていた。

わたしは彼が何か言うのを待ったが、彼は何も言わなかった。

車はベルンの街なかを堂々と走り抜けた。連邦議会議事堂の前を通り過ぎ、川を渡り、トゥーン通りを走って街を出た。市民からはさかんに好奇の眼を向けられ、二名の警官からは公式の敬礼に近いものを受けた。たしかに彼らはこの車を知っているのだ。

街を出ると、路面はふたたびでこぼこになった。ロールスはかすかにキーキー、ギシギシと、木と木がこすれる音を立てた。妙に心の休まる音だった。総帆を張った昔のティークリッパーの船室にいると、こんな感じがするのかもしれない。

後ろを向いて、後部席の人影に言った。「そのギャレロンという男の噂は聞いたことがないんですね？」

「ない」とマガンハルトは答えた。

わたしはうなずいた。「こうしてみるとかなりの事情通ですよね？　将軍を抱きこみ、ベルナールのようなガンマンを雇い、ひょっとするとあなたのレイプ容疑もでっちあげ、しかもハイリガーさんの株まで手に入れてるんですから」

「そこがわたしには何より驚きだよ」と彼は言った。「マックスは人を信用しなかった。何もかも自分で持ちあるいていたんだ」

「大きな黒いアタッシェケースを鎖で手首につないでいるの」とミス・ジャーマンがそっと口をはさんだ。「無記名株と債券と証書を詰めこんで。数百万はあったんじゃないかしら」

「本当に？」わたしは彼女を見た。「じゃ、墜落したときなぜそれを持ってなかったんだ？」

彼女は暗がりで微笑んだ。「それは誰にもわからないらしいの、ケインさん」

マガンハルトが唐突に言った。「きみはいまひょっとするとギャレロンがわたしの——

容疑をでっちあげたと言ったが。どう考えてもギャレロンじゃないのか？」

「そうともかぎりません。ギャレロンがでっちあげたのだとしたら、それであなたを〈カスパル〉の会議から遠ざけておける手段を手にしたことになります。あなたを逮捕させるという手段を。しかし彼はこの二日間、警察を差し向けるチャンスが何度もあったというのに、そうはせず、そのたびにあなたを殺そうとしました。その理由がわかりません。なにも殺さなくても、あなたの共同経営者のフレッツさんには勝てるんです。あなたが会議に来られないようにすればすむんですから」

「わたしの会社をつぶそうと企んでいるのなら、わたしを生かしてなどおけるものか」いかにもうぬぼれた口ぶりだった。

わたしは首を振った。「そうでしょうかね。ギャレロンが〈カスパル〉を売却するという決定を勝ちとったら、あなたに何ができます？　むこうはなにも盗んでません。会社を現金化しようとしてるだけです。むこうはむこうの分け前を、あなたはあなたの分け前を手にする。どこに不服があります？」マガンハルトが答える前にこう付け加えた。「法的な不服が」

ミス・ジャーマンが言った。「あなた、このギャレロンという人は本気でわたしたちを殺そうとしているわけじゃないと、そう言いたいわけ？」

ハーヴィーが小声で笑った。

「いや」とわたしは言った。「殺すためにわざわざベルナールみたいな連中を雇うのなら、なぜフランスのレイプ容疑まで必要なのかわからない、と言ってるんだ」そのとき別の考えがひらめいた。「もしかするとすべては、フレッツさんが〈カスパル〉の支配権を得ようとして仕組んだ狂言かもしれない。ギャレロンなどいないのかもしれない。ハイリガーさんの株券は墜落で燃えてしまったのかもしれない。あなたはギャレロンに一度も会ってないんでしょう?」

「ああ。しかし、メルラン君は会っている。フレッツ君からわたしに連絡があってすぐ、会いに飛んだんだ」

「メルランがギャレロンに会ってる?」

「そうだ」

「なんだってあいつはギャレロンの顔を蹴りとばして、株券をひったくらなかったんです?」

「弁護士というのはそういう仕事のしかたをしないからだよ。それにきみは忘れているが、ケイン君──このギャレロンは株券を合法的に所有しているのかもしれん。マックスの合法的な相続人かもしれん」

「そうですね、忘れてましたよ。この一件にも合法的なところがあるかもしれないなんてことは」

「それにいずれにせよ、フレッツ君ひとりだけでは会議はひらけん。かならず二名の株主が出席しなければならない規則なんだ」

わたしはうなずいた。「いいでしょう。じゃあ、フレッツさんは善玉だとします。するとなぜギャレロンは、あなたのかわりにフレッツさんを殺さないんです？　あなたとフレッツさんのどちらが出席しなくても勝てるはずですよ。しかもあなたはヨーロッパじゅうを逃げまわっていて、フレッツさんはリヒテンシュタインでじっとしてる。おれだったらフレッツさんを消すほうがはるかに簡単だと考えますがね」

マガンハルトはじっくりと考えてから答えた。「これまた〈カスパル〉の規約で、在住役員のフレッツ君には特別な責任がある。会社の会議にはかならず出席しなければならないんだ。彼が出席せず、なおかつ生存している場合、彼の票は自動的に多数側に加えられる。わかるだろうが、これは株主がもうひとりしか参加できない場合に、フレッツ君が欠席という手段で故意に会議を妨害することを阻止するためのものだ。

しかし、もちろん、わたしには出席の義務がない。だからこのギャレロンがフレッツ君を殺したら、わたしは行かないことで会議を阻止できるんだ」

わたしは慎重にうなずいた。「なるほど。つまりギャレロンはあなたを殺そうとしているかぎり、フレッツさんは生かしておかなきゃならないわけですね」

だがそれでもまだ、なぜマガンハルトを留置場に入れるだけではだめなのか、それはわからなかった。

車は屋根つきの木橋をごとごとと渡ってラングナウにはいり、石畳の通りを走った。そこを過ぎると、絵葉書のように美しいエントレブーフ谷の田園地帯にはいった。丘の斜面には黒々とした松の森が広がり、路傍には鮮やかな林檎の花が咲き、魔女の帽子のような古い教会の尖塔が見える。

だが、わたしからすると、スイスのほとんどが絵葉書に思える。静かで、こぎれいで、手入れがゆきとどいて……天気は悪くないし、ロールスは快調に走っているが、あまり刺激がない——何時間も前から誰も撃ってこない……それはスイスのせいではなく、わたしのせいなのだ。ヨーロッパの多くにホラー映画さながらの光景が広がっていた時代に、たんにここが絵葉書のように見えたからかもしれない。

いまさらこの感覚を脱するのはむりだった。死ぬまで消えないだろう。

ハーヴィーが座席のうえで身じろぎをして、もう一度顔をこすり、こっそりとまた手を見た。前に広げているだけで、腕を伸ばして大きく広げさせる医者のやりかたほどあからさまではなかったが、何をしているかはわかった。指がフラダンサーの腰のように震えていた。

彼はゆっくりと首をめぐらせてわたしの顔を見た。無表情だった——これ以上ないほどに無表情だった。あいかわらず地獄を見るのを覚悟している顔ではあったが、いま考えていることは何も表われていない。

だが、見当はついた。「酒が必要だな」とわたしは言った。

彼は広げた指をもう一度ながめた。マニキュアが必要だろうかと考える程度の顔だった。それからゆっくりと、なんの言い訳もせずに、「ああ、必要だと思う」と答えた。

こうなるだろうとは思っていたが、ならないでほしかった。ゆうべピネルでべろべろになって、元に戻ってしまったのだ——酒を飲むか、手が震えて使いものにならなくなるかというパターンに。将軍の部屋で飲んだワインでかろうじてここまでごまかしてきたが、その効き目もついに切れてきたわけだ。

もちろん、震えはいずれ収まる——二十四時間もすれば。だが、わたしがハーヴィーに銃をあつかってほしいのは、五時間後だ。

わたしはアタッシェケースの地図をめくり、一枚をにらんだ。「あと十分でヴォルフーゼンに着く。そこで一杯ひっかけてこい」

彼はうなずいたが、なおも手を見つめていた。それからおもむろに、「一本かもな」と言った。

それはまずい。震えを止められるだけは飲んでほしいが、反応が鈍くなるほど飲んではほしくはない。だが、その差は紙一重だ……正気の沙汰ではなかった。そもそも差などありはしないのだ。たんに時間の問題にすぎない。いったん飲み出したら、酔いつぶれるまでやめないはずだ。

だが、次の一杯をどこで飲めるかを心配するアル中に、それ以外のことを心配する余裕はない。一本で安心させてやり、あとは敵が襲ってくるまで本人の脳と筋肉の連係がもってくれることを祈るのみだ。

「わかった」とわたしは言った。「停まって一本買おう」

ミス・ジャーマンが言った。「どうしてもなの、ハーヴィー？」

ハーヴィーは体をひねって片手を彼女のほうへ突き出した。彼女は震える指を見ると、手を伸ばしてそれをちょっと押さえた。それから横の壁にはめこまれたマホガニーの小物入れをあけ、見たこともないほど大きな銀のフラスクを取り出した。

「さっき見つけたの」と、あっさり言った。

ハーヴィーはそれを受け取り、大きなキャップをはずしてそこに一杯注いだ。中身がなんであれ、ひと瓶の半分は優にはいっていそうだった。においを嗅いで、ひと口飲んだ。

「しかも極上品ときた」

「コニャックか？」

彼はうなずいて、キャップを持ちあげ、わたしに乾杯してみせた。「楽しい日になりそうだ」

わたしにはそうは思えなかった。

ヴォルフーゼンを通過してルツェルンにはいった。そこで夕方の渋滞に巻きこまれて時間を食ったが、明るいうちに国境に着いて暗くなるのをぶらぶら待つよりは、よほど気が楽だった。

そのあとは長いつづら折りの道にはいった。湖のほとりまでくねくねとおりると、こんどは小さな山々を越え、次の湖へくだった。みな黙りこんでいた。ハーヴィーはときおりコニャックに口をつけ、二度キャップを満たした。だが、あわててはいなかった。

わたしは時計を見た。暗くなるまであと一時間半。深夜零時まで五時間。

マガンハルトが口をひらいた。「ケイン君、どこで越えるかはもう考えてあるのか？」

わたしは仕切りの窓がきちんとあがっていることを確かめようと、ハンドルに手を伸ばした──が、ハーヴィーがもう手をかけていた。彼はにやりとした。すっかり調子がよくなったようだ。三杯のコニャックで震えが消えたうえ、反応も鈍っていない。

だがこのあとはもう、坂道をくだるしかない。

わたしはフォトスタットの図面を出して膝に広げた。「要塞は小さな尾根に斜めに広がってます──フレシャーベルク山の尾根です。戦車路は道路側にあって、数百メートル離れたところをほぼ平行に走ってます。だからその尾根をライン川に近いほうで越えるのなら、戦車路を歩いていけば物音を聞かれずにすみます」

「合計でどのぐらいかかるんだ?」

「八時半になったらすぐ出発できれば——まあ、最前線で鉄条網を少しばかり破らなければなりませんが……遅くとも十時にはリヒテンシュタインの電話にたどりつけるでしょう。お仲間のフレッツさんに迎えにきてもらえば、十時半にはファドゥーツに着けますよ」

「ファドゥーツへは行かん」

わたしは振り向いて暗がりをのぞきこんだ。「初めにうかがっておくべきでしたね。国境のことばかり考えてましたよ。わかりました——リヒテンシュタインのどこへ行くんです?」

「会社の会議はシュテクにあるフレッツ君の屋敷でひらかれる」

「シュテク?」聞いたことのない地名だと思ったが、そこで思い出した。山岳地帯へのぼっていく唯一の道にある小さな村だ。道はさらに二キロほど行くと、オーストリアとの国境になっている山々の麓の、スキー・ホテルの前で消えてしまう。

「なんとまあ」と一瞬ののちわたしは言った。「あんな寂しいところですか」思い出せるかぎりでは、木樵《きこり》の小屋が数軒と山荘がいくつかあるだけだ。「フレッツさんはきっと正直者ですね」

「これまではガンマンなど相手にしなくてすんだからな」マガンハルトは言った。「それにフレッツ君に迎えにきてもらうのは得策ではないと思う。きみは忘れているが、彼はそれまでこのギャレロンと一緒にいるんだぞ。待ち伏せが失敗に終わったことをこのギャレロンが知ったら……」と、そのギャレロンがどんなことをするか想像しようとした。わたし自身も想像がつかなかった。メルランもそれまでにはむこうへ着いているんですかと訊きかけたが、訊かなかった。メルランに迎えを頼んでも、問題は変わらない。やはりギャレロンに情報を漏らすことになり、不意打ちにならなくなってしまう。

マガンハルトはこともなげに言った。「となると、きみに国境のむこうで車を見つけてもらわねばならんな」

それだけだった――車を見つけろ。だが、運転手も要る。運転手はこちらの顔をしげしげと見るだろうし、石ころだらけの急な道を、雪にとざされているはずのシュテクまでのぼっていくのも嫌がるはずだ。ファドゥーツまで行かなければ見つからないだろう。国境から十キロも先だ。

マガンハルトはリヒテンシュタインを知っているので、その点もわかっていた。「盗んとだめかもな」と涼しい顔で言い足した。

「そう簡単にいくものじゃないんですよ」とわたしは不機嫌に言った。「いいですか――国境のすぐむこうの村に、車なんかやたらにないはずです。通りになんか駐まってないでしょう。駐まってたとしても、鍵なんかささってません。それに村のまんなかで堂々とドアをこじあけて、コードをつなぎなおしたりするわけにもいかないでしょう」

「ならばほかの手を考えたまえ。きみを雇ったのは、今日じゅうにシュテクへ――」

「わかってます。考えてますよ」だが、わたしは自分の考えていることが気に食わなかった。考えれば考えるほど気に食わなかった。しかし、ほかに何も思いつかなかった。

しばしののち、こう言った。「車ならすでに乗ってます」

ハーヴィーがさっとこちらを向き、眉を斜めにしてわたしを見た。ミス・ジャーマンが「どういうこと？」と訊いた。

「戦車路さ。戦車が走れるのなら、ロールスロイスだって走れるだろう。モーガンを放り出して、ロールスで越えるんだ。そうすればリヒテンシュタインにはいっても、おれたちには車がある」

彼女は驚きのあまり息を弾ませて言った。「でも――でも、あなた、敵はそこで待ちかまえてる、わたしたちの来るのを知ってると、そう言ったじゃない！」

「ロールスが来るとは思ってないさ。それに、こっちが待ち伏せを予期してるとも思ってない。おれたちにはその分だけ余裕がある」

「ぼこぼこに撃たれるかもしれないぞ」

「じゃ、もっとましな手を考えてくれよ」

長い沈黙のあと、ハーヴィーはにやりとゆがんだ笑みを浮かべた。「まったく、あんなマシンガンを使うだけあって、やっぱりあんたはいかれてるぜ。いいだろう」そう言うと、しっかりとした慎重な手つきでもう一杯コニャックを注いだ。

28

ヴァレン湖畔の崖の上の道路には警察のフォルクスワーゲンが停まっていたが、警官は手を振ってわたしたちを通過させ、ほかの車を停止させていた。リヒテンシュタインまでの道はあまり重視していないらしい——本当の検問は国境でやっているのだろう。だがそれでも、わかったことはあった。

警察はわたしたちがモントルーにいたことを知らないのだ。知っていたら、モントルーから来たことが明らかな車はすべて停めているはずだ。たとえ将軍の車でも。それはつまり、あのモントルー警察の警部がしゃべっていないということであり——まだしゃべっていないのであれば、今後もまずしゃべらないはずだということだった。それはそうだろう。しゃべったら、公式の要請が来る前にマガンハルトを逮捕してしまったことも、だまされてまた釈放してしまったことも、どちらも白状しなければならない。

それは刑事にとって沽券《こけん》に関わる大問題だ。簡単には忘れられないだろう。ぜひじっくりと噛みしめてほしいものだ。わたしの人相をきちんと語れる警官は、あの男ひとりなのだから。いつか忘れずに立ちよって、一杯おごってやらなければなるまい。

夕陽が湖のむこうの山々の雪を染め、夕闇が迫ってくるころ、車はゼータール谷へはいった。あたりは急速に暗くなり、モーガンはヘッドライトをつけた。巨大な黄色い光が道いっぱいに広がり、路傍にまでこぼれた。

ハーヴィーが五杯目のコニャックを注いで言った。「どこで乗っ取る？」

「国境のそばでおれたちを降ろすときまで待ったほうがいい。あいつが銃を持ってるのに気づいたか？」

ハーヴィーはうなずいて、ひと口飲んだ。「で、敵はどこで待ちかまえてると思う？」

わたしはもういちど図面をひらき、煙草に火をつけると、配置をじっくり調べた。

これほど周到かつ綿密に設計された要塞はそうないだろう。三列の射撃壕を――第一列、第二列、予備列と――多数の角を作りながら整然とならべ、ジグザグの交通壕でつないだうえ、トーチカや、ブロックハウスや、掩体壕を豪勢にまき散らしてある。これだけあれば〝完璧な戦争〟を遂行できる。

それはそうだろう。将軍連中が何かをきちんとできるようになるのは、それが時代遅れになってからであり、これが築かれたのは、航空機と機甲部隊の出現で要塞というものが無意味になってから十五年もあとなのだから。現在ではこんなものを真正面から攻撃したりはしない。戦闘爆撃機で孤立化させ、絨毯爆撃でぺしゃんこにし……いや、現在ではボタンをひとつ押せばすむ。わたし自身の戦争観も、もはや時代遅れなのだ。自分が歳を取った気がした。フェイ将軍もきっと同じ悩みを抱えているだろう。

ハーヴィーが言った。「で？」

「敵はリヒテンシュタインからはいってくると思う。そこでおれたちを待ちかまえてるはずだ。それより前におれたちを捕捉できる見込みは薄い。どこを渡るのかわからないんだから。それに、仕事をすませたらリヒテンシュタインに戻りたいだろう。スイス側は警官がうようよしてる。でも、それはスイス側だけだ。リヒテンシュタインには警官は十五人ぐらいしかいない。すべての国境検問所に警官を常時二名ずつ配置するなんてことは不可能だ」

ハーヴィーはうなずいた。「じゃあ、むこうは国境をちょびっと越えてくるんだな——ちょびっとだけか？」

「たぶんな。要塞地帯といっても、大半はまったく要塞化されてない。司令部の建物だの、砲座だの、そんなものがあるだけで。実際に構築してあるのは最後の数百メートルの、交戦区域だけだ。そこがまさに国境さ」

「隠れ場所が山ほどあって、リヒテンシュタインにもすぐに戻れるわけか」ハーヴィーは考えこみながら言い、またうなずいた。「で、スイスの警察は銃声を聞いたらどうするかな」

「駆けつけてくるさ。でも、警察は一キロ近く離れた道路沿いだし、塹壕をよけながら走ってくるはずだ。いいところは見逃すんじゃないかな」

マガンハルトが口をはさんできた。「しかし、わたしがリヒテンシュタインにはいったのはわかるはずだぞ」

「見当はつくでしょう。でも、国境を越えて追いかけてくることはできません。フランス警察はもう一度最初からやりなおして、あなたの引き渡しをリヒテンシュタインに要請する必要があります。あなたかフレッツさんのコネを使えば、何日かそれを阻止するぐらいのことはできるでしょう。そのころにはもう――」と、わたしは肩をすくめてみせた。

ミス・ジャーマンが静かに言った。「あれってリヒテンシュタインじゃないかしら」

それは国境のすぐむこう側にあるメルスとバルザースというふたつの小さな町――というより村――の光だった。まだ数キロ先の、わたしたちが到達していないライン川のむこう側だが、なぜかとても明るく近く見えた。その町まで行けばいいのだ。それまでには厄介事はすべてかたづいている。

ロールスは着実に走りつづけ、町の光から斜めに遠ざかり、やがて背を向け、対岸もスイス領になる地点で川を渡るべく南下した。

最初の橋を渡り、マイエンフェルトを通過して北へ戻り、ザンクト・ルツィシュタイクへのぼりはじめた。戦車路はそこから始まる。

右手には急峻な岩壁がそびえたち、五、六百メートル上で雪をかぶっていた。それがザンクト・ルツィシュタイク要塞の右翼にあたる。左手前方にはフレシャーベルク山が黒々と長く延び、その尾根が防御の要になっている。道路から離れたところにはもう、要塞施設が現われているはずだった。雑草の茂る百年前の古い石積みに交じって、現代の応急手当壕や砲座が。まもなく本物の塹壕やトーチカや鉄条網が現われてくるだろう。暗くて見えないが。すぐそこに。

ロールスロイス・ファントムⅡの後部席に座って、水浸しの寒々しい塹壕や錆びついた鉄条網を思い浮かべるのは難しい。あまりに頑丈で、暖かく、堂々としていて、誰かに停められることなど想像できない。「走りつづけろ」とひと言命じれば、国境も難なく乗り切れるはずだ。なぜ鉄条網など気にする？

金持ちの気持ちがだんだんわかってきた――連中が突然、困った事態にさらされるわけも。ロールスロイスに乗ってマホガニーと革にぬくぬくとくるまれているつもりで、「走りつづけろ」と言ってしまうのだろう。自分がそんな目に遭うはずはないと思いこんで。だからそんな目に遭うのだ。

今夜は王様も野鼠も国境でパスポートを調べられている。

車はわずかな灯火のあいだを通り過ぎた。ザンクト・ルツィシュタイクの手前にある最後の村だ。モーガンが速度を落としてあたりを注意深くうかがいはじめた。停車と写真撮影を厳禁するという看板があった。着いたのだ。ロールスロイスはするすると停まった。峠のすぐ手前だった。あと二百メートルも行けば道はくだりになり、三キロ先のリヒテンシュタインへつづいている。戦車は坂のむこう側の敵に見られることなくここまで道路をのぼってきて、それから戦車路へはいれるという寸法だ。

モーガンはライトを消して降りてきて、左側のドアをあけた。わたしはアタッシェケースのモーゼルに手をかけたが、モーガンは非の打ちどころのない運転手のままだった。彼の任務は斧を振りおろすことではなく、わたしたちを首切り台まで丁重に案内することなのだ。わたしはこわばった体で車を降り、空を見あげた。

狭い谷間からは急速に光が消えていたが、空はまっ暗というより不透明だった。もこもこしたうろこ雲が南西へ向かっていっせいに流れ、峰から峰へ走り、その隙間から淡くはかなげな月光が射しこんでくる。冷たい風が身に染みて、わたしはレインコートのボタンをかけた。だが、冷たい風は体の内にも吹いていた。

ハーヴィーがわたしとモーガンのあいだに降りてきて、リボルバーを取り出し、装填を確認した。彼がそんなことをするのは初めて見た。ガンマンというのは自分が何発残しているか、つねに正確に知っているものだ。

「ご一緒に〝いざリヒテンシュタインへ車を走らせん《ヴィア・ファーレン・ゲーゲン・リヒテンシュタイン》〟を歌ってから、出発いたしましょう」そう言うと、向きを変えてモーガンに銃を向けた。「その銃に触るなよ」

静寂の中でモーガンが歯のあいだから小さく息を吸う音がした。ハーヴィーのむこうからわたしをにらんできた。「きさまは信用できんと思っていたよ」

「それはおたがいさまだ」わたしはモーガンの後ろへまわり、レインコートの下からばかでかいウェブリーの四五五口径軍用リボルバーを取りあげた。こんな大砲を腰に差して運転していたら、ひどいリューマチにかかるにちがいない。

「ロールスに乗っていくつもりか？」とモーガンは浮かない顔で言った。「わかっているだろうが、どうせ逮捕されるぞ」

「戦車路を行けば平気さ」

「なんだと――そんなことをしたら、将軍が一枚噛んでると思われるじゃないか！」本当に憤慨したようだった。

「墓穴を掘ったな、軍曹。忘れたのか？おれたちはあれが戦車路だとは知らないことになってるんだぜ――その先で何かが起こるということも。それに将軍はもう口髭まで肥溜めにつかってるよ。それがちょっぴり鼻の上まで来るとしたって――それはまあ、おれたちを売ったばちさ」

モーガンはわたしをじっとにらみつけた。初老のちっぽけな男が初老のちっぽけな脳を働かせて、モントルーにいる死にぞこないの老いぼれペテン師の面子《めんつ》を救おうとしているのだ。褒めるようなことではないにしても、嗤《わら》うようなことでもないのかもしれない。

やがてモーガンは言った。「おまえらみたいなかすを売ったのは初めてだよ」

わたしの後ろでマガンハルトが言った。「まさかそれは、立派なみなさんの仲間入りをさせてもらって感謝しろという意味ではあるまいな」

モーガンはさげすむように彼をちらりと見ると、軍人らしさをどうにかとどめた歩き方で、マイエンフェルトへの道をくだっていった。

その姿がカーブを曲がって見えなくなると、わたしは道の左端を歩いて鉄条網を調べはじめた。

二十メートル先で、探しているものが見つかった。鉄条網が薄くなり、二本の有刺鉄線だけで守られている個所があった。待っていると月光が射しこんできて、そのむこうにかすかな轍《わだち》が直角に延びているのがわかった。

気がつくと、ミス・ジャーマンが後ろに立っていた。「あれがその路《みち》?」

「そうだ」わたしはモーガンの大型リボルバーを引っぱり出すと、銃身を折りひらいて、うっかり発射しないようにしておいてから、上の鉄線を撃鉄とフレームのあいだにはさんで、すばやく左右にひねりはじめた。ワイヤーカッターのようにはいかないが、最後には切れるはずだ。ミス・ジャーマンが言った。「明かりがないとたいへんよ。草がぼうぼうになってるかもしれない」

「数年おきに刈ってるはずだし——小型戦車がなぎ倒せるものなら、ロールスだってなぎ倒せるさ」

「あなた、ロールスを運転できるの？」

わたしは肩をすくめた。「しょせんは金持ちの車だ。未開人の車じゃない。難しいはずがない」

「点火時期調整や混合比調整に慣れてる？」とにこやかに訊いてきた。わたしが眼を丸くして彼女を見ると、「わたしが運転したほうがいいわね」と言った。

「ばかを——」鉄線が切れた。「——ばかを言え。念のために言っとくが、きみはここから帰るんだ。マイエンフェルトまで歩いていって、あした迎えにきてもらえ」

彼女は抑揚のない声で静かに言った。「父が総督時代にファントムIIを公用車に持っていたから、ファントムIIで運転を習ったの。だからわたしが運転したほうがいい」

どこの総督だったのか訊こうかとも思ったが、いちおう信じることにした。それに彼女の言うことにも一理ある。いくらわたしが難しくないと言っても、このロールスロイスは三十年以上も前の運転法に合わせて造られている。

わたしは二本目の鉄線に取りかかった。

「それに、そうすればあなたとハーヴィーは手を空けておけるでしょ」それもまた一理あった。

「ただし」と彼女は付け加えた。「わたしをまだ敵側の人間だと思っているのなら別だけど」

「いや」とわたしは首を振った。「そうは思ってない。きみが敵に自分とハーヴィーを殺させようとしてたとは思えないからな。盗聴の危険を知らなかっただけだろう——あるいは噂話の危険を。誰かが〝今日モントルーからマガンハルトの秘書が電話をかけてきた〟としゃべれば、噂が広まる。それは結局おれたちを売るのと同じことになる」そこでいったん言葉を切ってから、「で、誰に電話してたんだ？」と訊いた。

「シャモニーの近くの山の中で……病院みたいなものをやってる人。前にも、お酒を飲みすぎる人を治したことがあるの。だからハーヴィーの力になってくれるかもしれないと思って」

「どうしておれにそう言わなかったんだ？」

「どうしてかな」と小声で言った。「あんまり……話したくない気がしたし。わたしの言うことなんか本気にしてないと思ったの」

それもおおむねあたっていた。わたしは気づかいというより誠実さから、ゆっくりとこう言った。「きみの本心を疑っていたのかもな——かわいそうな犬ころを、ちょっと助けてみたいだけじゃないのかと」

「自分でもよくわからない」と彼女はあっさり言った。「かわいそうな犬ころなんて、わたしたちの世界にはまずいないんだもの。たいていは狼か、まんまるに太った愛玩犬のどちらかでしょ。知りたければ助けてみて――本心をつきとめるしかない」

「それは専従の仕事になるぞ――あいつをその気にさせられたとしてだが」

「させられないかもしれないけど。でも、わたしはその気になってる。マガンハルトさんにはもう、辞めると伝えてあるの」

わたしはうなずいた。なんだかんだいって、納得しかけているのかもしれない。だが、もうひとつ言っておかなければならないことがあった。「あいつがああいう男なのは、ひとつには酒を飲むからだ。飲むのをやめたら別人になるだろう。その別人をきみが好きになるとはかぎらないぞ」

「わかってる。そこは賭け」

二本目の鉄線が切れた。「空港で使ったワイヤーカッターはなくしちゃったの？」彼女は言った。

くそ。あれがずっとアタッシェケースにはいっていたのだ。戦いを始める前から、なんてざまだ。

「じゃあ、わたしが運転していいわね？」

何ごとであれ、まともな頭を持った人間がするほうがいい。わたしは足で有刺鉄線の端を脇へ押しやった。「運転してくれ」

わたしたちは車のところへ戻った。「何してたんだよ？」とハーヴィーが言った。

「バルカン情勢について少々意見を交換してたのさ。彼女が運転する」

「なに？　その娘はここへ残ることになってたはずだぞ」

「予定変更だ。こういう車の運転のしかたを知ってるんだ。考えてみると、そのほうがリスクが減るだろ」

「その娘にとっちゃ、減らないぜ」

「まあな」

ミス・ジャーマンは運転席に乗りこんだ。地面に立っているときよりも頭の位置が高くなった。

ハーヴィーが言った。「これが昔のレジスタンス精神てやつか？――女にも殺されるチャンスを平等にあたえるのが」

「そんなところだ」

スターターがうなった。エンジンが回転のひどく遅くなったレコードのように、低音でごろごろいいはじめた。

わたしは後ろへ行きかけた。ハーヴィーがしつこく言った。「やっぱりおれは気に入らないな」

わたしはすかさず振り向いた。「じゃ、おれが気に入ってると思うのかよ——何かひとつでも？　ロールスロイスで〝西部戦線〟を突破するはめになるとわかってたら、こんな仕事には近づいたりしなかったさ。だけど、もう来ちまったんだ——だから最後の二キロを行くんだ」

「あの娘は殺されるかもしれない」

「じゃ、行くなと説得しろよ」

わたしは後部席に乗りこんで、モーゼルを組み立てた。そのとき、レインコートのポケットにずっしりとはいっているモーガンのウェブリーのことを思い出した。ちょっと考えてから、自分は二挺拳銃の男ではないと結論し、マガンハルトに渡した。

マガンハルトは異議を唱えようとした。わたしは言った。「なにも使えと言ってるわけじゃありません。でも、万が一まずいことになったら、欲しくなるかもしれないですよ」

もう一度車から降りていくと、ハーヴィーはもうミス・ジャーマンとの話を終えていた。

「で？」とわたしは訊いた。

「やっぱりおれは気に入らない」彼はそう答えたが、右のステップにすっと乗り、ドアの柱に腕をまわした。わたしは左のステップに乗った。ミス・ジャーマンがギアを一速に入れ、車は走りだした。

29

最初の数百メートルは轍の状態も良好だった。農道として使われているのだろう。ロールスは牧草地の中を進み、木立のかたわらや、草の生い茂る奇妙な形の小山の横を通り過ぎた。昔の石積みの要塞の一部だ。

ミス・ジャーマンはたしかに運転できた。ときおりエンジンの回転がさがって枕工場でポンポン砲を撃つような太い音を立てても、ギアを変えずに点火時期を調整することで二速を維持した。一速に落とすとエンジン音が甲高くなり、遠くにまで聞こえてしまうのだ。

轍は上の道路からしだいに離れていき、おおむね小さな谷の底を走っていたが、やけにうねうねと左右に曲がっていた。一見すると無意味に思えるのだが、この路《みち》が軍用だということを思い出すと、実は身を隠すために大地の小さな襞や木立をことごとく利用しているのだとわかる。

車は突然、松林にはいり、左手のフレシャーベルク山まで広がる森のすぐ内側を縫うように走りだした。さらなる遮蔽物だ。合理的だが、ひどく暗い。

ミス・ジャーマンが「ライトをつけていい？」と訊いてきた。

わたしは窓に顔を寄せて言った。「だめだ。でも、おれがライトと叫んだら、目いっぱいつけてくれ。上向きで」

「それって名案？」

「名案だと思わなかったら叫ばない」

車はのろのろと進んだ。あたりには色彩がなかった。まっ黒な骸骨どもがぼろぼろの黒いローブをまとっているだけだ。木々のあいだからは五メートル先も見えない。

だが、林の中で銃撃戦をしかけてくるやつはいない。射界が狭すぎるし、暗すぎるし、逃げこめる遮蔽物がいくらでもあるし……わたしは理由をすべて思い出した。

だが、敵は？

「スピードをあげよう。出せるところまで」

「敵が待ちかまえてるのは国境のすぐ手前だと言わなかった？」彼女は言った。

「いまでもそう思ってるさ。ちょっと怖くなっただけだ」

彼女は内心笑ったかもしれないが、スピードをあげた。上向き加減の大きなハンドルをしきりと左右に動かしている。ギャング映画の見すぎでなければ、ハンドルが軽すぎるのだろう。

林を出ると、いつ弾が飛んでくるかわからないという身の縮むような感覚も消えた。

林からすぐのところに、丈の低い長方形の物体が見えた。現代の構築物が現われたのだ。わたしは中に声をかけた。「ここでいったん停まろう」

彼女は静かに車を停めた。わたしは歩きだし、ハーヴィーもあとにつづいた。ブロックハウスの扉に近づくと、無言のまま左右に分かれた。

ハーヴィーが小声で言った。「何を探してるんだ？」

「この土地の建築を研究してるだけさ」

彼はちらりとわたしを見ると、うなずいて自分も研究を始めた。

なかなかすぐれたブロックハウスだった。ブロックハウスに関心があればだが。これを造った連中はたしかに関心があったようだ。銃眼の壁は厚さ四十五センチの頑丈なコンクリートだった。入口には爆風よけの壁を適切に配置して、流れ弾や砲弾の破片が飛びこんでくるのを防いでいる。銃眼は水平の溝で、外側のほうが扇形に広がっている。全体が一メートル半近く地面に埋まり、上部の一メートルほどしか見えていない。

もはやだいぶ古びていた。迷彩塗装は薄れているし、コンクリートは湿ってスポンジのような手触りになり、ざらざらしたペーストになってはがれてくる。だがそれでも、四十五センチの厚みがあった。

ハーヴィーが人差し指で壁をなでて、しみじみと言った。「さぞやすごい戦争になっただろうな」それからわたしを見た。「この先も、最前線までこんな調子だと思うか？」

「地面に穴やら塹壕やらが掘ってあるだけかと思ってたぜ。すごい戦争になっただろうな」と車へ戻っていった。

「ああ」

そのあとは防備がどんどん厳重になってきた。木立の中に現われるトーチカ、コンクリート製の砲座、墓穴のように口をあけた迫撃砲座。路はでこぼこになり、二本の轍のあいだに灌木や若木がつきだしているだけになった。ロールスはそれをなぎ倒し、ばらばらに踏みしだいた。

この車には、どんな色でもいいからいまのものとはちがう色になってほしかった。磨きたてたアルミニウムが、ときおり射しこむ月光を浴びてネオンのように輝くのだ。

谷底につくと路は平らになった。七、八百メートル離れた右手の上のほうで、国境道路を音もなく走ってきたヘッドライトが停まった……免許証を拝見……形式的なチェックです……はい、ありがとうございます、お気をつけて。別世界だ。

ロールスの速度が落ちた。ハーヴィーが小声で「あれか?」と言った。わたしは前方を見た――それだった。

それは谷をまっすぐに横切る高さ二メートルあまりの土手だった。芝生の端の法面《のりめん》のよ平らで不自然な形をしている。月光が射しこんでくると、様子がわかった。土手ではなく、小さな台地だった。地面が高いほど戦うには都合がいい——そう考えて地面を高くしたのだ。交戦区域全体が、正式に造られたローンボウリングのグリーンのように、盛り土の上に築かれている。なんとも理にかなってはいるが、どこか不気味でもある。

ミス・ジャーマンがアクセルから足を離し、車はゆっくりと土手の手前で停まった。盛り土のもうひとつの利点は、そのすぐ後ろが死角になることだ——台地の前面にいる敵からも、台地上で待ちかまえている人間からも、姿が見えない。それもまた意図されたものだろう。

ハーヴィーとわたしはステップから降り、斜面をそっとのぼって交戦区域を見渡した。不自然なほどまっ平らな土地に暗い灌木の海が広がり、風にがさがさと揺れているのが見えるだけだった。だが、やがてその海の下から、硬く角張ったものがいろいろと見えてきた。ブロックハウス、トーチカ、指揮所、迫撃砲座、稲妻形の交通壕。

戦場らしくは見えなかった。いまだに整然たる秩序があり、それが三十年にわたる風と雨と雑草によってほんの少し崩れているにすぎない。むしろ見捨てられた古代都市のように見えた。忘れ去られて、地下二メートルのところにゆっくりと埋もれたように。だが、どんな人々がここに暮らしていたのだろうと思いを馳せることはできない。誰も暮らしていなかったのだから。誰も。

だが、死んだ者もいない。予想される死傷者数のリストは作られたものの——戦争はけっきょく訪れず、戦闘もなく、死傷者もいなかった。いるのは、リストの上でしか死ななかった男たちの亡霊だけだ。

月光が台地に広がり、コンクリート製の掩体がまだ新しい骨のようにぼんやりした青白みを帯びた。

ハーヴィーが言った。「いやな感じだな」

わたしは彼を見た。同じことを考えていたのだろうか。だが、そこで意味がわかった。たしかにいやな感じだった。この台地になら一個軍団を隠すこともできる。まさにそのために造られたのだから。

わたしは慎重に言った。「敵が潜んでるのは戦車路の近くだろう。この暗さなら、せいぜい十メートル以内だ。塹壕網にはいりこんで、敵に忍びよろうぜ」

ハーヴィーは考えこんだ。かなりの時間がたったと思われるころ、首を振った。「悪いな、ケイン。撃ち合いがあるなら、おれはあいつのそばにいなきゃならない」と車のほうへ顎をしゃくった。

「いい仕事をしたいのなら、おれたちで撃ち合いをすましてから本人を通したほうがいい」

「だけど、おれたちが襲われたら、本人はここに丸裸で座ってるしかないんだぞ。おれは行けない」

「おれたちはあいつを送り届けるために雇われたんだ。おれは最後までやる」

ハーヴィーはまた首を振った。「いや。あいつを送り届けるために雇われたのはあんただよ。おれはあいつの命を守るために雇われたんだ。命が危ないと思えば、やめろと助言する」そこでわたしを見つめた。「だから最初に言ったろ。こういうことになるかもしれない、おたがいの望みが食いちがうことがあるかもしれないと」

「マガンハルトは行きたがるぞ」

「驚くかもしれないがな、人間てのはそんなまねをすると命が危ないぞと言われたら、そんなまねはしたがらないもんさ」

わたしは注意深く彼を見た。「ここで中止したいというのか？」

彼は静かに言った。「そうだ。中止したい」

そこでわかった。この男は本心を明かしているのだ――まわりくどいやりかたではあるが、彼のような男がこの種の問題について本心を明かすには、こういう形しかない。

「マガンハルトがなんと言うか聞きにいこう」わたしはそう言うと、車へ引き返した。

マガンハルトはすでに窓から身を乗り出していた。表情は見えなかったが、想像はついた。「おい」と嚙みついてきた。「なにをもたもたしてるんだ？」

ハーヴィーが抑揚のない口調で慎重に答えた。「交戦区域はたいへんな難所だ。まさに待ち伏せをするために築かれてる。このまま進んだら命の保証はできない。おれとしちゃ、行かないことを勧める」

マガンハルトは眼鏡を鈍く光らせてわたしのほうを見た。「ケイン君、きみの意見は？」

「わたしも何ひとつ保証はしません」とためらわずに言った。「それは最初からそうです。でも、行く覚悟はあります。この暗さじゃ、わたしもあなたも撃たれる可能性は変わりません」

「なるほど」と、きんきんした平板な声が言った。眼鏡がきらりとハーヴィーのほうへ向きなおった。

ハーヴィーは頑固に言った。「ケインとおれとじゃ、遂行しようとしてる任務がちがう。ケインのほうは――」

「彼はわたしの望みどおりに任務を遂行するつもりでいる」マガンハルトはすかさず言った。「きみはなぜそうしない？」

長いためらいの沈黙があり、ロールスのアイドリング音だけがくたびれた鼓動のように聞こえてきた。

やがてハーヴィーは答えた。「おれは飲みすぎてる。いまさら謝ってもしょうがないが、動作がすっかり鈍くなってる。必要な力を発揮できない」

そんなことを言うのはさぞつらかったにちがいない。アル中は絶対にそんなことを認めないし、ガンマンは絶対に自分が負けるかもしれないとは認めない。それを彼は認めたのだ。

マガンハルトがふたたびわたしを見た。わたしは肩をすくめてみせた。「おれはそれでもやれると思いますよ」

運転席のドアがあいて、ミス・ジャーマンが横に降りてきた。「本人が行けないと言ってるのに、むりに行かせることは――」

「おれはハーヴィーに行けと言ってるわけじゃない。自分が行くと言ってるんだ。そのために雇われてるんだからな」

ハーヴィーが言いにくそうに言った。「上にいるのが誰なのかわかってるのか？　アランだぞ」

「アラン？」考えてみれば、そのとおりだった。アランとベルナール――ヨーロッパ随一のガンマン、わたしが最初に望んだふたり。彼らはいつも組んで仕事をしていた。しかしオーヴェルニュではふたり一緒ではなく――ベルナールが殺された。そう。ここにいるのはまずまちがいなくアランだ。

そこまで考えておくべきだった。

ハーヴィーが言った。「アランのことは知ってるだろう。勝てると思うか？」

「ああ」とわたしはうなずいた。「知ってるよ。勝てる」

「どうかしてるぜ、あんた」

「いや。これを仕組んだのはアランじゃない――おれだ。おれがあいつをおびき出したんだ。あいつはいまだにおれたちが徒歩でやってくると思いこんでる。トラブルを予期してない。そう――先手はあいつじゃなくて、おれが取るんだ。勝てる」

ミス・ジャーマンが意地悪く言った。「どうしてもお金が欲しいみたいね」

「いや」とハーヴィーが疲れたように首を振った。「そうじゃないんだよ。こいつはキャントンになりたいのさ。キャントンに勝ったやつはひとりもいない。いまのところはな」

わたしはてきぱきと言った。「十五分したら車を前進させろ。ただし銃声がしたら、そのときは自分たちで判断してくれ」

土手沿いに右のほうへ歩いていって、交通壕の入口を探した。見つけると、中へはいった。

30

足早に最初の角を曲がると、狭苦しいコンクリート壁にすっかり閉じこめられた。そこからは横の壁と下の床を探りながら、もう少し慎重に進んだ。

壕は屋根のないコンクリート製のトンネルのようなものだった。侵入者に端から全体を撃たれないように、ジグザグに延びている。コンクリートはさきほどのブロックハウスと同様に、湿ってぼろぼろに軟らかくなっていた。崩れ落ちてきた土が小さな山になり、草が生えている。床の中央には排水路が造られていたが、いまはどろどろの水たまりと化している。そこにいろんなものがうごめいて、ぽちゃぽちゃと音を立てるが、泥の上に姿を現わすことはないようだった。

どこで待ちかまえてるんだ、アラン？　教えてくれ。おれは昔あんたと一緒に、あんたのそばで戦った。あんたのことは憶えてる。敏捷で、冷静で、無慈悲だった。あれからずっと仕事をつづけてるそうじゃないか。

気づいてみると、腰をかがめて歩いていた。まぬけな話だ。壕というのは、まっすぐに立って歩いても外から姿が見えないように掘ってある。深さ二メートル十センチ。墓穴より三十センチ深い（墓穴は一メートル八十センチに掘ることが多い）。外の風景も大して変わらない。

次の角はもっと急角度に曲がっていた。片眼でそっとのぞいてみると、三列目の射撃壕だった。

交通壕の延長線に対して直角に走っていた。これまたコンクリートで固めてあるが、交通壕より広く、前側に守備兵が立つための高さ五十センチの射撃足場が設けてある。壕の縁はでこぼこと不規則に隆起し、小さな灌木が生えている。胸壁として砂嚢を積んであったのだろう。

足を踏み出したとたんに、何かをぼりっと踏んづけた。その音が壁に反響して鐘の音《ね》のように壕に響きわたり、生き物たちが水たまりでぴちゃっと動いて、ゆっくりした波紋を残した。

そのまま静止していると、音はやんだ。足をあげてみると、泥まみれの白い蛙の骨を踏んづけていた。詰めていた息を吐いてから、壕底を大きくまたいで射撃足場にのった。

空気が急にさわやかになり、灌木がかさかさと風に揺れた。だが、何ひとつ見えなかった。顔を出したわたしの頭より高く伸びた灌木が、前方の交戦区域をおおっている。

そこにいるのか、アラン？　壕内じゃなくて。この状態なら藪の陰にも大軍を隠せる。それにあんたはひとりじゃないはずだ。絶対に。最低もうひとりは仲間がいる。戦車路の両側に陣取って、十字砲火を浴びせるつもりだ。そうすれば初弾がはずれて、おれたちがどっちへ逃げても、逃がすことはない。あんたはプロだ――生き延びて金をもらえなければ、仕事をする意味がない。撃ち合いはしたくないはずだ。簡単に手際よく殺せる場所にいるに決まっている。

わたしは足場の上を歩いた。そこなら水たまりはない。腐った砂嚢からこぼれた砂が積もっているだけだ。頭を引っこめると、ハッチを閉じたように風がやみ、空気が淀んでなま温かくなった。

射撃壕には交通壕とはまたちがうパターンがあった。ジグザグの連なりではなく、城壁の狭間のような直角の凸部と凹部の連続だ。凸部にあたる前の壕は戦うための場所で、凹部にあたる後ろの壕は（なんという名前だったか？――そう、〝横墻《おうしょう》〟だ）、誰かが戦ってくれているあいだ一服するための場所だ。

角をいくつか曲がってみた。後ろの壕から前の壕へ、前の壕からまた後ろの壕へと。前の壕の壁にはかならずと言っていいほど何かがあった。暗くていやなにおいのする深い掩蔽壕への入口や、胸壁に埋めこまれた無骨なトーチカへのぼる階段が。トーチカはつねに前の壕にあった。

やがて戦車路が見えた。横墻の内側に築かれた橋を渡っている。橋は戦車の重量を支えられるようにコンクリートでがっちり造られているが、それでも下をくぐれるように高さ一メートルほどの通路をうがってある。

わたしは立ちどまった。そこではっきりわかったのだ。アランはかりに塹壕内にいるとしても、この三列目にはいない。いたら、橋の両側に誰かを配置しているはずだ……自分がいかにのんきに角を曲がってきたかを思い出して、わたしはぞっとした。

もっと用心しながら戻り、二列目へ行く交通壕を見つけた。はいりしなに時計を見ると、十五分の持ち時間をすでに六分も使っていた。

壕と壕の間隔は七十メートルのはずだったが、ジグザグに屈曲した交通壕は実際には百メートルあった。しかも途中で一ヵ所、上を横切っている鉄条網が壕内に落ちこんでいた。そこをすりぬけたときには、錆びた棘《とげ》で敗血症の菌を三、四回注射されていた。

だが、それでとにかく、自分がどこまで来たのかはわかった。鉄条網というのは、そこから手榴弾を投げられてもわずかに壕に届かない距離に張られる。戦場の鉄則だ——急降下爆撃機や機甲部隊が手榴弾のかわりに投入されるようになる前のだが……

手榴弾。アランは手榴弾を持っているだろうか？　車が来ることを予期していれば、持っているだろう。だが、予期しているのはひらけた場所を歩いてくる人間だけだ——手榴弾は使いものにならない。炸裂するのを待ったあげく、閃光と轟音のあとは、相手が死んだのか溝に隠れているのかもわからないのだから。つまり——手榴弾は持っていない。

では、何を持っているのか？　ステンガンだ。近くまで充分に引きつければ、一連射でなぎ倒せる……前に同じことを考えたのはどこだったか？　そう――カンペールだ。車の中で死んでいたあの男。ステンガンを使っていた元レジスタンス。キーリングにつけていた九ミリの空薬莢は、新品のステンで初めて敵を殺したときのものだろう。感傷的なやつだ。現実的な男は金のために戦う。アラン然り。キャントン然り。

わたしは曲がり角で立ちどまり、頭をさげ、地表から一メートルのところでそろそろと角のむこうをのぞいた。何も起こらなかった。起こると思っていたわけではない。だが、思い出していたのだ。おまえがいるのは、できるだけたくさん曲がり角を設けて、銃を持った連中がその陰で待ち伏せできるようにした塹壕網なのだと……

こんなところにいるのは一万二千フランのためだろうか？　ちがう。おれはマガンハルトが正義の側にいることをあくまでも保証させた――マガンハルトは誰もレイプしていないし、殺そうともしていない、人が彼を殺そうとしているのだと。だからあの男は正義の側にいる――そしておれも。やはりただの感傷家か。

それとも、こんなところにいるのはおれがキャントンだからだろうか？

二列目の射撃壕の左右をすばやくのぞきこむと、反対側に渡って射撃足場に乗り、左手の戦車路のほうへ進みはじめた。

突然、次の曲がり角までがやけに長く、寒々しく、明るく感じられてきた。たどりつきはしたが、気力を使い果たし、もはや次の角を曲がる気にはなれなかった。その次の角も。

眼と銃は次の角に向けたまま、足で障害物を探ってそろそろと進んだ。

〝一万二千フランのために死す〟と墓に刻めば、誰にも笑われない。自分のしていることがわかっていたのだと思ってもらえる。一万二千フランというのは数えられるものだ。そんな金額ではやっていられないと言って、途中で放棄することもできる。

だが、キャントンでいるということは数えられない。放棄できない。キャントンでいるためなら、一万二千フランのためには絶対にしないようなことだってするかもしれない……

次の曲がり角はひどく遠いうえに、恐ろしいほど近く、わたしの歩みはあまりに速すぎ、あまりにのろすぎた。持ち時間はまもなく尽きるはずだったが――時計を見る勇気はなかった。角を見ていなければならなかった。角もじっと見つめ返してきた。

わたしは立ちすくんだ。モーゼルをかまえたまま。あとわずかでも引き金に力をかければ、モーゼルはけたたましく、まばゆく、頼もしく火を噴く。静まりかえった曲がり角もわたしを警戒していた。

しかし、マガンハルトが善玉でアランが悪玉だとすると……おれは？　そう思ったとき、ふと気づいた。おれが何をしようと、そのふたつはどちらも変えられない。おれにできるのは代価を――善玉や悪玉でいることの代価を定めることだけだ。それにたぶん、それを支払う人間も。

ゆっくりと、きわめてゆっくりと左の手首を持ちあげて、かまえた銃の上にまわし、一瞬だけ腕時計の夜光文字盤に眼をやった。

あと三分。もう時間だ。引き返してこう言おう——一万二千フランも、キャントンも、もうどうでもいいと。マガンハルトに教えてやろう——たどりつけようがつけまいが、あんたは正しい人間だ、大切なのは代価なのだと……

だが、代価を定める時間はまだある。落とし前をつける時間は。なぜかといえば、これはおれが仕組んだ戦いであり、アランの目論見どおりにはならないからだ。おれはいまでもキャントンであり——あとの連中はみんなちがうからだ。だからおれはあの角を曲がれる。

すばやく三歩、静かに歩いていって角をまわり、次の凸部からこちらを見つめているトーチカの暗く細長い銃眼にモーゼルを向けた。

何も起こらなかった。

わたしは射撃足場のない連結壕を数メートル、そろそろとトーチカのほうへ近づいた。すぐ手前にもうひとつ曲がり角があったが、その陰には誰もいないはずだった。この壕のどこかに敵がいるとしたら、それは銃眼のむこうだ。わたしは曲がり角で立ちどまり、トーチカをじっくりと見た。

それは凸部の胸壁に埋設された六面のトーチカだった。五面に銃眼がうがたれ、あとの一面は壕からの入口になっている。三段の階段をのぼり、低い出入口をくぐって中へはいるのだ。わたしはのぼらずに、じっと観察した。かたわらの砂嚢が腐って、階段に砂がこぼれていた……

この数週間以内にそのトーチカにはいった者がいるとすれば、そいつは宙を飛んだのだ。階段の砂は乱されていなかった。わたしはすばやく中へはいった。

ブロックハウスと同じで、爆風よけをまわりこんではいるようになっていた。内部にも入り組んだ内壁がたくさんあり、こっそり近づいてきた敵に無人の銃眼から中を撃たれても、奥にいる人間が根こそぎやられることがないようにしてある。いろんな配慮がなされているのだ。わたしは急いで左後方の銃眼へ行った。

斜め後方をのぞくと、生い茂る灌木のむこう二十メートルのところに、もうひとつトーチカの四角い輪郭が見えた。そしてそのあいだに、塹壕にかかるふたつめの橋を越えてくる戦車路も。

これでパターンがわかった。二基のトーチカは門柱のように両側から戦車路を守っているのだ。この陣地で唯一の弱点を。

それでアランのいる場所もわかった。最前列にあるこれと同じ双子のトーチカだ——そこしかありえない。立ちあがって藪の上を見渡しても姿を見られないのは、そこだけだ。

それにそこなら、絶好の場所でわたしたちを襲うこともできる。徒歩の一団がばらけて撃ちにくくなることのない唯一の場所——すなわち橋の上で。

はるか後方から、ロールスの鼓動が聞こえてきた。持ち時間が尽きたのだ。

わたしは壕へ飛びおりて走りだした。曲がり角はもう怖くなかった。むしろわたしの味方だった。物音も気にしなかった。交通壕の壁は傾斜が急なので、どたどた、ばしゃばしゃというわたしの足音はまっすぐ上空へ抜ける。コンクリート製のトーチカ内ですでにエンジン音に集中しているアランには、まず聞こえないはずだ。

最前列に飛びこんで左へ曲がり、角をふたつ曲がると、わたしは射撃足場に飛びのった。車の音が襲いかかってきた。

振り向くと、それが見えた。七十メートルほど後方に、ぼんやりした灰色の煙がゆるやかに漂っている。黒っぽい人影がその横を歩いていた——ハーヴィーだろう。幻の象のようにロールスを導いている。

だが灌木のむこうには、隣の凸部のトーチカも見えた。

アランもいまごろは何かがおかしいのに気づいて、車を見ているはずだ。早めに撃ってくるだろうか、それとも待つだろうか？　車が橋にさしかかるまで——距離が十メートルになるまで引きつけるだろうか？　それとも路からはずれる度胸がないのを知っていて、遠くから撃つだろうか？

わたしは足場を走り、左へ曲がり、右へ曲がった……

アランはライトを使うだろうか？　いや――使うまい。なぜそう思う？　レジスタンス時代には絶対に使わなかったからだ――ライトを使えば自分たちもその光で照らされることになり、まずいことになった場合に撤退の妨げになる……

わたしはトーチカの下の足場に飛びのり、「ライト！」と大声で叫んだ。

ロールスはちょっとためらってから、ヘッドライトを目いっぱいつけた。強烈な光がぎらぎらと、無音の爆発のようにトーチカを襲った。中からステンガンが、まばゆい光に向かってぶっぱなされたが――それは自分が何を撃っているのかもよくわからずにおびえた男の、無意味な長いわめき声をともなっていた。

わたしは階段を駆けあがると、小型ワルサーを爆風よけのむこうへ放りこんで、「手榴弾、弾！」と叫んだ。

男もすでに手榴弾のことを考えていたにちがいない。いくつか手元にあればと、そう思っていたのではないか。蹴りとばされた猫のように壁のむこうから飛び出してきた。

わたしは一メートル半の距離で引き金を引いた。男の体が持ちあがり、壁にたたきつけられて、そこにへばりついた。それからゆっくりと前に倒れてきて、脇によけたわたしの横を、壕底へ転げ落ちていった。

そしてわたしは、そいつのあとから飛び出してきた男に撃たれた。

31

あたりは暗く、口にはぬるぬるした泥が詰まり、遠くで連射音がした。歯にやすりでもかけられるように、それが脳に響く。そして体の奥には痛み。眼覚めさせたくないような痛み。そのまま眠りこんでほしいが——そうはいきそうにない。だが、おまえは眠れる。このまま横たわっていればいい。そうすれば眠れる。そして死ぬ。

そう思ったとたんに、はっと眼が覚めた。死にかけているのなら、少なくともまだ死んではいない。わたしは泥を吐き出し、体を横向きにしようとして——激痛に見舞われた。痛みが火のついた導火線のように体を駆けぬけた。

じっとしているとやがて治まり、腹のあたりが疼くのと、脚が重く感じるだけになった。ああ、腹だけは勘弁してください。胃にだけは弾を食らっていませんように。一生ミルクで生きるはめにはなりたくありません。かすり傷なら医者を買収して、交通事故として手当てさせることもできますが、どてっ腹に穴があいていたんじゃ、どうしたって通報されます……

少なくとも思考のほうは、ふたたびキャントンらしくなってきた。だいたい腹の傷でなぜ脚が麻痺するんだ？　首をひねって見てみると、膝の裏側に死体がのっていた。わたしはそろそろとあたりを見まわした。倒れていたのはトーチカの階段の下で、自分の撃った男が眼の前に転がっている。ロールスのライトは消えていた。

ふたたび連射音が起こった。こんどは遠くない。弾が壕の縁にびしびし飛んできて、何者かがばしゃんと中へ飛びおりてきた。わたしが泥の中から手探りでモーゼルを見つけたとき、ハーヴィーが言った。「ケイン――生きてるか？」

「わかるかよ、そんなこと」とわたしは不機嫌に言った。ショックのせいでいらいらして、腹が立ってきたのだ。主として自分に。

ハーヴィーは脚の上から死体をどかしてくれた。

「きみが殺ったのか？」とわたしは訊いた。

「そうさ。そっちはスポットライトの中に突っ立って喝采を浴びるのにいそがしそうだったからな」

「五十メートル近く離れてたぞ。あんなちっぽけな銃で撃てるもんか」わたしはまだ腹を立てていた。

「他人にどんなことができるか、いちいち驚かなくなりゃ、そうしょっちゅう頭を吹っ飛ばされることもなくなるぜ」

「腹だよ、ちきしょう、腹だ」わたしはそう言ったが、彼はそのまま横を通り過ぎていって、もうひとりの死体をひっくりかえした。それでわたしは、どこを撃たれたのか確かめたほうがよさそうだと気づいた。

左脇の肋骨のいちばん下のあたりに、醜い穴があいていた。射出口だろう。幸いにも背中を撃たれたようだ。探ってみると、もう少し上の、肩甲骨の下あたりに、小さめの穴が見つかった。

腹は撃たれていないようだったし、息が漏れていないところからすると、肺もやられていないようだった。いつのまにかハーヴィーが横にしゃがみこんでいた。

「肋骨が一、二本折れてる。弾は肋骨の外側をまわったんだろう」

「そうだな。あいつの使ってたのは七・六五ミリのザウアーだ」ハーヴィーは小型のオートマチックをわたしの顔のそばの泥に放った。「豆鉄砲だよ。運がよかったな。車まで歩いて戻れるか？」

「せっかくここまで来たんだ。あともうちょいだ」

「もうちょいはいいが、自分のざまを見てみろよ。念のために言っとくと、こいつらはどっちもアランじゃない。アランはステンを持ってむこう側のトーチカに立てこもってる」

本当にアランをやったとは思っていなかったが、そうであってほしいとは思っていた。

「アランなら逃げ出すさ」とわたしは言った。「おれたちがあくまでも行こうとしてるのを知れば。形勢はもうあいつに不利なんだから――あいつはプロだ」

「まだキャントンをやるつもりなのか？」ハーヴィーは立ちあがった。「しょうがねえな、じゃあ、立ってみろよ」

　わたしは大きく息を吸ってから――それは失敗だった――体を起こしはじめた。緑の小人どもに脇腹を斧で痛めつけられながら、摩天楼をよじ登るようなものだった。時間がかかったし、出血もだいぶしたが、ついに二本の足で立ちあがり、壁にどさりともたれた。

「おれに言わせりゃ、それは壁のおかげだがな」ハーヴィーが言った。

「あいつを追い出してやる」とわたしは歯を食いしばって言った。脇腹を緊張させまいとして、はあはあと浅い呼吸をしていた。「車から燃料缶を持ってきてくれ」

「トーチカをつぶすのに推奨される手だな」彼はなおもわたしを見ていた。そのとき、遠くで叫び声がした。わたしたちは塹壕の上を振り返り、暗い斜面の上の国境道路とそのむこうの岩壁を見あげた。光がちらちらしていた。懐中電灯を持った連中が走ってくるのだ。

「お巡りのことを忘れてたな」とハーヴィーが思案顔で言った。「引き返しても、スイスにいることに変わりはなしか」わたしのほうに向きなおった。「のっぴきならないところへ追いこんでくれたな、あんた」

「燃料を持ってきてくれ」

「あんたはどこにいる？」

わたしは橋のほうへ顎をしゃくった。「路のむこう側だ」

彼はうなずくと、急いで交通壕のほうへ戻っていった。

　橋の下に這いこむと、小人がまた斧をふるいだしたが、どうにかくぐりぬけた。壕の壁にすがってさらに二メートル半進み、曲がり角にたどりついた。そこを曲がると、トーチカのある前の壕へ行ける。

　そろそろと膝を突いて、前方をのぞいてみた。トーチカの暗く細い眼がこちらを見つめ返している。

　わたしはあわてて顔を引っこめた。トーチカは戦車路ばかりでなく、塹壕そのものも射界に収めている。そうすれば侵入してきた敵が壕内を移動するのを阻止できる。わたしも阻止されるはずだ——アランがまだそこにいれば。

「アラン」と、わたしはそっと声をかけた。「キャントンだ《ヴォワシ・キャントン》。もう終わったんだよ《セ・トゥ・フィニ》」

　トーチカはしんとしたままだった。

　わたしは足場に乗り、灌木や湿った砂嚢のあいだからむこうをのぞける場所を探すと、モーゼルを据えて待った。トーチカが月光に照らし出され、汚れた白骨の色に変わった。月の裏側と変わらないほど冷たく静かに見えた。

　まだそこにいるのか、アラン？　固定陣地は罠にもなるということを忘れたのか？　いや、あんたはプロだ――もう抜け出して姿をくらましてるにちがいない。この仕事は失敗だったと見切りをつけて、一万二千だかいくらだか知らないが、報酬をもらうのは諦めたはずだ……

そう思ったとき、銃眼がバババッと火を噴いた。狙うものがわかっているさいの、短くすばやい連射だ。ハーヴィーが車にたどりついたのだろう。

わたしは単射で二発撃ってから、頭を引っこめた。腹を立てて悪態をついていた。いまの銃声で、背後ではまた、道路から塹壕のあいだを縫ってくる警官たちが叫びだした。おい、アラン、いつまでもそんなところにいるな。何もかも忘れちまったのか。形勢が不利になったら、固定陣地にしがみついてちゃだめだ。命を落とすぞ。きっと落とす――こっちはもう前進するしかないんだから。

後ろの橋の下でがたがたと音がし、まもなくハーヴィーのささやきが聞こえた。「持ってきたぞ――どこへ投げればいい？」

「おれが投げる。角を曲がったら掩護してくれ。そこの直線はむこうからまる見えなんだ」

ハーヴィーは缶を放さず、冷ややかに言った。「なんだよ――勲章ひとつじゃ足りないってのか？」

「アランはおれがやる。缶をよこせ」

「あのな、英雄」と彼はやんわり言った。「あんたがよたよた歩いてって、雄々しく頭を吹っ飛ばされるのを見てる時間はないんだ。掩護しろ」

たしかに、わたしはみなをのっぴきならないところへ追いこんでいた。彼はそれを救わなければならないのだ。

わたしはうなずいた。「あいつがおれを撃ちはじめてから行けよ」

「わかった。どこへ投げればいい——流れ落ちてきて銃眼をふさぐように、屋根の上にするか？」

「それじゃアランは阻止できない。中へ放りこめ」

彼はいったんわたしを見てから、背を向けて行こうとした。それからまたこちらを向き、「ガソリンてのはほんとに銃撃で発火させられるんだろうな」と言った。

「させられる」

彼は足場伝いにそろそろと角まで行った。わたしはそれを待ってから頭をあげ、銃眼を単射で慎重に撃ちはじめた。一発目はすぐ下から埃があがったが、二発目はあがらなかった——まっすぐに中へ飛びこんだのだ。銃床つきのモーゼルで八メートルの距離から撃てば、脳外科医のメスさばきのように精確な射撃ができる。三発目も埃はあがらなかった。ステンがばりばりと撃ってきた。湿った砂を飛び散らせて、銃弾が後ろの壁にあたる。

ハーヴィーが水を蹴ちらして突進していった。

アランはもうひとつ、教えを忘れていた。気を取られてはならないという教えを。わたしはモーゼルを連射に切り替えてぶっぱなした。埃が銃眼のまわりに点々とあがり、制御できずに屋根まで駆けあがる。だが、ステンはすでに沈黙していた。

ハーヴィーは止まらなかった。缶の蓋はすでにはずしてあったのだろう。階段を駆けあがった。頭と肩が胸壁の上にのぞいた。大きな缶を逆さまにして、ガソリンの路をつけている。

そのとき、飛び出してきたアランとぶつかった。

ふたりは一瞬、くっついたままになった。アランは近すぎてステンを使えず――ハーヴィーは銃をベルトに差していた。それからぱっと分かれた。ハーヴィーは缶を落として腰を探った。アランはステンをふるい、ハーヴィーを階段からたたき落とした。

わたしは立ちあがり、モーゼルをいっぱいに突き出して引き金を引いた。弾は一発だけで空《から》になった。アランは首をすくめると、両手でステンをかまえて下の塹壕内に狙いをつけた。

ハーヴィーが撃った。

壕壁がぱっと明るくなり――アランが火だるまになった。

ガソリンに火がつくのを見たことがあっても――火をつけたことがあっても――どれほ

ど速く燃えひろがるかは、憶えていないものだ。信じられないほど速いからだ。アランは缶にぶつかってガソリンを浴びていたのだろう。階段もびしゃびしゃだったから、アランと一緒に炎に包まれた。

アランはハーヴィーを撃たなかった。こちらを向くと、炎の垣根の中に立って燃える腕で眼から火を拭い、わたしの頭越しに注意深くロールスを撃ちはじめた。彼はいろんなことを忘れていたが、ここに来た目的だけは忘れていなかったのだ。

ハーヴィーがまた撃った。アランはステンをぶっぱなしたまま階段から倒れてきて、壕の底へ落ち、じゅっという音を立てた。

わたしは胸壁の湿った砂に頭をのせた。ひどい吐き気がしてきた。

ハーヴィーは戦車路でわたしと出会った。のろのろとくたびれた様子で歩いており、服は焦げ、汚れて湿っていた。彼の後ろの壕内ではまだ炎が揺らめいており、わたしの後ろでは、警察の懐中電灯がゆらゆらと数百メートルのところまで迫っていた。だが、そんなものはどうでもいいように思えた。あわてるほどのものではないように。

ハーヴィーが言った。「どうやら勝ったようだな」抑揚も感情もないぼんやりした口調だった。

わたしは「ああ」と答え、自分の名案について何か言われるのかと身がまえた。

だが、彼はこう言っただけだった。「一杯やりたいな」

「おれもだ」

ロールスは橋を渡って、最前列の塹壕を過ぎたところで停まっていた。わたしたちはゆっくりとそちらへ歩いていった。車につくと、わたしは言った。「おれのケースからワイヤーカッターを出してくれ。この先にたぶん最前線の鉄条網があるはずだ」

ハーヴィーはそれを出すと、車の前をいったん歩きだしてから、また立ちどまった。

「ベルナールに――こんどはアランか」だが、彼の声はまだ死んでいた。何も感じていないのだ。いまはまだ。

32

五分後、わたしたちはリヒテンシュタインにはいり、国境の三キロ後方であとにしてきた本道に戻った。車はだいぶやられていたが、ロールスロイスというのは頑丈にできているし、暗闇での五十メートルという距離はステンガンには長い――それがわたしの知っているおおかたのステンと同じで、単射への切り替えがうまくできない銃だとしたら、なおさらだ。片方のヘッドライトを砕かれ、フロントガラスと左の前後のドアに弾の穴があいていたほか、大きなラジエーターグリルにもひとつ、穴があいていた。ラジエーター本体にも穴があいているかどうかはわからないが――シュテクへの山道にはいればいやでも判明するだろう。

わたしは後部席のマガンハルトの横に座り、車が揺れるたびに身を硬くしては、コニャックをシャツにこぼしていた。ハーヴィーはミス・ジャーマンとならんで前に座っていた。マガンハルトはひと言も口をきかなかったが、いつも以上に死んでいるようにも見えないので、考えごとをしているのかもしれなかった。

数キロ走ったところで、ハーヴィーが仕切りのむこうからこちらを向いて言った。「ファドゥーツの近くで降ろしてほしいか？——医者を見つけて」

マガンハルトが生き返ってわたしを見た。「怪我をしたのか？」

「死にやしないさ。きみらが弾傷《たまきず》を虫さされと呼んでくれる医者を知ってるとも思えないし。だいいち、まだギャレロンがひかえてる」

「何かもめると思うのか？」ハーヴィーが訊いた。

「そうでもない。むこうだってヨーロッパじゅうのガンマンを雇えやしないしな。雇えたとしたら、あの要塞に投入してたはずだ」

しばらくしてマガンハルトが言った。「ケイン君、きみらに国境を越えたいと言ったとき、わたしは人があんなふうに焼き殺されることになるとは聞いていなかったぞ」

わたしはうんざりして言った。「あんなことになるなんて誰も知りませんでしたよ。結果的になってしまったんです。こういう仕事をする人間は、かならずしも勇敢な笑みとともに母親にいたわりの言葉を残して死ぬわけじゃないんです」

「しかし、あの男はきみの知り合いなんだろう！」

「ええ。あいつが焼け死んだのは残念ですよ、そう言えば慰めになるのならね。でも、あいつは誰かに強制されてあそこにステンガンを抱えてひそんでたわけじゃないんです」

マガンハルトはちょっと考えてから言った。「殺すか殺されるかの覚悟で来たんだろう。

本人も納得しているかもしれんな」

「それはまだあいつらを美化してますね。あいつらは殺すつもりで来た――それだけです。殺される危険があると考えていたら、来ちゃいません」わたしは首を振った。「無惨な死に方をしたからといって、アランは聖人になったわけじゃないんですよ」

ミス・ジャーマンが言った。「いままではいつも、あなたは撃つしかなかった。むこうがしかけてきたんだから。でも、今回は――あなたの計画だった。あなたがしかけたのよ」

「塹壕から首を突き出して、むこうに先に撃たせることもできたさ――それでおれがもっと道義的になれるのならな。まちがいなく首がなくなっただろうが」わたしは不機嫌に言った。

「そんなこと言ってるんじゃない」彼女の声は冷ややかで、少し震えていた。それは弾の穴から吹きこんでくる風のせいばかりではなかった。彼女もアランが火だるまになるのを見たのだ。「わたしが言ってるのは、もっとちがう方法が……」そこで声がとぎれた。

「あったかもしれないな」わたしは沈鬱に言った。だが、どんな方法があったのかは考えまいとしていた。

トリーゼンで右折して、曲がりくねった山道にはいった。トリーゼンベルクと、その先のシュテクへつづく道だ。これでラジエーターがどうなったのかわかる。

ミス・ジャーマンが言った。「エンジンが熱くなってきた」

「走りつづけるんだ。スピードを落とすな」

彼女は落とさなかった。モーガンもかくやという勢いで、連続するヘアピンカーブに突っこんでいった——ヘッドライトがひとつしかつかないまま。だが、道はがら空きだった。リヒテンシュタイン人というのは、金儲けの時間以外は寝ているのがいちばんだと思っているのだ。国境を越えてからというもの、自転車と観光バスを一台ずつ見かけただけだった。

トリーゼンベルクの町の光が見えてきたころ、小雨がしとしと降りだした。ハーヴィーがミス・ジャーマンの膝にもたれるようにして水温計を見た。「針がほとんど振り切れてるぞ。もうあんまり進めないな」と報告してきた。

「走りつづけろ」

「おい、シリンダーが吹っ飛ぶぞ」

「シリンダーなんかそのエンジンにはたくさんある。停まるな」

ミス・ジャーマンがきっぱりと言った。「停まって冷やさないと、シュテクまでなんかとても行けないわよ」

「急いで行かないと、行っても意味がないんだ」

マガンハルトがわたしのほうを向いた。「まだ一時間半近くあるぞ」

「そうですかね？　ギャレロンがフレッツさんを殺さないのは、あなたを殺そうとしてるからじゃなかったんですか？　でも、ギャレロンはもう、あなたを殺すのはむりだと気づいてるかもしれない——そうなるとギャレロンの希望は、フレッツさんを消して多数派になることしかなくなりますよ」

マガンハルトは黙りこんだ。やがて疑るように言った。「わたしが死んでいないのが、どうすればギャレロンにわかるんだ？」

「いまごろはもうモーガンが将軍に電話して、将軍がギャレロンに電話してるでしょう。それに、アラン一味がギャレロンに任務完了を伝える電話をする段取りもできていたはずです。どちらにしろ、あなたが死んだと伝えた人間はいません——だからいまごろギャレロンは、かなりびくびくしてるはずです」

トリーゼンベルクを過ぎると、道は急な山腹に広がる牧草地をうねうねとのぼる砂利道に変わった。エンジンからかすかに熱のにおいが漂ってくるようになり——かたかたというやな音が小さく聞こえはじめた。

ミス・ジャーマンが言った。「エンジンが焼きつきそう」

「いや。まだバルブが熱くなってるだけだ。雪線の上に出れば、雪を詰めて冷やせる」

マガンハルトが言った。「フレッツ君がもう死んでいるのなら、このままわたしが行くのはまちがいだろう」

「確かめないのは、もっとまちがいです」

車はつづら折りの道をのぼりつづけた。雨が冷たく激しくなり、カーブでヘッドライトが山腹を照らすたびに、上の松林に雲が這いおりてきているのが見えた。

エンジンはいまやフラメンコ・ダンサーの大会のような音を立てていた。ハーヴィーが振り返って何か言った。

一対のヘッドライトがわたしたちの顔をぱっと明るませ、ミス・ジャーマンが急ブレーキを踏んだ。

対向車はこちらの片眼のヘッドライトをバイクだと思ったらしく、そのまま走ってきたが、そこで突然、ブレーキが新米の亡者のように悲鳴をあげた。ヘッドライトが左右に揺れて車は横滑りし、ギギギギーッと金属の裂ける音がした。ロールスはかすかに身を震わせて停まった。

ハーヴィーが銃を手にステップに出た。わたしは空《から》のモーゼルをひっつかんで立ちあがろうとしたが、脇腹に激痛が走ってまた座りこんだ。

左のフロントバンパーにドイツ製の黒い大型セダンが斜めにぶつかっていた。前輪から後ろのドアまで、サーディンの缶のようにぱっくりと裂けている。ロールスのバンパーにも擦り傷がふたつばかりできているだろう。

にわかに訪れた静寂の中にハーヴィーの声がはっきりと響いた。「何も持たずにゆっくりと出てこい」

運転手はすぐに降りてきた。両手を振りまわして、海賊の鸚鵡《おうむ》さながらに悪態をついている。アンリ・メルランだった。

わたしはそろそろとマガンハルトの足を乗り越えて外へ出た。「落ち着けよ、アンリ、海兵隊の到着だ」

メルランは首を前に突き出して雨のむこうからこちらを見つめた。「キャントンか？　嘘《パ・ポシーブル》だろ！　ほんとか！　いや、たいしたもんだ！」彼は腕を伸ばしてわたしの両肩をたたこうとした。わたしはそっと体をかわした。

マガンハルトも後ろから降りてきた。わたしたちは双方の車のあいだに立って、ヘッドライトの光のすぐ外で、雨に反射した淡い光に照らされていた。メルランの大きな湿っぽい笑みが見えたと思ったら、それが崩れて絶望の表情に変わった。

メルランは両手を広げた。「だけどもう――それもむだになってしまった。あいつらは――」そこで言葉に詰まり、考えをまとめようとした。

「こんばんは、メルラン君」マガンハルトが言った。

メルランは彼のほうを向いた。「十五分前に――フレッツさんのところへ――行ったんですが。ギャレロンの姿はなく――フレッツさんが死んでいました」

あたりはふたたび静まりかえった。雨とは少しちがうものがわたしの顔をかすめた。それがヘッドライトの光の中をいく片《ひら》か、蛾のように舞った。わたしたちはまだ雪線に達していなかったが、雪線のほうが寒気とともに山をくだってきたのだ。

マガンハルトはわたしを見ると、小声で苦々しげに言った。「ギャレロンはきみの助言に従ったようだな」

「おれよりもっといい助言者がついてるはずですよ」

「ギャレロンはばかではない」マガンハルトは言った。「一時間前、やつの頼りはわたしが死んでいることだった。いまは、わたしが生きていることだ。だから――わたしが行くのはまずい」

「こっそり行って、死体を確かめてもいいんじゃないですか」とわたしは勧めた。

「ギャレロンはわたしが来るのを近くで待ちかまえているはずだ」

「でも、まだ零時前です。行って死体を確かめてもいいでしょう」

がたんと音を立ててミス・ジャーマンがロールスのボンネットをあけ、灼けたエンジンにしゅっと雪が落ちた。

マガンハルトは忍耐強く言った。「〈カスパル〉の規約では、会議のために指定された時刻というのは、最終の刻限なんだ。その前に株主がそろえば、会議は自動的にひらかれる。フレッツ君が死んだいま、わたしがむこうへ行って、そこにこのギャレロンが現われたら、株主がそろってしまう。だから——」

「でも、ギャレロンは会議なんかひらきませんよ」とわたしは明るく言った。「喉におれの銃を突っこまれるんですから。だから行って死体を——」

「おい」とハーヴィーが口をはさんだ。「選挙演説じゃあるまいし、十秒おきに同じことを言わないでくれ。要するにあんたは死体を見にいきたいわけだな？——わかったよ、行こうじゃないか、それであんたが黙るなら」

「いいとも、黙るさ。どうしてもというなら」とわたしは言った。ミス・ジャーマンが隣へやってきた。

「ラジエーター・キャップははずしたけれど、何か入れるものが必要。雪はまだ積もっていないから」

「アンリの車から抜こう」

メルランはぎょっとした顔をしたが、自分の車がほかにもどんな目に遭ったかを思い出し、やむをえないというように肩をすくめた。

ハーヴィーとミス・ジャーマンは立ち去った。雪は大粒になり、ゆっくりとわたしたちのまわりを漂った。

メルランが咳払いをして、「キャントン――悪いんだが――」と言った。それからマガンハルトのほうを向いて、法律家の口調でこう言った。「マガンハルトさん、あなたの弁護士として、危険を避けるように忠告するのがわたしの義務です。あの屋敷へ行くのは危険です。したがって《ドンク》――わたしは行かないようにと忠告する義務があります」

マガンハルトは顔をこわばらせた。

わたしは言った。「おれはあなたの非合法アドバイザーとして、せっかくですから最後にギャレロンに会うのもいいんじゃないかと助言します」

マガンハルトはきっとわたしを見た。「これ以上の拳銃沙汰はお断わりだ！」

わたしは右肩だけをすくめた。「いいですよ。ボスはあなたですからね」

マガンハルトは疑るような顔をした。

わたしはさらに言った。「でも、結論を急ぐこともないでしょう。ちょっと問題をはっきりさせてみませんか」

彼はいらいらと首を振って、まとわりつく雪を払いのけた。「外は寒い」

「〈カスパル〉の株がなくなれば、こんな寒さじゃすみませんよ」とわたしはなだめた。

「考えてみましょう。〈カスパル〉の株式資本は四万スイス・フランですよね？　一株十フランか百フランでしょう？」

「十フランだ」

「じゃあ、全部で四千株ですか。あなたは何株持ってるんです？」

「知っているだろう。三十三パーセントだ」

「そういうことじゃなくて。何株です？」

ゆっくりと舞う雪のなかに静寂が広がった。ハーヴィーとミス・ジャーマンは光の外で暗い亡霊のようになり、メルランの車の冷却水をブランデーのフラスクに移してロールスに入れている。

マガンハルトは寒さに背を丸めた。「それは計算しないとわからん。だが、重要なのは割合だ」

「それはそうですが——株券には株数しか書いてありません。じゃあ、おふたりはフレッツさんに会ったことがありますが、おれはないんで、おれの解釈が合ってるかどうか教えてください。いいですか？ 一週間前にギャレロンが現われ、自分の株券をたたきつけて、〝おれはハイリガーの株を持っている——会議をひらいて、会社を売却しよう〟と、そう言った。そこでフレッツさんは、あなたがここへ来るには困難がともなうことを思い出して、たちまちパニックを起こした。合ってますか？」

ふたりは顔を見合わせた。メルランが腕を広げて、「たぶん《セ・ポシーブル》」とつぶやいた。

マガンハルトはゆっくりと答えた。「まあそんなところだろう。だが——」

「パニックを起こすのがちょっと早すぎたかもしれません。とはいえ、それがハイリガーさんの株券でしかありえないのは、つまり三十四パーセントのほうでしかありえないのはわかっていた——だから自分が数では負けることも。しかし、無記名株にそんなことは書いてありません。名前も、割合も。書いてあるのは所持している株の数だけです。フレッツさんも割合で考えるのに慣れていたでしょう。だから計算してみなかったのかもしれません。で、ご自分の持ち分は計算できましたか？」

マガンハルトがこわばった声で言った。「やめてくれないか、それは……」

わたしはいつのまにか強調のためにモーゼルを彼に向けて振っていた。弾倉は空《から》なのだが、ボルトを戻してあったので、見ただけではわからないのだ。「失礼」

「わたしの持株は千三百二十株だ」彼は言った。

「はい。それが三十三パーセントです。で、三十四パーセントは千三百六十株です。割合で考えることに慣れてると、区別のつきにくい数字ですよね？　フレッツさんは計算しなかったんじゃないでしょうか——で、ギャレロンの株券にも、あなたやフレッツさんのものと同じように、千三百二十株と記されていたんじゃないでしょうか」

マガンハルトは眼を丸くした。「つまり——偽物だというのか？」

「まちがった株数の偽物なんか作らないでしょう。本物ですよ——ただし、ハイリガーさんのものじゃありません。それは墜落で燃えてしまったんです。ハイリガーさんのではなく、あなたの株券ですよ。いま現在、あなたはまったく〈カスパル〉を所有していないんです。どうです、文無しになった気分は?」

長い沈黙があった。

わたしは静かに言った。「推測ですが、レイプで告発されたとき、あなたは身動きがかなり不自由になったんで、メルランの代行権限を拡大したんでしょう。重要書類をたくさんメルランに預けたんじゃありませんか。ことによると、あなたの代わりにそれを貸金庫から出す権限まであたえたのかもしれない。そのなかに〈カスパル〉の株券もあったんじゃないでしょうかね」

わたしはメルランににやりとしてみせた。だが、彼は自分の腹に向けられたモーゼルを見つめていた。「あのベルギー人の強い訛りってやつは、フランス人なら誰でもまねできるよな、アンリ――いや、おれだってできる。少なくともフレッツさんのようなリヒテンシュタイン人をだませるぐらいは。さあ、マガンハルトさんに一千万ポンドをお返ししろよ、ギャレロン」

メルランはゆっくりと顔をあげると、悲しげにふっと微笑んだ。「法的にはむろん、無記名株というのは持参人のものだが。われわれはかならずしも法に従っちゃいないようだからな」溜息をついて上着の内側に手を入れた。わたしの肘の横で銃声が三度轟き、銃火がメルランの顔を照らした。表情が変わりかけで凍りついた。それからぐらりと、メルランは渦を巻く雪のむこうへ倒れていった。

わたしはさっと横を向いて、マガンハルトの手からばかでかいウェブリーをたたき落とした。

雪のカーテンのむこうからハーヴィーが忍び足で現われた。銃を手にしている。「どうしたんだよ」

「ムシュー・ギャレロンと近づきになったのさ。紹介しよう、ムシュー・ギャレロンだ」とわたしはメルランのほうに顎をしゃくった。

ハーヴィーはわたしの顔を見てから、近づいていって用心深くメルランを見おろし、首を振った。

マガンハルトは眼をきつく閉じて立っていた。溶けた雪が顔と眼鏡を伝い落ち、ヘッドライトの照り返しで光っている。

「これであなたも人殺しの仲間入りです」とわたしは言った。

彼はゆっくりと眼をあけた。「死んだのか？」

わたしはうなずいた。「やってみればそう難しくないでしょう？」だが内心では、彼にリボルバーを渡したのを忘れていたことを悔やんでいた。

ハーヴィーが戻ってきた。「ほんとにギャレロンだったのか？」

「ああ。その話を吹雪の中に突っ立ったまましたいか？　それとも後まわしにしていいか？」

「していい。だけど、あいつはどうする？」

「ポケットを空《から》にして、ロールスに乗せてくれ。どうせ朝までに車を処分しなきゃならないんだ、連れてったほうがいい」

メルランの車はリヒテンシュタインのナンバーをつけていたので、レンタカーにちがいなかった。ということは、ギャレロンの名前で借りたのかもしれない。だが、それは大した問題ではなかった。

ハーヴィーは納得していない口調で言った。「見つかっちまうぞ」

「あのな。おれたちは大西洋からここまで死体をばらまいてきたんだぞ。いまさらひとつぐらい増えたって、事態がややこしくなるだけで、お巡りにはなんだかわかりゃしないさ」

あながち嘘でもなかった。犯罪というのは、ある一線を越えると複雑になりすぎて、陪審や判事はおろか、警官にさえ容易には理解できないものになる。そのうえベルギー人実業家のふりをしたパリの弁護士が、リヒテンシュタインでスイス在住の著名なイギリス人の車の中から死体で発見されたら、アスピリンを十錠のんでも足りないほどの頭痛に見舞われるはずだ。

ハーヴィーは顔を皮肉にゆがめてメルランの上にかがみこむと、何枚かの書類と一挺の小型オートマチックを手に立ちあがった。わたしはいちばん大きな書類を取った。折りたたんだ硬い証書で、広げてみると、ロビン・フッドの手配書のような麗々しい文字と大きな印章が現われた。〈カスパル〉の株券だ。数秒のあいだ、わたしはとてつもない金持ちになった。雪がわたしの上に降りつづけた。

わたしはそれをマガンハルトに渡した。「たぶんあなたのです。じゃ、会議に行きましょうか」

「しかし、フレッツ君はもう死んだんだぞ」マガンハルトは力なく言った。

「ばか言わないでください。メルランは土壇場であなたを阻止しようとして、あんなことを言っただけです。あとであなたを消す肚《はら》だったんですよ、あなたにばれる前に。でも、あなたの株券を使う以上はかならず、あなたが死んでフレッツさんが生きてる必要があったんです。これで辻褄が合います」

ハーヴィーがメルランの死体をロールスの後部席に引きずりこんだ。マガンハルトはそのあとから、用心深く眼を前に向けたまま乗りこんだ。わたしはウェブリーを拾い、指紋を拭うと、牧草地へ放り投げた。

これでシュテクへ行って、平和に株主会議をひらけるだろう。

33

「じゃあ、実はみんな同じ人物に雇われていたわけね」とミス・ジャーマンが言った。「ハーヴィーも、あなたも、あの——ベルナールやアランたちも。みんなアンリ・メルランに雇われていたのね」

わたしはうなずいた。「闘技場で闘うキリスト教徒とライオンみたいなものだな。実際にはみんな皇帝ネロのためにやってたんだ」

「キリスト教徒はそんなつもりでやってなかったと思うわよ」彼女はきびしい口調で言った。

「ライオンだってそうだろう」

わたしたちはフレッツの屋敷の居間で大きな薪の火の前に腰をおろし、ウィスキーを飲んでいた。羽目板張りの堂々たる部屋で、スイスの土産物屋のようなありさまでさえなければ、豪華に見えただろう。フレッツは百万儲けるたびに、鳩時計を一ダースと、飾り棚いっぱいの磁器や木彫りの着色人形を買っていたらしい。

本人はいたって神経質な小男で、わたしたちが拳銃をひっさげてはいってきて敷物に血を垂らしはじめると、すっかり固まってしまった。かわりにミス・ジャーマンが湯と消毒薬を持ってきて、わたしの応急手当てをしてくれ、そのあいだにマガンハルトが彼を隅へ連れていって真相を話してやった。だが、いくらそれがスイス系のドイツ語でも、フレッツには理解できなかったようだ。この大きな絵葉書のような美しい世界にそれほどの悪が存在しようとは、なんとしても信じられないのだ。

マガンハルトが隅から出てきて、暖炉の前に腰をおろした。「ケイン君、きみはメルランが最初からこれをすべて計画していたと思うか？」

「いいえ、それはないはずです。レイプ容疑をでっちあげたのは、あなたからもっと代行権限をあたえられるのを期待してのことでしょう。あなたがどう反応するかわかってたんですよ。告発を受けて立つより、近づかないほうを選ぶはずだと。あとはその権限を金に換える機会をうかがってたんです。ハイリガーさんの飛行機が山に突っこんで、あなたが大西洋に出ていたときが、そのチャンスでした。あとはすべてそこから考えたんでしょう。おれがわからないのは、あなたがなぜ一千万ポンド相当もの無記名株券をあいつに預けたのかです」

マガンハルトの口調がいくぶんこわばった。「逮捕される恐れがあるのに、そんな証書を身につけているのはばかげているからな。むろん、わたしの株券を持った人物が〈カスパル〉に現われた場合にそなえて、そいつが本当にそれを所有していることを確認するための予防措置は、それなりに講じてあったさ」

わたしはうなずいた。「でも、そいつがハイリガーさんの株券を持っているふりをしたんで、予防措置は適用されなかったと。なるほど」

ミス・ジャーマンが言った。「でも、どのみちわたしたちを殺すつもりだったのなら、メルランはどうしてあなたとハーヴィーを護衛につけたの？　ベルナールとアランというふたり組をつけて、護衛のふりをさせておいてから殺させればよかったんじゃない？」

「それじゃメルランという人格が危うくなる。いいか——メルランがマガンハルトの弁護士であり、あいつがこの旅を手配するはずだということは、誰でも知ってる。だからきみらが死んだ場合、あいつはどのみち非難される。そこで護衛をつけていなかったとか、つけたけれど、きみらが殺されたのに護衛のほうはなぜか生き残ったとかいうことになれば、いかにも怪しく見えてしまう。自分にはやましい点があるわけだから、怪しまれるような危険はいっさい冒せない。

だからハーヴィーを押しつけてきたんだ。銃撃などあるはずがないとマガンハルトさんが思ってるのに、ハーヴィーを連れてあるかせたんだ。そうすればすべてが終わったとき、メルランは最善を尽くしたように見え——非難はすべてギャレロンに向けられる。それならあいつには痛くも痒くもない。ギャレロンには跡をたどられるような過去はないし、

〈カスパル〉がつぶれたらどのみち消える人格なんだから。どうせアランとベルナールもギャレロンの名で雇っていたはずだ。それなら誰に雇われたのかふたりにはわからないし、密告することもできない」わたしは顔をあげて彼女を見た。「言っただろ、ライオンも自分がネロのために働いてるとは知らないんじゃないかと」

彼女は眉を吊りあげた。「それって、わたしたちがキリスト教徒ということよね？　キリスト教徒がライオンを食うとは知らなかったわ」

わたしは作り笑いを浮かべてすばやく話をつづけた。「だからうまくいけば、メルランはスイスの匿名口座に金が一千万増えるだけで、あとはそのままメルランに戻れたんだ。ブラジルへ逃亡してジョー・スミスになる必要はなかったのさ」そこでふと思い出して、マガンハルトのほうを向いた。「せっかくだから株主会議をひらくんじゃないんですか？」

「ああ。しかしフレッツ君が親切にも、マックスの株券が燃えてしまったという証拠はないと指摘してくれたものでね。零時までに相続人が株券を持って現われる可能性を考慮して、それまで待たねばならないんだ」マガンハルトはフレッツをじろりと横眼で見て、可能性はないと思っていることを示した。

そこで彼はふと思い出した。「フレッツ君なら、メルランに会えばこのギャレロンだと見抜けたんだな」

「そうですが、それは大した危険じゃありません。フレッツさんは〈カスパル〉の規約で、あまりリヒテンシュタインを離れられないはずですから、もう一度メルランに出くわす可能性は低かったでしょう。それに、ひと月かふた月後に取引きがすんでしまえば、ひそかに消されたんじゃないでしょうかね」

フレッツは新雪のように真っ白になってグラスを落とした。マガンハルトは満足げに硬い笑みを浮かべた。

ミス・ジャーマンが言った。「じゃあ、カンペールにシトロエンを運んできた男を殺したのは誰なの?」

わたしはいいほうの肩をすくめた。「メルランだろうな。ハーヴィーがあいつの銃を持ってるが、口径が合いそうだ」

ハーヴィーはちょっと驚いたようだったが、すぐにポケットから小型オートマチックを取り出して銃口を見た。「六・三五ミリ。正解だ」

「でも、メルランはあの晩カンペールにはいなかったはずよ」と彼女は反論した。「あなたが朝の四時ぐらいにパリの自宅に電話したんだから」

「たしかにカンペールにはいないことになってた。なのに運転手に気づかれたんで、殺したんだろう。おれはあいつを自宅で捕まえたんじゃない。自宅にかけたら、数分後に折り返しむこうからかけてきたんだ。誰かがパリからカンペールに電話して、おれに電話しろと指示する時間はあった。次にあいつと話をしたのは昼過ぎだから、そのころにはもうパリに戻っていられたはずだ」

彼女は思案顔でうなずいた。「じゃあ、わたしたちを危険にさらした電話は――」

「そう。全部おれがかけてたわけだ」

彼女は黙ってわたしをにらんだ。


ハーヴィーが立ちあがって、勝手にウィスキーをお代わりした。ミス・ジャーマンは無表情にそれを見ていた。

「で、このあとはどうなるんだ?」とマガンハルトが言った。

わたしは右肩をすくめてみせた。「フランスの警察が騒ぎだし、スイスの警察が騒ぎだします。で、リヒテンシュタインの警官が明日の朝いちばんにここへ来るでしょう。でも、国境が閉鎖される前からここにいたと主張すれば……警察は何人かのガンマンの死体を証拠に、生きている百万長者を有罪にしたりはしません。しようともしないでしょう」

「かわいそうなライオンさんたち」とミス・ジャーマンがつぶやいた。

「しかし、わたしに対するフランスの……告発はどうなるんだ?」マガンハルトが言った。

「取りさげられます。メルランから当の女のところに、数カ月前の日付の手紙が届きますから。そこには、自分が死んだらこの手紙が届けられるように手配しておいた、告発を取りさげてくれ、と書いてあります」

マガンハルトは怪訝な顔をした。「メルラン君がそんな手紙を用意していたと本当に思うのか？」

「まさか。ジネットに書いてもらうんですよ――彼女は優秀な偽造屋だったと言ったでしょう。憶えてますか？　おれにその女の名前と、アンリの署名をどれか送ってください」

マガンハルトはわたしを見つめながらその話をじっくりと考えた。やがてその顔がゆっくりと一部分ずつ、彼なりの笑顔に変わった。「すべてを考慮すると、ケイン君、きみは実にみごとな仕事をしてくれたようだな」口調が職務的になった。「永続的に働いてもらうことを考えるとしよう。報酬は――」

「お断わりします」

笑顔が消えた。「まだ報酬を言ってないぞ」

わたしはうんざりして首を振った。「報酬じゃないんですよ、マガンハルトさん。わからないんですか、メルランが何を実証したのか？　おれはあちこちでキャントンを演じてきました――筋金入りのプロ、こういう仕事を持ちかけられたら断われない男を。ところがメルランは両方の側を選んでました。アランとベルナールの一味に対して、おれとハーヴィーを。つまりおれたちは、負ける見込みの高いふたりだったんですよ」

沈黙があった。やがてハーヴィーが穏やかに言った。「だけど、まちがいだったよな、それは？」

「惜しくもな、惜しくも。でも、とにかくあいつは試してみた——一千万ポンドの資産を持つ男を護衛するのに、十五年も前の戦争で活躍したイギリス人と、アル中のガンマンを選んだ。すると、こっちにはそれに気づくほどの頭もなかったというわけさ」

マガンハルトは苦々しげに顔をこわばらせた。自分のために働いている人間が二流だったかもしれないと思うと、我慢ならないのだろう。メルランのほうは——悪党でも一流だから——まだ許せるのだ。

「ケイン君、きみは少し考えすぎなんじゃないかな。ラヴェル君の言ったように、メルラン君はまちがっていた。われわれは正しかったし、やりとげたんだ」

わたしはうなずいた。「まあたしかに、おれたちは戦いに勝ちました。それにあなたは正しかった……だからおれも正しくなれるんだと、いったんは思いましたが、そうじゃないんです。おれはこの仕事を引き受けちゃいけなかったんです。おれみたいなやりかたを——キャントンみたいなやりかたを——すると、大勢の人間が死ぬんですから。ほかにどうすればよかったのかわかりませんが……でも、そこが問題なのかもしれない。ほかの人間なら何か考えつけるのかもしれない。そういう人間を探して雇ってください」

ミス・ジャーマンが怪訝そうにわたしを見ていた。「下にいたあの人たちがどうなったかなんて、あなたは気にしてないんだと思ってた」

「してないさ。大して。まちがってるかもしれないが、雇われ者の殺し屋を、誰が、いつ、どうやって殺そうと、大した問題じゃないと思う。おれが気にかけてたのはハーヴィーのことだよ」眼の隅で、ハーヴィーがさっとこちらに顔を向けるのが見えた。だが、わたしはミス・ジャーマンを見つめていた――じっと。「ハーヴィーは殺し屋じゃない。そこを治す必要があるとは考えるな。本物の殺し屋というのは、酒なんか飲まなくても平気な連中だ。殺しの前だろうと、後だろうと」

「せっかくの演説を台なしにしたくはないが」とハーヴィーがおもむろに口をはさんだ。「みんな、おれがまだ生きてるのを忘れてるようだな」

わたしはすばやく彼を見ると、立ちあがって酒を飲みほし、誰にともなく言った。「おれはロールスを下まで運んでいって捨てたら、ファドゥーツから列車に乗るよ。出国する人間はまだチェックされないはずだからな」それからミス・ジャーマンを見た。「お巡りが来る前に、その男をどこかへ連れていけよ」

「パリか？」とハーヴィーが訊いた。

「とにかくフランスだ。口の堅い医者を見つけなきゃならない」

彼はがぶりとウィスキーを飲みほした。「じゃ、おれも行こう。仕事が山積みになってるはずだ」

ミス・ジャーマンがゆっくりと彼のほうへ顔を向けた。信じられないというこわばった表情をしている。「なんの仕事？」

「おれの仕事さ」意外な質問だったらしい。

体の内が、忘れ去られた教会のように冷たく空っぽになった。わたしは力なく言った。

「こうなるんじゃないかと思ったよ」

34

一瞬ののち、わたしは言った。「そいつはいまやヨーロッパ一のガンマンだ。ベルナールとアランがいなくなったからな。ふたりを殺《や》ったのがそいつだと知れわたらなくても、そいつがナンバーワンになったんだ。最高の仕事と、最高の報酬をもらえる」

ミス・ジャーマンはわたしの言葉など聞いていないようだった。「でも……」とハーヴィーに言った。「でも、メルランがあなたを選んだのは――お酒の問題があるからでしょ。あなたが殺されると考えたからでしょ！」

ハーヴィーは肩をすくめた。「だからさっきも言ったが――あいつはまちがってたんだ」

わたしは言った。「そいつは酒の問題なんか抱えちゃいない。いまはもう」

彼女はさっとこちらを向いた。

「問題だったのは、銃と酒とは両立させられないと考えたことだ。だからこの仕事にかかる前に禁酒したんだ。それが理由で、今夜おれたちを断念させようとしたんだ――飲みすぎたのが自分でわかったのさ。だからそれを認めて、正直に白状したんだよ。自分が飲んだせいで仕事をしくじったと」

わたしの声は大銅鑼の響きのように単調で空疎に聞こえた。だが、わたしはそれをたたきつづけるしかなかった。「そのあとそいつは戦いに飛びこんで——ヨーロッパ一のガンマンを殺った。自分より上だと目されていた男を。さて——問題はどこへ行った？　拳銃とウィスキーは両立することを、身をもって証明してしまったんだ。そいつの命はあとふた月だ」

彼女の眼が細まった。「でも、あなたがこの人をあの戦いに引っぱりこんだのよ——こうなるのがわかっていたわけ？」

わたしは弱々しく首を振った。「引っぱりこむまいとしたんだよ。だから自分でアランを殺ろうとしたんだ。できると思ったんだ——不意打ちで、塹壕から忍びよって……キャントンになれば」こわばった笑みをちょっと浮かべた。「キャントンはそういうことが得意だったからさ。でも、メルランの考えが正しかったのかもしれない」

彼女はぽつりと言った。「ハーヴィーのこともね」

ハーヴィーがゆっくりと立ちあがった。少しもよろけなかった。ブランデーをフラスク一本とフレッツのウィスキーを何杯かやったぐらいで、バランスは狂わないらしい。だが、ヨーロッパ一のガンマンになるには、いまよりはるかにバランスが必要だし、いまよりはるかにウィスキーを減らす必要がある。

「じゃ行こうぜ、パリへ」と彼は言った。

わたしはうなずいて戸口へ行こうとした。ミス・ジャーマンがきっぱりした辛辣な口調で、「ありがとう、キャントンさん」と言った。

たぶん彼女の言うとおりなのだろう。わたしはまだキャントンなのだろう。そしてたぶん——

わたしは彼女を見て、それからハーヴィーを見た。皺の刻まれたそのやつれた顔は、罪がはっきりと表われているがゆえに、ある意味ではひどく罪がなかった。

「震えはどうだ?」とわたしは言った。

ハーヴィーは右手を差し出して、指を広げてみせた。石彫のように微動だにしない。彼は笑顔でそれを見おろした。

わたしは「いいじゃないか」と言うと、上からモーゼルを振りおろした。音と感触から、指が折れたのがわかった。

愕然たる沈黙のなか、ハーヴィーの吸いこむ息が悲鳴のように響いた。体を丸めて手を腹に当て、顔面蒼白で歯を食いしばった。それから後ろの椅子に倒れこんだ。

ミス・ジャーマンが横へ行ってハーヴィーの頭を抱きかかえ、何やらささやきながら髪をなでた。

マガンハルトが冷ややかに言った。「わたしにはまったく理解でき――」

「命を救ってやったんですよ」とわたしは言った。「もうひと月余分にね。手が治って銃を使えるようになるまでには、三カ月かかるでしょう」

ミス・ジャーマンが顔をあげ、爛々とした眼でわたしをにらんだ。「こんなことする必要ないじゃない」

「安あがりで、簡単で、ちょっぴり荒っぽい」とわたしは力なく言った。「キャントンのやりそうなことだ。おれがほかの人間だったら、もっとましな手を思いついたんだろうが。そうじゃないんでね」

ハーヴィーが薄目をあけて、しゃがれ声で言った。「うまく隠れることだな、ケイン。うまく。とことん捜してやるからな」

わたしはうなずいた。「〈クロ・ピネル〉にいるか――あそこに居どころを知らせておく」

「この人、あなたを殺すわよ」ミス・ジャーマンが言った。

「どうかな。それはきみしだいだ。それまでそいつは素面でいられるかもしれない」

わたしは部屋を出たが、誰も止めようとしなかった。

雪はまだ静かに降っていた。山を半分くだったところで、残金の四千フランをもらっていないのを思い出した。そのまま走りつづけながら時計を見た。零時一分過ぎだった。前方には、山道が終わりのない暗いトンネルとなってつづいていた。

訳者あとがき

本書『深夜プラス1』はイギリスの作家ギャビン・ライアルが一九六五年に発表した作品で、わが国でも一九六七年に菊池光氏の手になる翻訳が刊行されて以来、その切りつめた独特の訳文とともに多数のファンを得て、これまで五十年近くも版を重ねてきた。まさに冒険小説の名作といえよう。

その人気をデータとしてあげておけば、一九九一年に早川書房から刊行された『ミステリ・ハンドブック』ではスリラー部門の第一位に輝いているし、一九九二年の『冒険・スパイ小説ハンドブック』では、好きな脇役の第一位にハーヴェイ・ロヴェル（新訳ではハーヴィー・ラヴェル）が選ばれている。さらに一九八五年に文藝春秋社から刊行された『東西ミステリーベスト一〇〇』では海外編の第六位に、二〇一三年版の『東西ミステリーベスト一〇〇』でも第二十五位にランクインしている。

また、本書はかのスティーヴ・マックイーン（一九三〇－八〇）が映画化権を取得していたことでも知られている。この企画はマックイーンの早すぎる死によって惜しくも実現しなかったが、彼がこれを映画化していたならば、はたしてどんなキャスティングになったのか。そもそもマックイーンはキャントンなのか、それともハーヴィーなのか。それを考えるだけでも楽しいだろう。

今回、早川書房の創立七十周年記念企画のひとつとして、この名作を新たに訳出しなおすことになった。これによって本書が新しい読者にも手に取りやすいものになり、将来にわたって読み継がれていくことになるのであれば、訳者としてこれにすぐる喜びはない。翻訳というのは、あとから来る者のほうが有利であるのはいうまでもない。本書も旧訳に有形無形の恩恵を受けている。ことに冒頭の一文、「パリは四月である」は菊池氏の訳文をそのまま拝借したが、そのほかにも多くのヒントを頂戴した。ここに記して感謝したい。

ギャビン・ライアルは一九三二年にイギリスのバーミンガムに生まれた。地元の進学校を卒業後、一九五一年から二年間兵役につき、空軍でパイロットになった。除隊後はケンブリッジ大学に進んで英文学を専攻。卒業後は記者やBBCのディレクターをしていたが、一九六一年にパイロットとしての経験をもとに発表した冒険小説『ちがった空』で一躍脚光を浴び、作家生活にはいった。二〇〇三年に七十歳で歿するまでの四十年にわたるキャリアのなかで、十五作の長篇小説を残している。
二、三年に一作という発表のペースはどちらかといえば寡作だが、彼の訃報を伝える《テレグラフ》紙の記事によれば、それは技術的なことがらへの正確さを求める執筆姿勢によるものでもあったらしい。ソースパンで溶かした鉛で本当に弾丸を鋳造できるものか自宅のキッチンで何度も試してみたり、ガソリンのはいった皿の上でリボルバーを撃って発射炎で着火するかどうか実験したりしていたという。そんな姿勢が結実したということなのか、七〇年代には、英国推理作家協会のためにスリラー小説を科学的観点から検証したパンフレット・シリーズを作ったりもしている。
ノンフィクションをのぞけば、ライアルの作品はすべて邦訳されている。残念ながら、二〇一六年現在、本書をのぞくとすべて古書でしか手にはいらないが、六〇年代の作品はとりわけ高い評価を得ている。

■ギャビン・ライアル著作リスト

- The Wrong Side of the Sky (1961)　『ちがった空』松谷健二訳　ハヤカワ・ミステリ文庫
- The Most Dangerous Game (1963)　『もっとも危険なゲーム』菊池光訳　ハヤカワ・ミステリ文庫

- Midnight Plus One (1965)　『深夜プラス1』本書
- Shooting Script (1966)　『本番台本』菊池光訳　ハヤカワ・ミステリ文庫
- Venus With Pistol (1969)　『拳銃を持つヴィーナス』小鷹信光訳　ハヤカワ・ミステリ文庫
- Freedom's Battle: The War in the Air 1939-1945 (1971)　ノンフィクション
- Blame the Dead (1973)『死者を鞭打て』石田善彦訳　ハヤカワ・ミステリ文庫
- Judas Country (1975)　『裏切りの国』石田善彦訳　ハヤカワ・ミステリ文庫
- Operation Warboard: How to Fight World War II Battles in Miniature (1976)　ノンフィクション（バーナード・ライアルとの共著）
- The Secret Servant (1980)『影の護衛』菊池光訳　ハヤカワ・ミステリ文庫
- The Conduct of Major Maxim (1982)　『マクシム少佐の指揮』菊池光訳　ハヤカワ・ミステリ文庫
- The Crocus List (1985)　『クロッカスの反乱』菊池光訳　ハヤカワ・ミステリ文庫
- Uncle Target (1988)　『砂漠の標的』村上博基訳　ハヤカワ・ミステリ文庫
- Spy's Honour (1993)　『スパイの誇り』石田善彦訳　ハヤカワ・ミステリ文庫
- Flight from Honour (1996)　『誇りへの決別』　中村保男・遠藤宏昭訳　早川書房
- All Honourable Men (1997)　『誇り高き男たち』　遠藤宏昭訳　早川書房

・Honourable Intentions (1999)　『誇りは永遠に』遠藤宏昭訳　早川書房

二〇一六年四月

本書は、一九七六年四月にハヤカワ・ミステリ文庫
として刊行された『深夜プラス1』の新訳版です。

ピルグリム

〔1〕名前のない男たち
〔2〕ダーク・ウィンター
〔3〕遠くの敵

I am Pilgrim

テリー・ヘイズ
山中朝晶訳

アメリカの諜報組織に属するすべての諜報員を監視する任務に就いていた男は、あの九月十一日を機に引退していた。だが〈サラセン〉と呼ばれるテロリストが伝説のスパイを闇の世界へと引き戻す。彼が立案したテロ計画が動きはじめた時アメリカは名前のない男に命運を託した。巨大なスケールで放つ超大作の開幕

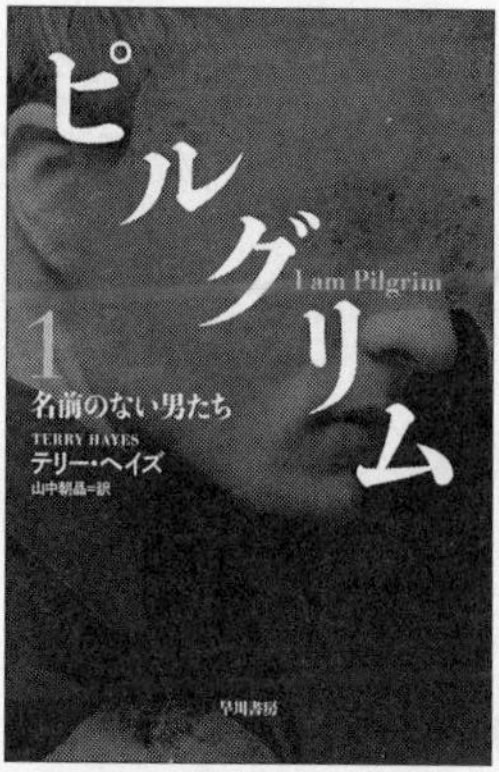

ハヤカワ文庫

誰よりも狙われた男

A Most Wanted Man

ジョン・ル・カレ

加賀山卓朗訳

弁護士のアナベルは、ハンブルクに密入国した痩せぎすの若者イッサを救おうと奔走する。だがイッサは過激派として国際指名手配されていた。練達のスパイ、バッハマンの率いるチームが、イッサに迫る。命懸けでイッサを救おうとするアナベルは、非情な世界へと巻きこまれてゆく……映画化され注目を浴びた話題作

ハヤカワ文庫

訳者略歴　早稲田大学第一文学部卒，英米文学翻訳家　訳書『アルファベット・ハウス』オールスン，『ドライヴ』サリス，『わが名はレッド』スミス（以上早川書房刊）他多数

HM=Hayakawa Mystery
SF=Science Fiction
JA=Japanese Author
NV=Novel
NF=Nonfiction
FT=Fantasy

深夜《しんや》プラス1
〔新訳版〕

〈NV1383〉

二〇一六年四月二十五日　発行
二〇二四年十月二十五日　四刷

（定価はカバーに表示してあります）

著者　ギャビン・ライアル
訳者　鈴《すず》木《き》恵《めぐみ》
発行者　早川　浩
発行所　株式会社　早川書房
郵便番号　一〇一 - 〇〇四六
東京都千代田区神田多町二ノ二
電話　〇三 - 三二五二 - 三一一一
振替　〇〇一六〇 - 三 - 四七七九九
https://www.hayakawa-online.co.jp

乱丁・落丁本は小社制作部宛お送り下さい。
送料小社負担にてお取りかえいたします。

印刷・中央精版印刷株式会社　製本・株式会社明光社
Printed and bound in Japan
ISBN978-4-15-041383-5 C0197

本書は活字が大きく読みやすい〈トールサイズ〉です。